NUNCA SABRÉ

NUNCA SABRÉ

KEILA OCHOA HARRIS

GRUPO NELSON
Una división de Thomas Nelson Publishers
Desde 1798

NASHVILLE   DALLAS   MÉXICO DF.   RÍO DE JANEIRO

Editora General: *Graciela Lelli*
Diseño: *Grupo Nivel Uno, Inc.*

ISBN: 978-1-60255-707-9

Impreso en Estados Unidos de América

12 13 14 15 16 QG 9 8 7 6 5 4 3 2 1

Nunca sabré cómo tu alma
ha encendido mi noche,
nunca sabré el milagro de amor
que ha nacido por ti.

—Rafael de Penagos, «Luna de miel»

1

Navidad, Navidad, hoy es Navidad,
Es un día de alegría y felicidad.

—VILLANCICO POPULAR, «CAMPANAS POR DOQUIER»

Ángela observó al niño de unos ocho años entrar a la tienda. Lo contempló de soslayo, detrás del mostrador. Le gustaba analizar a la clientela, pues eso le indicaba los aciertos y desaciertos de la decoración. El pequeño abrió la boca con sorpresa, sus ojos se desorbitaron, sus manitas se extendieron directo a una caja de esferas. Su madre le soltó un manotazo.

—¡No toques eso! Si las rompes, nos las cobrarán.

Ángela se mantuvo serena. Percibió que la madre del niño concentraba su atención en las esferas en forma de frutas. Sujetó en su mano unas manzanas verdes, luego se dedicó a rozar los duraznos. Terminó con los plátanos, pero enchuecó la boca. Ángela tomó nota. Le diría a Emiliano que las formara con más cuidado. Reconoció que no lucían naturales.

El niño señaló unas esferas colgando del techo. Le llamaban la atención los colores brillantes: rojos y azules, verdes y dorados. La madre las ignoró y se dirigió sin desviarse hacia las nochebuenas creadas con el cristal que componía las esferas. Preguntó el precio. Ángela se lo dijo. La madre sonrió. Se llevaría dos. Que se las empacaran con cuidado. Ángela le pidió a Jimena, la chica que le ayudaba, que preparara el paquete. Mientras, volvió sus ojos al pequeño. Sus manitas, ocultas de la madre, acariciaban una esfera grande, del tamaño de un melón. Decorada con un nacimiento sobre un fondo azul, pendía de un gancho metálico.

La madre lo descubrió y lo volvió a reprender. Que no tocara nada o se meterían en problemas. Finalmente, la madre examinó los tres árboles de Navidad que Ángela había decorado para ese año. Cada temporada los cambiaba. No le impresionaron mucho las esferas de colores con carita feliz del más pequeño; le gustó más el árbol blanco con moños azules, pero se detuvo y sacó dos fotos del grande, el que Ángela había decorado con mariposas de cristal. También era su favorito.

Ángela cobró las dos nochebuenas y le pasó a la clienta las cajas de cartón donde las habían envuelto. La mujer pagó y jaló al niño fuera de la puerta. El pequeño se quedó con ganas de husmear. Ángela no lo culpó.

En Tlalpujahua parecía Navidad todo el año. Ese pueblito al noroeste del estado de Michoacán se distinguía por su altura, más de dos mil quinientos metros sobre el nivel del mar. Rodeado de bosques de coníferas, oyamel y junípero, además de encino y cedro, ofrecía un clima templado con lluvias en verano, oscilando entre los seis y los veintidós grados centígrados. Y quizá su ambiente frío lo volvía el lugar perfecto para pensar en Navidad, además que en Tlalpujahua, la industria giraba alrededor de las esferas de vidrio, su especialidad.

La tienda donde Ángela trabajaba, como muchas otras, semejaba un pequeño nido de fantasía, cubierta de pared a pared con un sinfín de detalles que evocaban desde Papá Noel hasta los magos de Oriente. Nacimientos, coronas, guirnaldas y esferas, muchas esferas, cientos de esferas. Grandes y pequeñas, opacas y brillantes, redondas y cuadradas.

¿Qué pensarían los clientes si adivinaran que la encargada de esa pequeña tienda de artesanía detestaba la Navidad? Quizá no la odiaba, sino más bien la resentía. No tenía nada contra los protagonistas navideños, de hecho, los veneraba, pero un recuerdo del pasado no dejaba de atormentarla al punto que no encontraba el entusiasmo de otros por una cena familiar, ni comprendía por qué debían decorar sus casas con tanta fascinación.

Cierto que ella vivía de la venta de dichos adornos, pero en sus habitaciones, a unas cuadras de allí, apenas contaba con un pequeño árbol de Navidad que medianamente decoraba.

Por otra parte, el dueño de la tienda y del taller de esferas «Feliz Navidad», tampoco saltaba de emoción ante las fechas decembrinas. Él cargaba sus propias tragedias personales. Ángela suspiró. Por esa razón, la Navidad se le figuraba más bien un invento mercantil para despojar a la gente de su dinero y de su aguinaldo. Un pretexto más para comer y beber. Una ocasión para que los pobres fueran más pobres, y los ricos más ricos, los solitarios más solitarios y los sociables más sociables.

El teléfono repiqueteó. Dos, tres, cuatro veces. Ángela contestó.

—¿Mamá?

Solo una persona en el mundo le llamaría así, su hija única, Clara Hernández González. Sus ojos se posaron en la fotografía que había colocado cerca de la caja registradora. Clara con pantalones de mezclilla y un suéter azul, comiendo un helado en el parque. Su tez clara, cabello castaño, ojos aceitunados y esos hoyuelos en sus mejillas que se le formaban al sonreír.

—Mamá, voy a casa. Estoy en la terminal de autobuses. Calculo que llegaré por la tarde. ¿Vas por mí o te veo en la tienda?

Ángela observó el calendario. Finales de octubre. La feria de la esfera había comenzado unas semanas atrás. Para atraer clientes y tener una buena temporada, el gobierno del pueblo había decidido que la feria se extendiera de mediados de octubre a finales de diciembre para dar amplio margen a visitas foráneas y locales. En Tlalpujahua las pequeñas y grandes fábricas trabajaban todo el año para vender esferas, por lo que procuraban empezar temprano y captar al mayor número de compradores.

Por otro lado, Ángela sintió un ligero temblor en la barbilla. ¿Por qué vendría Clara a casa si estaba en pleno segundo semestre en la universidad? No eran vacaciones ni se aproximaba una fecha feriada. ¿Estaría en problemas?

—¿Qué pasa, hija?

—Te explico allá. Y no te preocupes. Me las arreglo sola.

La comunicación se cortó. Ángela colgó el auricular con un mal presentimiento. Ni siquiera le dio oportunidad de explicar lo de la feria. Algo no andaba bien con su hija. Lo adivinó en el tono de voz, en la simulación de sonar entusiasmada. No había visto a Clara desde mayo. En las vacaciones, ella decidió estudiar materias extras en la universidad. Durante las fiestas patria alegó una gripa que no le permitía viajar. No habían estado separadas durante tanto tiempo desde que Clara nació. Pero como bien le dijo Jesusa, la empleada de don Rubén que se dedicaba a limpiar el departamento arriba de la tienda donde vivía el patrón, los tiempos cambiaban. Cuando los hijos crecían, buscaban más libertad. No les alegraba vivir bajo las faldas de su madre todo el tiempo. Pero cómo dolía esa insinuación, se repitió Ángela jugando con las teclas de la calculadora. Entonces escuchó la canción navideña que surgió del aparato de sonido que habían colocado en la tienda para darle más realce a la temporada.

«Navidad... es un día de alegría y felicidad».

No lo había sido para Ángela en años. Al parecer, tampoco lo sería en esta ocasión.

—Maestro Adrián, lo vamos a extrañar —insistió Viviana de cinco años y lo abrazó con dulzura.

Adrián trató de no mostrar su conmoción interna, así que se acomodó las gafas, pero supuso que no lo había logrado, ya que dos o tres madres de sus pequeños alumnos se limpiaron las lágrimas con discreción. Adrián, de veinticuatro años, se preguntó por qué le dolía tanto dejar al grupo de niños que había educado en iniciación musical durante un año. Este sería su segundo año escolar con ellos, pero debido a una emergencia familiar debía abandonarlos en pleno octubre.

Después de compartir un pastel preparado por una de las madres, Adrián se escabulló al cuarto de maestros. Trabajaba en el campus Carlos Prieto, una extensión del Conservatorio de las Rosas, donde estudió durante más de diez años, en la ciudad de Morelia, la capital de Michoacán. Dejar el Conservatorio equivalía a despedirse de un hogar. Porque eso había sido la escuela para él. Un segundo hogar. Aunque originario de Tlalpujahua, llegó a Morelia a los doce años para vivir con su tía Beatriz y su familia. La tía lo aceptó bajo su techo como a un hijo más, en memoria de su finada hermana Elvira, la madre de Adrián.

El chico no tuvo problemas en ingresar al Conservatorio, pues traía buena escuela de piano, debido a unas clases particulares que tuvo en Tlalpujahua con una profesora alemana. La tristeza por la muerte de su madre poco a poco se difuminó en las aulas del Conservatorio. Los acordes y las piezas, las teclas y los ejercicios, los profesores y los conciertos le infundieron el aliento que requería para salir adelante.

El Conservatorio de las Rosas contaba, además, con la belleza arquitectónica del edificio, en el mismo Centro Histórico de Morelia. Adrián evocó sus caminatas por las áreas verdes del campus. Fachada estilo barroco; patio acogedor con sus portales y su verde césped. Algunos retablos de madera dorada. El jardín público, con sus árboles, bancas, cafés y la fuente del centro con su propia melodía acuática.

Y, por supuesto, la música. El Coro de Niños Cantores de Morelia, al que perteneció una breve temporada dada su edad algo tardía en que ingresó al Colegio. Los ensambles de cuerdas. Los solistas de piano y guitarra. Las tertulias improvisadas entre alumnos. El Festival de Arte Joven, repleto de niños y adolescentes mostrando su amor por la música clásica.

Un portazo lo distrajo. Su compañero, Santiago, se acercó con una mueca.

—Te voy a extrañar.

Se dieron un abrazo.

—Yo también.

—Por lo menos vas al pueblo mágico donde siempre es Navidad.

«Excepto en casa», se dijo Adrián pero no lo comentó en voz alta.

—¿Cuánto tiempo en auto haces de aquí allá?

—Hora y media. No está tan lejos. Visítame cuando puedas. Me dará gusto verte.

—Quizá te tome la palabra. Me gustaría adquirir unas esferas para decorar la casa.

—Te volverás loco con tantas opciones. Ya verás.

—Me saludas a tu padre.

Adrián asintió, pero tembló al pensar en su progenitor.

Hasta que le descubrieron un cáncer, don Rubén había sido un hombre robusto, como que engendró a Adrián a los casi cuarenta años. A pesar de los problemas que había habido entre ellos, Adrián estaba dispuesto a dejarlo todo para acompañarle durante ese tiempo. Él sabía que el cáncer no perdona y podía quitarle a su padre antes de que tuviera la oportunidad de conectarse con él nuevamente.

—Espero encuentres allá algo que hacer con tu música. Porque supongo que te harás cargo de la pequeña empresa de esferas de tu padre. Eres un gran músico, Adrián. Has hecho grandes cosas. No olvides que ganaste el concurso de composición por aquella hermosa melodía dedicada a tu madre.

Adrián no dijo nada. Su padre se pondría feliz de tener a su hijo en casa para encargarse de la tienda y de la fábrica de esferas. ¿Pero él? Se había marchado a Morelia pues su padre se sintió incapaz de criar, él solo, a su hijo. Su tía Beatriz, que contaba con un hijo un poco mayor que Adrián y una hija menor, le dio acogida en su casa. Sus primos lo trataron como a un hermano. Seguramente su padre jamás imaginó que su tía accedería a llevarlo a unas clases al Conservatorio. Cuando Elvira, su madre, lo envió a clases de piano en Tlalpujahua, don Rubén pensó que su afición sería pasajera; que en Morelia estudiaría la secundaria como un chico normal y que luego cursaría la preparatoria para finalmente elegir una carrera en Administración o Contaduría. Pero en el Conservatorio un profesor, el maestro Salazar, percibió su talento y lo animó a tomar la música en serio. Cuando Adrián le dio la noticia a su padre, éste se enfadó, demostrando abiertamente su desaprobación; sin embargo, ya que la tía Beatriz apoyó al muchacho en su decisión, su padre accedió. En honor a Elvira, bajó las manos. Aun así, se valía de cualquiera oportunidad para incomodar a su hijo. ¿Música? Para morirse de hambre. O de risa. Los músicos además de locos, pobres. Adrián estaba dispuesto a no dejar que el pasado le quitara propósito al presente. Tenía una misión que cumplir.

Cerró su *locker*, alzó la vista y se despidió del Conservatorio. Abandonaba aquel lugar geográfico, pero la música iba con él. Y eso era más que suficiente.

Clara se puso tensa apenas contempló los bosques de oyameles y pinos. Se acercaba a Tlalpujahua, el último lugar del mundo donde habría querido regresar bajo esas circunstancias. Pero carente de alternativas, viajaba rumbo a un destino incierto. Podía imaginar cientos de escenarios. Su madre era tan impredecible que temblaba de tan solo pensar en su saludo. ¿Qué haría al verla?

Se mordió las uñas. No supo qué hacer. No supo a dónde ir. Y no pudo continuar en la ciudad. El Distrito Federal amenazaba con ahogarla si continuaba allí un día más. Se sentía sola, desesperada, pobre. La pobreza. Quizá había sido la pobreza lo que la movió a tragarse su orgullo y volver. Jamás imaginó que se quedaría sin dinero. Las lágrimas se agolparon en sus ojos de tan solo recordar que apenas juntó para el pasaje de autobús.

Días sin comer algo decente. Renta sin cubrir. La mujer de la pensión ceñuda y altanera. Estudiantes, refunfuñó. ¿Creían que le podían ver la cara? Clara no se propuso actuar de esa manera. Las cosas se salieron de control.

¿Qué le dolía más?, se preguntó al leer el letrero que anunciaba su proximidad al pueblo. Dejar la universidad, sin lugar a dudas. La primera de su familia que proseguía su educación. La oportunidad de pertenecer a la universidad pública más prestigiosa del país. Adentrarse en la carrera de Psicología que tanto añoró. ¿Y todo para qué?

Debía enterrar sus memorias, pero ellas la mantenían despierta. Evocó los partidos de fútbol en Ciudad Universitaria, portando la camiseta del equipo y echando porras. Clara formando parte de un grupo selecto; Clara sintiéndose aceptada. Las clases y discusiones teóricas. Que si Freud o Piaget, que si Pavlov o Skinner. La complejidad del cerebro y de la personalidad. Un año y medio de conocimiento.

Clara tenía veinte años. Y Clara había abandonado la escuela. Se mantuvo lo más que pudo, pero la cuerda se rompió. Y el hambre no la perdonó. Podría continuar por ella misma, pero ya no estaba sola. Clara debía pensar en alguien más. Y por dicha razón, volvía a Tlalpujahua. ¿Y qué diría su madre?

Aguardaba frialdad, de seguro. Decepcionaría a su madre, y eso crearía una barrera entre ellas. Clara había crecido sin padre. Él se marchó a Estados Unidos cuando ella tenía cinco años y no volvió por ellas. Aún le dolía reconocer que su padre no la había amado lo suficiente como para llamarla al otro lado. Cuando él se marchó, la familia de su padre había discutido con Ángela, en Angangueo, el pueblo natal de Clara. Ángela peleaba con su suegra por cualquier cosa. La situación con la familia se volvió insostenible, razón por la cual, Ángela vendió su pequeño departamento, empacó sus cosas y se mudó con su hija a Tlalpujahua. Dios quiso, en palabras de Ángela, que hallara trabajo pronto con don Rubén en su tienda. Y desde entonces, nada les faltó.

Aún así, Clara echaba de menos a su padre. Quizá él ya tenía otra familia en el Norte, como muchos otros. ¿Pero qué le costaba llamar por teléfono? Lo hizo durante los primeros años. Cuando ella cumplió quince años, recibió su última llamada. Desde entonces, silencio. Dejó de visitar a la familia en Angangueo; ellos no hicieron mucho por recuperar el contacto. Ella se concentró en sus estudios. ¿Y de pronto?

Clara se tachó de estúpida una vez más. Primero, por permitir que sucediera. Segundo, por no arreglar el asunto cuando no corría peligro. Ella, una futura psicóloga, estaba presa de una pesadilla. Una noche de locura. Una noche en que perdió el control y bebió de más. Una noche y un chico que aprovechó la oportunidad.

Dejó de torturarse cuando el autobús lidió con las empinadas calles, angostas y empedradas, que los condujeron al parque donde se ubicaba la estación. Tlalpujahua. Clara había visitado algunos pueblos como Tepozotlán y Real del Monte. Ninguno se comparaba a Tlalpujahua. Se podría decir que el estado de Michoacán, donde estaba Tlalpujahua, era un estado más accidentado en su geografía. Tlalpujahua conservaba su aspecto provincial, a pesar de que la modernidad comenzaba a traspasar sus fronteras. Pero sobre todo, Tlalpujahua ostentaba su fama de crear esferas, por lo que fue elegido como Pueblo Mágico. El gobierno de México había decidido elegir a los pueblos que reflejaran mejor la cultura, defendiendo y conservando, al mismo tiempo, su herencia histórica y la expresión de su patrimonio cultural. Tlalpujahua fue seleccionado, entre otros más, y su estatus y categoría le brindaron un lugar en el mapa de muchos mexicanos, y el aumento del turismo, lo que benefició a la industria de las esferas.

El autobús sorteó un auto que se quedó a mitad de camino. Clara observó a los habitantes de Tlalpujahua, personas de rostro común y corriente, sumergidas en su frenética actividad de venta y creación de esferas. Admiró las fachadas de las viviendas pintadas de colores alegres. Le serenó no leer propaganda comercial, ni observar el ritmo frenético de Ciudad de México. Se le hizo agua la boca al pasar junto a un pequeño restaurante que servía comida típica de la región.

El autobús se detuvo. Clara apretó los labios. Echaría de menos ver la figura de su madre. Baja estatura, hombros anchos, busto firme, cadera estrecha. El cabello, como siempre, recogido en una coleta. Un flequillo lacio sobre la frente; los anteojos rectangulares y los ojos poco maquillados. Labios delgados, apretados por la tensión; impaciencia en las manos cruzadas; un pantalón oscuro y una blusa sobria. Pero Ángela estaba ocupada, y Clara deseaba posponer el encuentro. Así que sujetó su maleta y recorrió el pasillo rumbo a la salida. Bienvenida a Tlalpujahua.

Adrián conducía con un dejo de nostalgia. Se había encariñado con Morelia, la ciudad que lo adoptó desde que partió de Tlalpujahua. De hecho, desde hacía años, solo volvía a su pueblo natal por una semana en vacaciones de verano, y no más. En diciembre era impensable convivir con su padre. Él estaba concentrado al cien por ciento en la venta de esferas, por lo que no había pasado una sola Navidad en Tlalpujahua desde la muerte de su madre.

Elvira amaba la Navidad. En opinión de su padre, decoraba la casa como un museo. Preparaba galletas de jengibre, como aprendió con una señora en Nayarit. Cierto año, Elvira preparó pavo en vez de pierna adobada. En otra ocasión visitaron a una comunidad pobre y repartieron aguinaldos. Un año, Adrián y ella hicieron un calendario de adviento. Cada ventana de una casita de fieltro contenía unas palabras para meditar o un dulce para el Niño. Adrián memorizó una frase de un tal Chesterton: "Siendo niños éramos agradecidos con los que nos llenaban los calcetines por Navidad. ¿Por qué no agradecíamos a Dios que llenara nuestros calcetines con nuestros pies?"

Su madre le explicó que en algunos países los niños ponían largos calcetines rojos en la chimenea donde Papá Noel depositaba juguetes durante la noche. Elvira no creía en esas tradiciones, aunque le pidió a su marido una chimenea. Sin embargo, insistió que su hijo recordara la frase. Si bien papá y mamá le obsequiaban cosas en Navidad, quien realmente merecía su gratitud era Dios que le daba la vida, la salud y las bendiciones.

A Adrián le hería evocar a su madre. La perdió a tan corta edad que todavía cargaba sobre sus hombros el peso de la soledad, pues desde ella, nadie había llenado ese hueco de intimidad con otro ser humano. Cierto que Dios había sanado muchas de sus dolencias. Él era su amigo y confidente. Pero en ocasiones Adrián ansiaba un toque humano; poderse sentar frente a otra persona y observarla a los ojos para abrir su corazón y desbordar sus sueños y frustraciones. Encontrar en el otro simpatía, complicidad, cariño. Todo eso le dio su madre. Después de la escuela, Adrián le narraba su día. Ella se sentaba en el sillón y le escuchaba practicar escalas en el piano.

Al abandonar la carretera de cuota, su corazón se aceleró al percibir los pinos y oyameles bordeando los senderos. El viento frío entró por el vidrio abierto, y supo que en Tlalpujahua le haría falta un suéter. En la cajuela traía dos maletas con ropa, dos cajas repletas de partituras, toda una vida. En casa de su padre, si acaso habría ropa de cuando tenía doce años, y quizá algunos juguetes.

Se detuvo unos segundos en la entrada al pueblo. Observó los dos caminos a seguir y tomó el de la izquierda. Una callecita empinada lo condujo al centro. Percibió más automóviles que antes. Pasó frente a la explanada techada donde se exhibía la feria de la esfera. Cruzó por una calle rumbo al centro, donde se levantaban edificios antiguos. Manejó cerca de la plaza y subió por la cuesta rumbo al Santuario, la iglesia más pictórica de ahí. Un hermoso edificio con fachada barroca clásica. Se accedía a él por una escalinata, y se consideraba una joya del siglo XVIII. Adrián contempló el pináculo. Si se acercara, vería las figuras religiosas en sus nichos.

A contra esquina de la escalinata que conducía al Santuario de Nuestra Señora del Carmen, se levantaba la tienda de su padre. "Feliz Navidad". Adrián siempre se rió de su poca imaginación para elegir un nombre comercial, pero guardó silencio al detenerse y contemplar los ventanales grandes, cuya herrería remontaba a tiempos coloniales. Por sus cristales se asomaban un sin fin de fantasías navideñas, pues eso era Tlalpujahua, el lugar donde era Navidad todo el año.

Adrián podía encontrar toda fábula, cuento o leyenda navideña escenificada en sus esferas o su artesanía. El Papá Noel francés y el Santa Claus estadounidense; los renos nórdicos y los duendes alemanes; los nacimientos mexicanos y los adornos chinos; incluso se escuchaban los villancicos españoles mezclados con los jingles populares. Cruzó la puerta.

Jimena, la chica que trabajaba para su padre desde hacía unos años, lo descubrió de inmediato y extendió los brazos de par en par.

—¡Adrián!

El saludo lo reconfortó. Algunas personas se alegrarían de su presencia. Ángela, la encargada de la tienda venía detrás. Le dio un abrazo y le convidó un vaso con agua de limón.

—¿Cómo estuvo el viaje?

—Tranquilo. No mucho tráfico.

—Tu padre está en el despacho. Te está esperando.

Adrián asintió. ¿Debía bajar las cosas del auto? Dedujo que no. Primero a saludar al viejo. Entró a la oficina de siempre. Un escritorio repleto de papeles en desorden. Un archivero a la izquierda, una mesa angosta a la derecha con la cafetera y tazas vacías, algunas esferas en exhibición y más papeles. De las paredes colgando cuatro cuadros, todos mostrando a Tlalpujahua; pinturas hechas por artistas locales.

—¡Adrián!

Su padre lo saludó con cortesía, aunque con sorpresa. Adrián seguramente había arribado antes de lo acordado. Los mismos brazos morenos, el rostro de un michoacano orgulloso de sus raíces. Nariz ancha, cejas pobladas, labios firmes. Pero detrás de todo eso, un hombre demasiado delgado, con una palidez mortal.

—Debes venir con hambre. En un momento subimos. Jesusa debe tener todo listo.

—No hay prisa. Puedo esperar, papá.

—Solo una llamada más.

Adrián se cruzó de brazos. No sabía qué hacer. Su padre discutía con un hombre sobre los precios de la paquetería. En la tienda tocaban música navideña, en la voz de Diana Krall. Adrián se entristeció. No fue en Tlalpujahua donde descubrió el significado de la Navidad, sino en Morelia. Escuchó la letra del villancico en turno, que hablaba de Jesús y su nacimiento, su propósito al venir al mundo, pero la gente en Tlalpujahua ¿estaría consciente del mensaje? Para su padre lo importante era vender. Para Ángela, decorar la tienda mejor que la de los Ortiz. Para Jesusa, preparar comida apetitosa. ¿Y dónde quedaba Jesús?

Su padre insistió que subiera a comer. Le faltaban varios pendientes. Adrián obedeció. Unas escaleras al fondo daban al departamento superior. Una sala-comedor, una cocina, dos recámaras. Jesusa, la sirvienta y amiga de la familia, le apretó las mejillas con cariño.

—Dormirás en tu pieza. Como siempre.

Jesusa le sirvió un caldo. Adrián disfrutó las tortillas hechas a mano. Pero mientras masticaba, sus ojos se desviaron al piano, ubicado junto a la chimenea.

—Ve y toca algo para esta vieja.

Adrián se sentó en el banquillo. Abrió la compuerta y rozó las teclas de ese piano antiguo que su madre consiguió de segunda mano con unos europeos que regresaban a su tierra después del colapso total de las minas y la industria en la región. Adrián jugueteó con las notas, pero no tocó nada en firme. Las lágrimas se agolparon en su garganta, pero les prohibió salir.

—Ayúdame, Jesús —rogó en un susurro. Temía ante todo, esa Navidad.

Clara conocía la ruta a la tienda. Subir dos calles, luego girar a la izquierda, subir otras dos, y antes de la iglesia, en la esquina, allí se ubicaba la tienda "Feliz Navidad", un nombre cursi y predecible, elegido por don Rubén en su fundación.

Decidió aguardar unos minutos. De repente, reconoció una figura con sombrero. ¡Emiliano! El hombre había encanecido. Ya no contaba con un solo cabello oscuro, y su andar era más lento, pero no así su modo de bailar con las puntas de las pies al dar cada paso. Su nariz grande, sus ojos pequeños. ¡Emiliano! Un michoacano de corazón, con la tez morena y las manos curtidas por el trabajo con la esfera; el intelecto detrás de las creaciones, el artesano por excelencia del negocio de don Rubén. Seguramente su madre lo había enviado.

Ella le sonrió. Ver un rostro familiar y amable tranquilizó su corazón. Emiliano se quitó el sombrero para saludarla, aunque desvió y clavó su vista en el vientre de Clara.

—Luce bien, Clarita.

Emiliano siempre hablaba de "usted" a los demás.

—Se hace lo que se puede, Emiliano.

Él, con gentileza, le quitó el asa de la maleta y la hizo rodar por el piso empedrado. Ambos caminaron con seguridad. Un poco de sol calentaba el ambiente, pero todos vestían suéteres y chamarras. Las bufandas y los guantes aparecerían más tarde. Clara metió las manos a las bolsas de su chaqueta. Tlalpujahua la recibía con un poco de frío.

—¿Y qué has hecho de novedad para este año? —le preguntó al hombre a su lado.

—Nada aún.

Eso no auguraba buenos resultados financieros, se dijo Clara. Contempló a los turistas, identificados por su vestimenta, sus cámaras fotográficas o sus bolsas de compras. Atravesaron la plaza principal y Clara se detuvo unos segundos frente a los puestos de dulces y frutas en conserva. Más tarde compraría algo. Luego observó la fachada de la tienda más llamativa de la región, propiedad de la familia Ortiz, los magnates de la industria de las esferas.

La música de temporada amenizaba la calle. Si no se equivocaba, se trataba de la voz de un grupo popular entonando villancicos. Solo necesitaba cruzar la puerta para entrar a un paraíso, con esferas de todos tamaños y estilos, decoraciones variadas y tradicionales, la Navidad en todo su apogeo. Emiliano se siguió de largo, así que Clara aceleró el paso.

Una cuadra más para la tienda. Desde que la vio, adivinó que no había cambiado mucho. En la planta baja se abrían tres arcos que invitaban a la tienda, más menuda y sencilla que la de los Ortiz, pero con adornos originales. Jimena, una muchacha mayor que Clara, atendía a dos clientes.

Clara quería ver la escena a través de los ojos de su madre. Clara había dicho que los exámenes y las tareas le habían impedido ir a casa. Un curso de verano. Demasiados pendientes. Gastos inesperados de libros. ¿La realidad? No había deseado que su madre descubriera su estado. Le ahorró las náuseas matutinas y el sueño excesivo. Sobre todo, el aumento de tamaño en su vientre. Clara titubeó durante los primeros meses. ¿Abortar o no? Sus amigas lo sugirieron. Las leyes estaban a su favor. Clara no tuvo el valor. Ni siquiera investigó los costos o los detalles. Simplemente, decidió que no se atrevería. Ángela la había educado bien con los principios de la vida por sobre cualquier cosa. Aún así, a veces la idea la torturaba; se burlaba de ella por las noches. "Si me hubieras hecho caso", le susurraba el fantasma del aborto, "seguirías en la escuela. Nadie se habría enterado. Continuarías el sueño de tu madre".

Ángela dio vuelta al mostrador y se plantó frente a ella. Extendió los brazos, pero no la rodeó de inmediato.

—Clara...

Casi ocho meses. Por Navidad, según el cálculo que hizo en una página en Internet, Ángela recibiría un nieto. Un nieto cuya existencia ignoraba. Un nieto que no llegaría con fanfarrias dentro del honroso estado de matrimonio. Clara se preguntó qué escandalizaría más a su madre. ¿El hecho que había abandonado los estudios? ¿Enterarse que el padre no respondería? Su madre la tomó de las manos. Al parecer no se atrevía a darle un abrazo.

—Me has tomado por sorpresa. No sé qué decir.

—No digas nada.

No quiso sonar tajante, pero el dolor en la expresión de su madre la había abrumado. Ángela observó el reloj. Casi las cuatro. Su hora de comida. En eso, don Rubén salió de su oficina. Clara rogó que el suelo se abriera y la tragara. Don Rubén la saludó con su voz gruesa y escandalosa.

—¡Clarita! ¡Pero mira nada más! Ángela, no me dijiste que serás abuela. Antes que yo tendrás un nieto.

Don Rubén lucía delgado, seguramente por el cáncer, según le había contado su madre en una conversación anterior.

—Yo tampoco sabía que sería abuela, don Rubén.

El hombre de cabello cano guardó silencio. Sus cejas se arrugaron tanto que Clara tembló. Desde niña supo que cuando don Rubén se enfadaba era hora de huir.

—Vaya. Supongo entonces que necesitas la tarde libre. Que Jimena te cubra.

—Emiliano... llamó al hombre que se había quedado olvidado en la puerta de la tienda con la maleta de Clara en mano.

—Que alguien del taller venga a ayudar.

Emiliano se despidió de Clara con compasión en la mirada. Clara sujetó su maleta.

—Entonces me voy, don Rubén. Nos vemos mañana —le dijo Ángela.

En eso, la puerta que daba al departamento se abrió de par en par.

La peor pesadilla de Clara se había hecho realidad. Adrián, el hijo de don Rubén, estaba en casa. Traía el cabello un poco largo, pero continuaba rizado como el de Elvira. Ojos marrón, tez morena clara, nariz recta y labios delgados. Alto, más alto que Emiliano y don Rubén. Delgado, pero con un aire intelectual debido a sus anteojos. Desde niños los utilizó, sobre todo para leer sus partituras. Sus ojos también se posaron en su abultado vientre, y no atinó a decir nada coherente. Clara se tachó de tonta una vez más. Adrián, su amor imposible desde niña, la persona que más admiraba en el mundo, viéndola allí, fracasada, herida, embarazada. Para su fortuna, Ángela se la llevó rápido. Lo último que Clara veía de la tienda era su carátula distintiva. «Feliz Navidad». ¿Qué de feliz tendría esa Navidad para ella?

2

Y darás a luz un hijo.

—Santa Biblia

Ángela tomó su bolso y le dio las últimas indicaciones a Jimena. Sujetó la maleta de Clara. Una chica preñada no debía andar cargando tanto peso. Las dos, sin cruzar palabra, avanzaron hacia la izquierda. Cuatro cuadras abajo se encontraba el departamento de Ángela, unos cuartos en el segundo piso. Para su fortuna, no se toparon con muchos conocidos; no estaba en la mejor posición para dar explicaciones pues cientos de preguntas cruzaban su mente. No sabía ni siquiera por cuál comenzar. Pero quizá no debía hacerlo.

Forcejeó para subir el equipaje por las escaleras. ¿Qué tanto traía Clara? Por lo visto no contaba con mucha ropa de maternidad, pues la que traía se veía gastada. ¿Cómo había sobrevivido esos últimos meses sin su madre? Ángela no estuvo allí para explicarle cientos de cosas. Mejor no pensar. Aún.

Abrió la puerta. Clara vería la misma casita de siempre. Limpia y ordenada. Olor a humedad. Una salita con un comedor para cuatro sillas. La cocina. Un baño sencillo; dos habitaciones pequeñas. En una durmió Clara todos los días hasta que se marchó a la universidad. Y no había regresado como Ángela soñaba, con un título universitario en mano, sino con una criaturita en el vientre.

Ángela colocó la maleta en la recámara de Clara. El edredón rosado, la muñeca de trapo. Se dirigió a la cocina y en un dos por tres compuso un almuerzo. Sopa de fideo y unas albóndigas recalentadas. Las dos se sentaron a comer. Ángela no olvidó dar gracias a Dios por los alimentos y por el viaje seguro de Clara. Por respeto, su hija cerró los ojos y guardó silencio. Ángela se preguntó en qué pensaría.

El momento llegó. No podía posponerlo más. Hablarían del embarazo.

—¿Por qué no me lo dijiste, Clara? ¿Cómo sucedió?

Se le quebró la voz.

Clara no dejó de contemplar las albóndigas, esferas de carne rellenas de huevo duro.

Ángela analizó la cuchara. Ninguna despegó la vista del plato.

—Tenía miedo. No me atrevía.

—Y ahora te preocupa el parto.

Ángela enrolló una tortilla, pero ni siquiera la mordió. Se le había ido el apetito.

—¿Quién es el padre?

Clara no había mencionado un novio desde que se marchó de Tlalpujahua. De hecho, en el pueblo solo tuvo un amor de verano con un chico de la secundaria. No le había dado problemas en el terreno del amor, hasta ese momento. Percibió el titubeo de su hija, sus dedos temblorosos y su vista nublada.

—Cuéntame, hija.

—Mis compañeras me presionaron a que fuera a esa fiesta. Había pasado el día de la primavera, así que era una especie de celebración informal, por eso acepté ir. Fuimos a Cuernavaca.

Ángela desconocía el lugar, pero se rumoraba que el clima cálido de esa ciudad cercana al gigantesco monstruo del Distrito Federal se distinguía por tener casas donde los fatigados capitalinos reposaban los fines de semana.

—Nos quedamos en casa de una amiga, pero no estaban sus papás. Yo no sabía. En verdad.

Ángela le creyó. Su hija podría ser muchas cosas, pero no una mentirosa.

—Llegaron amigos de ella. Luego se pusieron a tomar cerveza y otras cosas. Yo no quería pero me insistieron una y otra vez. Me prometieron que era algo ligero, pero me mareó. Me dieron más. En cierto sentido me gustó la sensación. Luego, este amigo de mi amiga, se me acercó. Me dijo cosas bonitas. No sé ni cómo pasó, mamá. No me acuerdo de mucho. Pero sé que nos fuimos a una recámara. Yo pensé que podría parar, pero no pude. Él era más fuerte. Yo estaba muy... fuera de mí. Jamás imaginé que quedaría embarazada.

El dolor en los ojos de su hija era palpable. Sin embargo, la ira ascendió por el cuello de Ángela. Cuántas veces le advirtió que no probara el alcohol, que no pasara tiempo en una casa sin un chaperón, que se diera a respetar con el sexo opuesto. Tantos sermones. ¿Y para qué?

—Al mes siguiente pensé que me había atrasado por el estrés. Pero en junio me preocupé. Me hice la prueba. Salió positiva.

—¿Y el muchacho sabe que esperas un hijo de él?

Las lágrimas fluyeron sin control.

—Dice que quizá he estado con muchos más.

Ángela hubiera querido tenerlo enfrente para estrangularlo. Pero en el fondo culpaba a Clara. La mujer sabía más. La mujer podía decir basta. La mujer era más fría, más calculadora. ¿O acaso la pasión también embotaba los sentidos del sexo débil? Clara ebria. ¿Cómo defenderse?

—Mis amigas me dijeron que abortara. Opté por no hacerles caso...

Había hecho bien, pero Ángela no se atrevió a confesarlo. No podía decir nada coherente. Se encontraba paralizada por la impotencia y la frustración. Clara echando a perder su futuro por una fiesta sin control.

—¿Y cómo te has sentido? —le preguntó, como para cambiar un poco la dirección de la conversación.

—Un poco gorda. Ya no me queda mi ropa.

—¿Has comprado vestidos de maternidad?

Clara negó con la cabeza. Si había tratado de esconder lo que traía dentro, ¿cómo se le ocurriría a Ángela que andaría por la calle usando algo que hiciera más obvia su condición?

—Tal vez doña Julia tenga algo apropiado.

Doña Julia. La de la boutique cerca de la casa que les vendía ropa a crédito. Pero doña Julia haría preguntas. Ángela siempre presumiendo a su hija, la universitaria, la futura psicóloga. La que no se equivocaría como otras que perdían la cabeza por un hombre. ¡Cuánto disfrutaría doña Julia burlándose de su deshonra!

Clara contempló su plato durante una eternidad.

Ángela suspiró.

—¿Viste a un médico?

El silencio por respuesta.

—¡Pero, por todos los cielos, Clara, esto no es un juego! Lo mínimo que debes hacer es cuidarte. Tomar ácido fólico, vitaminarte, vigilar a la criatura. No sabes los peligros que rodean un embarazo. Y muchas cosas hoy día se pueden prevenir.

Ángela se paró en seco. Un sermón. Lo había querido evitar, pero todo se repetía como en el pasado. Clara de niña, la misma mesa, las dos protagonistas, solo faltaba la boleta de calificaciones en medio de las dos y las preguntas de rigor. ¿Por qué había reprobado Matemáticas? ¿Cuándo mejoraría en Ciencias?

Pero su hija mejoró, tanto que entró a la universidad. ¡Qué desgaste!

—Cerca del parque vive el doctor Reynosa. Le llamaré para que nos reciba esta noche. Te deben revisar cuanto antes.

Clara separó los labios, pero antes de pronunciar palabra, los selló con energía.

—Te avisaré con anticipación para que te prepares.

Clara se excusó y se encerró en su cuarto para desempacar.

Ángela permaneció sentada y decidió no lavar los trastes. ¿Qué sería de ellas?

Adrián continuaba en su recámara con el impacto de la noticia aún en sus ojos. Clara embarazada. Crecieron juntos, el hijo del dueño y la hija de la empleada. Pero durante los ratos de ocio, corrían por las escaleras, de la tienda a la casa, provocando regaños de muchos frentes. Cursaron la escuela en diferentes institutos, pero sus vidas se cruzaron infinidad de ocasiones en el taller, en la tienda, en casa de Adrián. Habían disfrutado de los pasteles de doña Elvira. Se refugiaron en el mercado para comer unas quesadillas de la mano de doña Chole. Él se había enorgullecido de su amiga, cuatro años menor cuando ingresó a la universidad. Clara con un hijo. Qué tragedia.

Su padre tocó la puerta. Irían a casa de su tío, el Güero. Adrián no se podía negar. Se puso una chamarra y se trepó a la camioneta de su padre. El tío vivía en el centro, pero un poco lejos, y con su padre enfermo, no convenía que se fatigara.

Curioso que nadie hubiera mencionado la palabra cáncer. Su padre ni siquiera había tocado el tema de su próxima consulta. Más bien, se detuvo frente a una ferretería y los dos descendieron del vehículo. El tío Güero no había querido involucrarse en la producción de esferas. Decidió, después de casarse con la tía Efigenia, poner su propio negocio. Comenzó con una pequeña ferretería, vendiendo herramientas de pequeño tamaño, clavos, tornillos y silicona. El negocio prosperó, de modo que amplió su local e incluyó persianas, azulejos, cemento, hasta carretillas. Más tarde, compró los locales aledaños que repartió entre sus tres hijos. Estela puso una papelería, Daniel un taller mecánico y Josué, quien era contador, lo rentaba para una tortillería.

El tío Güero se consideraba un hombre afortunado. Sus hijos presumían buenos autos y hermosas casas. El primo Daniel viajaba constantemente a Estados Unidos y traía buena ropa para que su esposa la ofreciera. Don Rubén se perfiló hacia la ferretería. Adrián lo siguió. El tío se encontraba tras la caja registradora, fumando como siempre, y riñendo con sus empleados. Se detuvo al contemplar a su hermano. Lo saludó con efusividad, luego abrazó a su sobrino. Adrián notó lo mucho que los hermanos se parecían. Pero lamentó que fuera su padre, el mayor por varios años, el que comenzara a perder la vida a través de algo que carcomía sus entrañas.

La voz gruesa del tío atrajo a Daniel, quien se acercó con esa mirada de don Juan que tenía desde niño. Tres nietos del tío se asomaron; dos hijos de Estela, uno de Daniel. La algarabía subió de tono. Saludos, bromas, entonces el tío propuso que fueran a la casa. Por una puerta trasera salieron a un traspatio y luego a una casa grande, amueblada sin estilo, pero siempre repleta de ruido y acción. Música grupera de fondo, perros ladrando, niños correteándose. Se encaminaron a la cocina, el centro del hogar. La tía Efigenia preparaba unos frijoles. Los saludó con una sonrisa. Cada quemador de la estufa estaba ocupado por un sartén o una olla. En esa casa no faltaba el alimento. Allí, el frío era menor dado al calor que surgía del fuego.

La tía Efigenia repartió atoles, en tanto los demás platicaban.

—¿Entonces qué, sobrino? ¿Vas a sentar cabeza y trabajar con tu padre en el negocio?

El tío no perdió oportunidad y encendió otro cigarrillo. La tía agitó la mano para apartar el humo.

—No molestes al más guapo de mis sobrinos.

Le plantó un beso en la mejilla. Adrián no se consideraba apuesto, pero por lo menos no tenía la nariz tan tosca que ella había heredado a sus hijos.

—Adrián dejará eso de la música —rió su padre.

Adrián contó hasta diez. No caería en la provocación. Lo había prometido desde Morelia.

—La música es bonita —insistió la tía.

—Pero como pasatiempo —declaró don Rubén—. Todos los músicos se mueren de hambre.

—Michael Jackson fue millonario —irrumpió Estela quien entraba en ese momento saludando a Adrián.

—Y está muerto —les recordó Daniel—. Pero tu padre tiene razón, primo. Debes ponerte las pilas. Mira que yo ya ando en una camioneta cuatro por cuatro. Unos cuantos lujos no hacen daño.

—Y dime, hijo, ¿sigues en eso de la religión que te enseñó tu tía Beatriz? —interrumpió la tía Efigenia.

Adrián suspiró antes de responder:

—Tía, no es una religión, sino una relación con Jesús. Ella no me cambió de ideas, solo me mostró la Biblia y lo que allí dice.

La tía arrugó la frente. Don Rubén se aclaró la garganta, mas fue Daniel quien introdujo el tema del fútbol.

A Adrián no le incomodaba conversar sobre sus equipos preferidos, ni sobre el nuevo presidente municipal, pero ¿por qué nadie mencionaba la palabra cáncer? Quizá ignorar el dolor les hacía más fuertes. Como cualquier ser humano, el sufrimiento y la muerte no entraban en sus planes, eran intrusos inoportunos, invitados no deseados.

Adrián había aprendido distinto. Pero, ¿cómo explicarlo? El primo Daniel le dio una palmada en la espalda.

—Esta es la tierra de las oportunidades, primo. Además de seguir con el negocio del tío, puedes vender ropa o mercancía de Estados Unidos. Tú nada más me dices cuándo, y nos echamos un viajecito para traer novedades. Y si quieres cambiar de auto, me avisas. Te puedo conseguir buenos precios, y autos de calidad.

—Y si Jesusa no te alimenta bien, te vienes para acá —comentó la tía y todos rieron a carcajadas, pues era bien sabido que Jesusa jamás dejaría a ese par de hombres pasar hambre. Y aunque su sazón contaba con buena fama, la tía Efigenia no se quedaba atrás.

Su padre se incorporó en una clara indicación que había llegado el tiempo de volver a casa. En eso, el tío Güero preguntó cuándo sería el día de aquello. No quimioterapia, sino «aquello». Don Rubén respondió que en unos días, no viernes, sino «en unos días». El tío asintió.

—Todo saldrá bien, hermano.

Se despidieron. Cuando su tía abrazó a Adrián, le susurró al oído:

—Me da gusto que estés aquí. Tu padre te necesita.

No lo pareció, sin embargo, mientras abandonaban la casa del tío y buscaban la camioneta.

Clara se observó en el espejo una vez más. Su madre la aguardaba en la sala para ir al médico. Se acomodó el pantalón. Intentó sobarse el vientre, pero no lo consiguió. Se tragó las lágrimas que se le amontonaban en el pecho, y que le repetían que simulaba un monstruo, una madre desconsiderada, una mala persona. ¿Cómo más catalogarla?

Toda la tarde Clara había jugado con un mismo pensamiento. Irían al médico; y en el fondo, ansiaba malas noticias. Que le dijera que el bebé venía mal o que había muerto; que debían terminar el embarazo o ella moriría en el proceso. Su consciencia le reclamaba. Se trataba de un ser humano, su hijo, el fruto de su relación con Mauricio. ¿O era eso lo que quería olvidar y borrar? Le aterraba verse en la presente situación. Embarazada tan joven. Sin carrera, sin marido. ¿Qué de sus sueños? ¿Qué de su juventud? Ella nunca lo planeó así. A los veinte años debía estar pensando en graduarse, no en visitar a un ginecólogo.

Rozó el cristal con las yemas de los dedos. Que Dios la perdonara por esa frialdad de corazón. Alguien debería reprenderla por su pecado.

Si asistiera a la iglesia se confesaría. Si creyera que de algo ayudaba, rezaría. Era una mujer desnaturalizada que prefería la muerte de un inocente a su frustración. Se sacudió la cabeza. Muchas lo hacían. ¿Por qué ella no? Varias de sus conocidas se deshicieron del producto. Un producto. Una cosa. No una persona.

Ángela suspiró con tal fuerza que Clara la escuchó. Debía salir. Tomó su bolso y se lo echó al hombro.

—Lo que será, será —susurró para sus adentros.

Su madre la miró con ternura. La tomó del codo y la guió escaleras abajo. Clara se retorció. No soportaría que su madre comenzara a tratarla con paternalismos ni con exceso de cuidados. ¿O acaso una parte de ella ansiaba esos mimos?

Se protegió el cuello con una bufanda. Dos calles de frente se percibía la iglesia iluminada. Qué linda lucía contra el negro de la noche. Hacia abajo se distinguían los techos de las casas. Un cuadro conmovedor. Clara caminó detrás de Ángela quien, como siempre, llevaba prisa.

Su madre no hacía nada con lentitud. En cierto modo, resultaba lo opuesto a la imagen de una madre de provincia. Genoveva, la madre de Rocío, su compañera de secundaria, hacía lo que toda madre. Se la pasaba lavando ropa, cocinando y limpiando su casa. No trabajaba, pero tenía marido. El padre de Clara las había dejado a su suerte. ¿Tuvo Ángela otra solución a su problema?

Un poco más allá del parque, Ángela se detuvo frente a un portón de madera. Del segundo piso asomaba un letrero que anunciaba: Rodolfo Reynosa, médico ginecólogo y obstetra. Ángela tocó el timbre y abrió una sirvienta. Las condujo por un patiecito con adoquín, bordeado de macetas con flores hasta un cuarto que servía como sala de espera. Les pidió que se sentaran. El doctor no tardaría.

Ya había tres personas allí. Clara supuso que serían las últimas pacientes, pero no contaban con las urgencias y que el doctor se había atrasado en su consulta normal. Su madre, seguramente, también lo lamentó, pues su pie derecho brincaba con desesperación. Clara hojeó una de las revistas de la mesita de centro. Se enteró sobre chismes de la realeza, como si le entretuviera. Pero se le figuraba mejor que el programa de televisión que se exhibía.

La puerta del consultorio se abrió. Una chica con su madre pasó dentro. Solo faltaba una mujer en sus treintas, con un vientre abultado. ¿Qué pensaría Ángela? No conversaba con Clara. Si platicaran, no se aburrirían, pero Clara optó por el silencio mientras meditaba en su madre. La había sacado adelante. Jamás le faltó comida ni ropa. La envió con sus ahorros al Distrito Federal. Pagó la pensión, el autobús, los libros, la comida, la ropa. Todo para que Clara volviera sin un título. ¿La consideraría un fracaso? ¿Se avergonzaría de ella? ¿Por qué no? Tanto esfuerzo para nada.

Cuarenta y cinco minutos después; Clara llevaba la cuenta en su reloj, correspondió su turno. El médico, un hombre bajito, canoso y con lentes gruesos, saludó a Ángela con cortesía, mas sin familiaridad. Inició la entrevista. Clara tragó saliva antes de responder.

Última regla: mediados de marzo. O eso recordaba. El médico frunció el ceño. ¿No estaba segura de la fecha? Clara le dijo que no. Ella no esperaba embarazarse. Al ser irregular, no apuntaba sus períodos, solo aguardaba su llegada. ¿Se había hecho una prueba de sangre? Había comprado una prueba casera. El doctor contempló a Ángela. Ella no le devolvió la mirada. Peso, talla, estatura. ¿Había sentido nauseas? Solo en los primeros meses. ¿Dolor al orinar? No. ¿Problemas con la presión? Tampoco.

Con solo dos dedos, los índice, el médico escribía concentrado en la computadora. ¿Primera regla? A los trece. ¿Regular? No. ¿Cuándo había comenzado a tener relaciones? Clara se mordió el labio. ¿En verdad necesitaba saberlo? Solo lo había hecho una vez. ¿Se cuidó? No.

El doctor había de pensar lo peor. Con tanta información y tantos métodos a disposición: condón, pastillas, DIU, ¿cómo embarazarse?

El médico le pidió recostarse sobre la cama de exploración. Clara obedeció. Le agradaba la postura pues miraba hacia el techo, no hacia su madre. Eso le quitaba presión de encima. El médico midió su vientre, luego lo palpó. Ella sintió cosquillas. Rodolfo Reynosa le indicó que sentiría un poco de frío. Le puso un líquido gelatinoso. Ángela se acercó. Frente a ellas, se encendió un monitor. Clara lo vio con claridad.

El doctor paseó un aparato sobre su vientre. Apareció una imagen en tonos grises. Apenas se percibía. Formas y líneas. La matriz. El doctor comentó que contaba con buena cantidad de líquido.

—Aquí está su corazón.

Un puntito parpadeó. El corazón de su bebé.

—Sus piernas.

Dos varitas.

—Su cabeza.

Una pelota. ¿Sería cabezón?

—Sus manos. ¡Mira, nos saluda!

El corazón de Clara se aceleró. De reojo miró a Ángela quien había sonreído. El bracito del bebé se levantó unos segundos.

—Sus ojos y su nariz.

Al parecer todo marchaba a la perfección. Después de una leve decepción, Clara sintió alivio.

—¿Quieres saber el sexo? —le preguntó el doctor.

—Está bien.

—Es un varoncito.

Un varón. Un hijo. Sin proponérselo, las lágrimas resbalaron por sus mejillas. Sería la madre de un niño.

3

Para mí, el Hada de Azúcar representa
el gozo del baile.

—ALINA COJOCARU, BAILARINA DE BALLET

C lara decidió acompañar a su madre a la tienda. Se sentó sobre
un taburete y un sin fin de recuerdos acudieron a su mente. De
hecho, se encontraba un tanto distraída. La noticia de que sería
madre de un varón la inquietaba. ¿Podría educar a un hombrecito? Al
carecer de hermanos o primos, le faltaba experiencia. Su contacto más
cercano con un niño se dio con Adrián. Justo entonces, Adrián se asomó por la cortina que separaba la tienda de la oficina de don Rubén.

Sus ojos se abrieron con sorpresa y Clara se ruborizó. ¡Adrián!
¿Acaso él se alegraba de verla? Así lo pareció pues se acercó con
rapidez.

—¿Cómo estás? Ayer casi no pudimos conversar. En verdad estoy
contento por ti. Tendrás un hijo.

—Un niño —ella le confió con cierto temor.

—¿Qué sucede, Clara? ¿No te emociona?

Clara trató de descifrar su mirada. Desde aquella experiencia en
Cuernavaca, desconfiaba del sexo opuesto y cualquier insinuación. Se

tallaba cuando se bañaba, tratando de borrar la sensación de esos dedos violentos sobre su piel; se convencía a sí misma de que todos los hombres buscaban aprovecharse de las mujeres. Si no fuera así, ¿por qué Mauricio tomó ventaja de su ebriedad para satisfacer su apetito sexual? Pero se trataba de Adrián, su amigo Adrián. Eso lo detectó con tan solo contemplar sus pupilas expresivas y sinceras.

—Es complicado.

—¿El padre?

Ella asintió con vergüenza y le narró sobre aquella fiesta.

—Me engañó. No responderá.

Adrián apretó los puños como hacía de niño cuando su padre los regañaba injustamente. Los dos clavaron la vista en las esferas más cercanas, unos círculos del tamaño de una naranja, con patrones simétricos.

—Lo siento —susurró él con sinceridad.

Clara agradeció su apoyo.

—¿Te acuerdas de nuestro escondite?

Ella ocultó una risita. Solían escapar al cuarto de triques, donde almacenaban esferas y otros adornos. La mayoría de la producción se guardaba en la bodega de la fábrica, pero un pequeño cuarto albergaba lo que podía llegar a faltar. Clara y Adrián vigilaban a la clientela desde ahí, hasta que Ángela o Elvira los descubrían. En ocasiones, Clara subía para jugar con Adrián o escucharlo practicar. En otras, ayudaban a Ángela a sacudir las esferas. Rompieron menos de diez, ya que se comportaban con sumo cuidado. Las esferas, se repetían, merecían todo su respeto. De ellas vivían.

—Extraño esos días —admitió ella, para su propio asombro.

—Yo también —suspiró Adrián.

Clara se preguntó si pensaría en su madre, a quien perdió a temprana edad. Ella misma echaba de menos a doña Elvira.

—Todo saldrá bien, Clara.

Así lo esperaba ella.

—Dios está contigo.

¿Dios? Desde que Adrián se marchó a Morelia solo lo vio los veranos, una o dos semanas al año. Notó en él ese sutil cambio de actitud hacia la vida. Adrián se hizo fuerte, y mencionó a Jesús en sus conversaciones. Traía su Biblia y oraba antes de los alimentos. Entonces, si no se equivocaba, un año atrás, Adrián sostuvo una charla muy seria con su madre. Ella poco se enteró, pero cuando visitó Tlalpujahua percibió que su madre leía la Biblia y oraba, que en ella se traslucía más paz y una sonrisa más constante. No negaría que a ambos les venía bien el asunto de Dios, pero ¿acaso Dios se interesaría en una muchacha embarazada y fracasada?

—¿Tienes miedo?

—Un poco.

—Todo saldrá bien.

Extrañamente, las palabras de Adrián la reconfortaron.

Después de pasar un rato con Clara en la tienda, Adrián se encaminó al taller de esferas. Su padre quería que viera cómo iba la producción y para que Emiliano anotara unos nuevos pedidos. Don Rubén tenía todas las esperanzas de que su hijo se quedara al frente del negocio, lo que no sería mala idea, solo que Adrián amaba la música y pensaba dedicarse a ella.

El taller se ubicaba unas cuadras al norte de la tienda. En el trayecto, Adrián acarició sus memorias. Hablar con Clara le había despertado un sinfín de recuerdos, como el inicio de su amor por la música. Su madre le cantaba. Lo sentaba en su regazo, en una mecedora, y entonaba pequeñas cancioncillas conocidas e inventadas. Más tarde, le compró los discos de Cri Cri, aquel compositor mexicano de canciones infantiles, famoso por un programa de radio enfocado a los niños. A Adrián le agradaron esas letras divertidas y estimulantes a la imaginación. Una patita que iba al mercado con su rebozo y su canasta. Una hormiga con su paraguas y recogiéndose las enaguas. Tres cochinitos soñando con pasteles y tormentas. Unos ratones toreros. Una araña bailando tango. Una negrita que quería ser blanca como la espuma del mar.

Adrián andaba en los tres o cuatro años cuando Elvira tuvo la fortuna de conocer a la señorita Heidi, hija de un minero que se quedó en México aún cuando las minas cerraron. La señorita Heidi no se casó, pero no lucía amargada. Al contrario, le gustaba ayudar a los demás y sembrar hortalizas. Vestía de modo distinto a las nativas, pero amaba la música. Una tarde invitó a Elvira con su hijo a una taza de café. Adrián miró el viejo piano de reojo. Heidi sonrió. ¿Le gustaría escuchar una melodía? Adrián asintió. Los dedos de la señorita bailaron en el teclado. La música que se produjo fascinó a Adrián.

Desde ese día, Adrián se estremecía cada vez que escuchaba a Beethoven, el preferido de la señorita Heidi. Adrián favorecía a Bach, incluso a Mozart, pero las sonatas para piano de Beethoven le hacían pensar en su maestra.

Esa misma tarde, la señorita Heidi sugirió darle clases al niño. Elvira aceptó, esforzándose por juntar dinero para pagarlas. No es que carecieran de recursos pues su esposo ya empezaba con el negocio, sino porque se negó a cooperar con tan estúpida idea. Preferiría pagar para entrenamientos de fútbol, ¿pero música?

Quizá esa complicidad con su madre fue lo que lo alejó de su padre, pero ¿qué se le iba a hacer? Adrián se enamoró del piano, de la música, de lo que implicaba producirla. En la escuela no tuvo problemas con las materias de Matemáticas y Ciencias. Si acaso, batalló con Geografía e Historia. Pero la música lo llenaba todo, lo sanaba todo, lo componía todo. Hasta la fecha así sucedía.

Su padre no comprendía su amor por la música. Para él, todo era blanco o negro. «Este muchacho no sabe ni componer el excusado cuando se zafa el flotador». «¿Sabrá cambiar un foco o hay que traerle una partitura con la explicación?» «Se morirá de hambre con puro piano. Que sea hombre y se ponga a usar las manos para cosas de hombre». Nunca le explicó qué eran esas «cosas de hombre», pero Adrián, viviendo en casa de su tía Beatriz, arregló tuberías, compuso cables de electricidad y le armó una cerca. Pero su padre nunca se enteró. Quizá nunca lo sabría.

Adrián entró al taller que parecía un enjambre de abejas. La feria de la esfera los traía movidos.

Emiliano, ese hombre serio y de cabello blanco, michoacano de corazón y amante de la artesanía, lo saludó con un abrazo. Desde niño, lo consintió con dulces típicos y mucha atención.

—¿Cómo va la feria, Emiliano?

—Hemos vendido poco. Los Ortiz nos han sorprendido con esferas cuadradas.

Se refería a los dueños de la fábrica más importante de la zona.

—¿Y ustedes qué han hecho? —preguntó Adrián—. Me acuerdo del primer año que sacaste las esferas frutales. Fueron tu idea.

—Y al otro día ya todos las habían imitado, pero lo bueno de ser los de la novedad es que damos mejor calidad en el producto, y finalmente somos los que llevamos la batuta. Pero este año, el padre de usted no se ha inspirado, y yo tampoco.

Hicieron un recorrido por el taller. Los hombres soplaban vidrio. El fuego atraía a Adrián, como de niño, pero una cicatriz en la pierna derecha atestiguaba que no resultaba la mejor idea tratar de imitar a los artesanos. Emiliano felicitó a los artesanos por los grosores que habían logrado ese año. Según él, tardaban treinta segundos en cada esfera. ¡Qué rapidez!

Las esferas se ponían a enfriar, y una vez en condiciones correctas, un grupo de mujeres aplicaba la pintura base. Tonos mate y plateados. Manos diestras que no titubeaban. Entonces llegaba el turno de las verdaderas artistas, mujeres jóvenes y no tan jóvenes, que decoraban cada esfera con diamantina, pintura y óleos. Cada diseño era único. Cada esfera llevaba el sello de Tlalpujahua. Algunos motivos requerían más atención debido a los detalles. Otros solo conllevaban líneas de esas manos que no temblaban.

Emiliano felicitó a una chica que el día anterior había logrado cien esferas de las más complicadas. Las más sencillas permitían que una trabajadora terminara hasta cinco mil al día. Adrián se acercó a los muchachos que insertaban los ganchos y empacaban las esferas en las cajas de cartón. Campanas, muñecos de nieve, ángeles, cometas, nochebuenas, frutas, motivos navideños. Adrián contempló a esos artesanos michoacanos que realizaban su trabajo con buena voluntad, amenizados por la radio local y el ánimo infundido por Emiliano.

Dichas esferas viajarían a Europa, a Estados Unidos, o partirían a distintos lugares de la República. En ese instante, Adrián quiso huir con ellas lejos, muy lejos de ahí. Pues su mente dictaba algo contrario a su corazón. Delante de él se presentaba una escena de éxito empresarial, pero se negaba a dejar su música. Él no había nacido para el arte manual; mucho menos para los negocios. Aún así, le entristecía que su padre no vendiera como otros años; y él con cáncer. ¿Qué podrían inventar?

Entonces, la música llegó en su auxilio. Una melodía surgió de su subconsciente probablemente por influencia de su conversación con Clara. Oyó una cadencia suave, misteriosa, luego unas campanillas dulces, un hada descendiendo del cielo y cayendo sobre las flores. Un hada de azúcar.

—Dime, Emiliano, ¿pueden hacer esferas un tanto rectangulares?

—Podemos hacer lo que usted quiera. Solo que algunas llevan más tiempo.

Pero eso no importaba, pues lo trascendental sería la unidad. Adrián pidió lápiz y hojas blancas; se sentó junto a unas artesanas y comenzó a bosquejar. El Cascanueces, rectangular, uniformado, bigotón. El rey ratón, gris, uniformado, enojado. Un hada de azúcar, unos danzantes chinos. Emiliano observaba detrás de su espalda en tanto daba instrucciones a su gente. Adrián dibujaba y bosquejaba; los empleados hacían esferas, los más expertos creaban las primeras muestras. Así no. Más alto, más delgado, un tono más oscuro, un rostro menos tenso. Algunas esferas, otros en madera para darle variedad. Qué bien que su padre contratara artesanos tan diestros.

Unas horas después, un Adrián sudoroso contempló la colección «El Cascanueces». Emiliano había dado la orden de producir las más que se pudieran esa tarde. Ninguno de los dos pidió la venia de don Rubén. Sabían que aceptaría.

—Serás bueno para el negocio —le dijo Emiliano, al despedirlo.

Adrián no agregó nada. Se emocionó con la idea, pero motivado por la música, no por el trabajo. Aún así, llevaba tan dentro la melodía que recién arribó a la tienda, subió las escaleras y abrió sus cajas. Jesusa lo contempló con sospecha, como si hubiese perdido la camiseta. Encontró el disco y le plantó un beso. Bajó corriendo a la tienda y le rogó a Ángela que desde ese momento, lo tocara cada dos horas, o menos, de ser posible. Ella obedeció con las cejas arrugadas. Nadie confiaba en él, pero si fuera el futuro dueño, debían hacerlo.

Una parada más, se dijo Adrián. Luego le contaría a su padre su grandiosa idea.

—¿Tienes tu acta de nacimiento?

Clara arrugó las cejas. ¿Para qué la requeriría su madre? Se encontraban en la hora de la comida. Ángela le había contado sobre la extraña idea de Adrián de poner música clásica en lugar de villancicos. ¿Qué se traería entre manos? Pero de repente y, bruscamente, cambió el tema.

—La dejé en la pensión. ¿No tienes copia?

Ángela murmuró un no.

—Necesito una reciente. Pero sirve tu credencial de elector. Mañana iremos a hacer el trámite para el seguro.

El corazón de Clara se detuvo. ¿Había escuchado bien?

—Afortunadamente las embarazadas tienen prioridad. Debes comenzar a ir con tus consultas para que te revisen.

—¿Ya no iremos con el doctor Reynosa?

—Cada consulta cuesta cuatrocientos pesos.

Clara tragó saliva. Reconocía su posición social. Su madre había usado cada peso de su sueldo para mantener a su hija en Ciudad de México. Carecían de ahorros, de posibilidades pero ¿aliviarse en el hospital regional?

—Investigué lo que implicaría ir a la clínica privada.

Ángela le extendió un papel con un desglose que la dejó boquiabierta. Cama por noche. Honorarios del anestesista, el ginecólogo y el pediatra. Otros gastos que jamás imaginó. Una pequeña fortuna.

—Tal vez mi padre ayude.

Ángela agachó la cabeza.

—No hemos oído de él en años...

—Lo buscaré. La abuela debe saber donde encontrarlo.

—Soy tu madre y yo veré por ti. Cientos de mujeres se alivian en el hospital regional. Además, tu abuela tampoco ve por nosotras.

—Cuando se entere que será bisabuela, me dará el teléfono de mi padre o ella misma cooperará.

—La situación no es tan fácil. No sé qué te enseñaron en la universidad, pero un hijo cuesta. Debiste pensarlo antes.

A Clara le dolió la última frase. Tarde o temprano su madre le echaría en cara su error. Para su buena fortuna, su madre volvió a la tienda, así que Clara optó por dar un paseo. Debía despejarse. Se sentó en el parque, con la mirada perdida, hasta que escuchó una voz familiar.

¡Lupe! ¡Su amiga de secundaria! El mismo rostro infantil solo que con una figura más rolliza y fortachona, una mujer del campo.

Lupe vivía en una ranchería. Cada mañana mientras cursaron secundaria tomó un autobús que dilataba hasta una hora en llegar a Tlalpujahua, pero nunca se quejó. Era una luchadora. En ese instante, los ojos de su amiga se clavaron en su vientre.

—¡Felicitaciones, Clarita! ¡Qué alegría! Esperas un hijo.

Clara revisó las manos de Lupe. No detectó un anillo de matrimonio.

—¿Cuándo te casaste? —le preguntó su amiga.

—Yo... soy madre soltera.

Cada palabra ardió en su garganta, pero Lupe no la juzgó. Nunca lo había hecho. No lo haría en ese instante. Era una muchacha centrada, más aguantadora. No había llorado por una mala calificación ni por un desplante amoroso. Solo lloró cuando su abuela partió al más allá.

—¿Y a qué te dedicas?

—Estudiaba en la capital, pero he vuelto para dar a luz.

Lupe asintió como si comprendiera.

—Yo trabajo para unos europeos. Les limpio la casa y les cocino un poco. Lavo ropa, ya sabes. Vengo tres veces por semana, pero pagan bien.

Con el dedo apuntó a uno de los cerros donde se ubicaban unas casonas construidas en los últimos años.

—Vine al mercado por unas cosas que me faltan. Pero qué gusto verte.

—¿Y tú tienes novio?

Lupe abrió los ojos deprisa.

—Yo... tengo marido.

¡Marido! Clara se quedó sin habla por unos segundos. Lupe casada por todas las de la ley. Sonaba increíble, pero Lupe no tenía por qué mentir. Aún así, sus ojos regresaron a sus manos. ¿Y el anillo? Tal vez se lo quitaba para trabajar.

—¿Por la iglesia y todo?

—¿Que si me casé por la iglesia? Ay, Clara, en mi pueblo hay otras tradiciones. Soy la mujer de mi esposo, pero no estamos precisamente registrados.

—¿Quién es?

Lupe miró al cerro, como si presintiera que su jefa la observaba desde ahí.

—Es del rancho. En una feria nos hicimos novios, luego quedé embarazada.

¡Embarazada!

—¿Esperas niño?

Lupe le envió una expresión de simpatía. Clara pareció mirarla por primera vez. Se le figuraba una desconocida. ¿Qué sabía de Lupe? Solo que cursaron juntas la secundaria y la defendió más de una vez de los burlones, y que luego ella se regresó al rancho y Clara continuó el bachillerato, para finalmente irse a la universidad.

—Tengo dos niños. Uno de cinco y otro de un año.

Clara se rascó la cabeza.

—No lo sabía, Lupe.

—No nos hemos visto desde hace mil años, y además, no bajo mucho del rancho, hasta ahora que tengo este nuevo trabajo. Pero ya que estás esperando, te buscaré.

—Dime, Lupe. ¿Y cómo es? ¿Duele mucho? —preguntó sin chistar.

Si en alguien confiaba en este mundo, era en Lupe. No que jamás revelara un secreto, sino que no sabía mentir ni maquillar la verdad.

—Pues claro que duele, pero no dura mucho. Yo caminé de mi casa a la de mi tío para que me trajera en la camioneta. El doctor dijo que por tanto ejercicio aceleré el parto. Yo solo sé que apenas entré al hospital, me subieron y salió el chamaco. Con los dos me pasó igual.

Clara se mordió el labio. Debía hacer más ejercicio. No preguntó más aún cuando la curiosidad picaba peor que un mosquito. ¿Cómo sería cuidar a un niño? ¿Lloraban mucho? ¿Te trastornaban la vida? ¿Qué de su esposo? ¿Cómo se llevaban? ¿Qué sería sobrevivir como madre soltera?

—Debo correr o *Madame* me cambia por otra. Luego te busco, Clarita.

Lupe se marchó; Clara se tumbó en la banca del parque.

Lupe con dos hijos. Clara madre soltera. Entonces se le ocurrió ir al cajero automático para revisar su saldo. Una miseria. Todo lo había gastado en el autobús. Al salir de la puerta de cristal, se frenó abruptamente. Casi golpea a una mujer. Una mujer que trabajaba en el banco, pues usaba uniforme.

—¿Clara?

Trató de distinguir las facciones de esa joven con el cabello rojizo —seguramente teñido— y sonrisa cínica. El timbre de la voz resolvió el enigma más que la apariencia. Se trataba de Rocío. Amigas más dispares no pudo tener en secundaria. Lupe, del rancho; Clara, hija de una empleada; Rocío, hija del dueño de unas tiendas, por lo tanto, de posición un poco acomodada, en términos de Tlalpujahua.

Clara conocía más de Rocío que de Lupe. Sabía que estudió una carrera técnica y que pensaba buscar trabajo, pero el diciembre pasado aún no hallaba nada digno de ella.

—¿Cuándo conseguiste el empleo?

—En mayo. Pero tú no has venido desde la pasada Navidad —Rocío le reclamó con una sonrisa.

La sujetó del brazo y la encaminó al parque donde se sentaron, curiosamente en la misma banca que hacía unos minutos Clara había ocupado durante su conversación con Lupe.

—Pero, Clarita, luces... muy bien. ¿Cuándo nacerá?

Mediados de diciembre.

—Esta sí que es una sorpresa. ¿Y el padre?

Clara se encogió de hombros. Rocío adivinó su pena.

—Supongo que dejaste la escuela. Los estudios cansan. Yo por eso no seguí, aunque mi padre insistió. ¿Pero para qué? Lo nuestro es casarnos. Por eso me dedico ahora al banco. Mañana, cuando encuentre al príncipe azul, mejor me meto a clases de cocina. Eso sí es vital. Y dime, ¿no te aburres a muerte? Deberías ponerte a hacer algo mientras llega el niño.

¡Niño! ¿Quién le informó que se trataba de un varón? ¿Intuición? ¿Chismes y rumores? Pueblo chico, infierno grande. ¿Acaso el ginecólogo no creía en la confidencialidad del paciente?

—Me gustaría trabajar.

Clara no mintió. Lo había pensado unas horas atrás. Sin nada que hacer, el tiempo gateaba en Tlalpujahua.

—¿Y ya tienes nombre para el niño?

¿Nombre? Aún le faltaba el seguro social, así como el padre del crío. ¿Cómo detenerse a pensar en un nombre? Rocío asintió como si comprendiera. ¡Pero no entendía nada! Ella trabajaba en un banco y soñaba con una boda. La imaginaba vestida de blanco, lanzando su ramo. ¿Pero por qué desquitarse con su amiga?

—Deberías ayudar en la tienda de don Rubén. He oído que andan cortos de manos.

Lo mismo le comentó su madre.

—Debo irme porque le prometí a mi mamá pasar a la panadería. Pero te paso mi celular —le dijo en tanto anotaba un número en un papelito—. Yo te busco.

Clara la vio partir. Cuánto daría por salir con ella a pasear, sin un vientre del tamaño de una sandía.

Ángela contempló la vidriera vacía. ¿Cómo darle vida a los Cascanueces de Adrián? Jimena la miraba con extrañeza, mientras Ángela medía y sacaba cajas con decoraciones, pero las devolvía a su lugar. Nada combinaba.

Entonces se acordó de doña Elvira, la amante de la Navidad por excelencia. ¿Dónde habrían quedado sus cientos de figurines y colecciones? No se atrevía a preguntar a don Rubén, así que acudió a Jesusa.

—Todo lo metí en cajas, Angelita. Y allí están, juntando polvo desde hace años.

—¿Te acuerdas de unos muñecos y unos muebles de juguete?

—¡Cómo no! A Clarita le encantaban. Varias veces tuve que regañarla, por tocarlos, porque ya sabe que si algo se rompía, siempre era culpa de Jesusa. Ven, te los muestro.

Don Rubén no estaba así que entraron al departamento. Ángela admiró la chimenea. No había tantos adornos como en el pasado pero Jesusa había conservado algunos significativos, como una corona de adviento, algunos libros de colección y el árbol navideño.

Cruzaron la sala y luego giraron hacia el baño, de modo que se internaron en el pasillo hasta un cuartito que Ángela antes no había visto. Se trataba del tilichero, como Jesusa le informó con cierto orgullo. Allí dentro, entre paredes de tres por tres, se apilaban algunas cajas con recuerdos de doña Elvira.

—Todo tuyo, Angelita. ¿La verdad? No sé en dónde estará lo que buscas, pero te prendo la luz, y ponte a sacar cosas.

La bombilla encendió de modo tenue. Seguramente no era un foco de cien watts, pero Ángela no se quejó. Abrió la primera caja. Revistas, muchas revistas. A través de los años, Doña Elvira había coleccionado un sinfín de publicaciones navideñas. Muchas en inglés, otras tantas en español.

«¿Y de dónde saca tantas ideas?» le había preguntado Ángela en cierta ocasión.

«No hay nada nuevo bajo el sol» le había dicho. «Tengo muchas revistas. Empecé a juntarlas desde joven. Las de inglés solo las miro, pues no entiendo el idioma, pero en las de español he aprendido recetas, tradiciones, historias detrás de mitos y leyendas. No nací culta, Angelita.

Pero trabajé para una señora que me instruyó. Me platicaba tantas cosas que despertó en mí la curiosidad. Tenía un hermoso piano que tocaba mientras yo planchaba. ¡Qué alegría aquella! Tardábamos semanas en preparar la casa para Navidad. Ella me contagió su amor por las fiestas decembrinas, pero también por la música. Luego, el poquito tiempo que viví en Estados Unidos con mi marido, seguí juntado cositas».

Y en realidad había logrado una colección de envidia. Ángela selló la caja de revistas y abrió una segunda. Decoraciones para el baño, el tocador, incluso la cocina, todas con temas navideños; hechas de fieltro, de pellón, de madera. En la tercera no corrió con mejor suerte: curiosidades hechas por mano de doña Elvira, pero no lo que Ángela buscaba. Finalmente, al cuarto intento, se topó con una especie de casa de muñecas. Simulaba la época victoriana, porque como doña Elvira le informó, en aquellos años se instituyó propiamente la Navidad como se conocía en la actualidad.

Rozó una muñeca de porcelana, con cabello rizado y rubio hasta la cintura. Clara había amado esa figura.

«Mamá, ¿me compras una?»

«No sé dónde las vendan».

Clara se conformó con una Barbie. Pero nada se comparaba a esa muñeca fina y delicada. Sería la niña del cuento que Adrián había preparado para exhibir ese año. Luego eligió los muebles, todos de fantasía. Una cama y el tocador, un sillón, un espejo, un piano de cola. ¿Qué haría en el futuro don Rubén con toda esa maravillosa colección? Preguntaría después. Incluso, en ese instante otra idea la petrificó. ¿Permitiría que Ángela la usara para la vitrina? Se arriesgaría.

Bajó las escaleras con el corazón galopante. Se dedicó en cuerpo y alma a la vitrina. Simuló una casa, la de Clara, luego alrededor colgaban las esferas del Cascanueces con los demás motivos de la obra. Salió a la calle y suspiró con satisfacción.

—¿Y se puede saber de dónde sacaste tan bellos objetos?

La voz de don Rubén la dejó pasmada. ¿Debía voltear? Permaneció inmóvil hasta que él lanzó una carcajada.

—Bien pensado, Ángela. Los Ortiz harán una rabieta esta noche. Si no vienen a comprar esferas, por lo menos la gente se parará para contemplar tu vitrina.

Eso rogó Ángela, luego pensó en doña Elvira. A ella le habría gustado contemplarla.

Adrián se dirigía a toda prisa a un negocio que conocía donde hacían dulces típicos y artesanales. Su padre lo mataría, pero no importaba. Usaría su propio dinero. Planeaba ofrecer unas hadas de azúcar como parte del atractivo. Una gomita en forma de hada o bailarina de ballet, lo que saliera más económico, por cada caja de seis esferas. Le empezaba a gustar esto de los negocios.

Una mano se posó en su hombro. ¡Don Guillermo! Un viejo conocido de sus padres. Se dieron el respectivo abrazo con palmadas en la espalda. Don Guillermo lucía bien. Más canoso, con unas cuantas arrugas, pero bastante intelectual. Le preguntó su destino; Adrián se encogió de hombros. La tienda de dulces seguramente ya había cerrado. Iría al otro día. Don Guillermo indagó más por el asunto, luego le insistió ir con él. Conocía al dueño.

Adrián entró a un mundo de fantasía colonial. Dulces en conserva. Dulces de leche. Ate y piloncillo. Un hombre de gafas lo atendió. Captó su idea y mencionó el precio. Más de lo que Adrián había calculado, pero debía arriesgarse, de lo contrario, su padre no vendería como en otros años y no deseaba perjudicar su salud. Una vez concretado el negocio, don Guillermo y Adrián tomaron un café en el segundo piso de una casa donde una mujer había establecido una pequeña panadería. A Adrián se le figuró un exquisito café chiapaneco con una enorme porción de panqué recién horneado.

Don Guillermo le preguntó por sus estudios.

—Ya me gradué.

—Oí que dabas clases en el Conservatorio. Supongo que volviste por lo de tu padre.

Adrián susurró un sí.

—Es terrible preguntar lo siguiente en estos momentos y lo que pasa en tu familia, pero resulta que me han nombrado coordinador de cultura. En unas horas comienza un festival de cine de terror.

Adrián comprendió por qué había visto a tantos muchachos vestidos de negro y con tatuajes extraños. Turistas muy diferentes a los que realizaban sus compras navideñas de esferas y recuerdos.

—Pero la Navidad, a pesar de todo —señaló una tienda de esferas al otro lado de la calle—, pasa casi desapercibida. Supongo que el pueblo entero se involucra tanto en la venta que olvidan la celebración. Increíble que la feria cierra a mediados de diciembre, pero la gente se presenta aún en Nochebuena para adquirir regalos de última hora o decorar sus hogares. Los artesanos no detienen la producción. El caso es que, me pregunto, si te interesaría montar algo sencillo, por ser el primer año. Un coro, un concierto, algo así.

Adrián tragó saliva. Había sido uno de sus sueños. Traer la música clásica a Tlalpujahua. Enseñar a los niños y a los jóvenes la profundidad del arte musical. Pero con su padre enfermo, con lo del taller...

—No me respondas ahora —le comentó don Guillermo. Sacó una tarjeta de su cartera y se la entregó a Adrián.

—Piénsalo. Estamos a buen tiempo. Si te animas, la gente vive cerca, puede ensayar hasta tres o cuatro veces por semana. En lo particular, me gustaría un coro infantil.

Un coro infantil. El corazón de Adrián latió con fuerza. Otro de sus sueños. No los cantores de Morelia ni de Viena, pero sí un pequeño ensamble de voces frescas, de niños a quienes pudiera contagiarles el verdadero sentido de la Navidad. Lástima que la oferta apareciera en tiempos tan turbulentos para él.

Clara observó la puerta de entrada de la tienda de los Ortiz, decorada con acebo y follaje. Sabía que una vez que pisara adentro, volvería a ser la niña de cinco años que, de la mano de su madre entró por primera vez a esa tienda. No había olvidado aquella ocasión. El viaje en el camión, con su madre nerviosa por un futuro incierto. ¿Dónde vivirían? ¿Dónde trabajaría Ángela? Recorrieron Tlalpujahua con maleta en mano. Entonces llegaron a la tienda de los Ortiz. Ángela venía a pedir trabajo, que no le dieron. Pero se toparía con don Rubén y su suerte cambiaría, por lo que Clara evitó de nueva cuenta la tienda de los Ortiz pues se le figuraba algo similar a pisar el templo de un dios prohibido. Sin embargo, no olvidaba aquella primera vez, y palpando su vientre, entró.

La misma sensación de alegría. Esferas y luces, muchas luces. Un pasillo repleto de esferas con cientos de formas decorando las paredes. Duendes y renos; Santa Claus y los magos de oriente. Círculos, cuadrados, espirales. Un arco iris de tonos; colores llamativos y más serios. El corazón de Clara saltó, como aquella primera vez.

Se encontraba en la tienda de los Ortiz. La casa de Papá Noel. En cierto modo, cometía traición contra su madre, don Rubén, Adrián. La casa de Papá Noel era la competencia más férrea de «Feliz Navidad». Pero no dio marcha atrás. Había venido para reencontrarse con esa niña que murió el día que se hizo la prueba de embarazo.

Al fondo del primer pasillo se topó con cuatro casitas. Tres no le interesaron. Una sobresalía por ser religiosa, con un pesebre; la segunda mostraba duendes que la asustaban; la tercera solo manejaba conceptos abstractos. En el fondo, la pintada de rosado le susurró. Como esa niña pequeña, se internó en esa casita repleta de hadas, muchas hadas. Figurines importados y nacionales, de porcelana y de plástico, todos con el precio que anunciaba su venta. Clara continuó la visita. En el salón contiguo se elevaban cuatro árboles de más de cinco metros de alto. Cada año los decoraban diferente. Clara concluyó que Ángela tenía mejor gusto al decorar los pequeños árboles de la tienda.

Pero faltaba el otro rincón, uno muy especial. Allí el padre Ortiz comenzó su colección de casitas. Una villa navideña en escala cubría casi diez metros cuadrados. Un tren de juguete que lanzaba humo recorría ese paisaje de ensueño con montañas nevadas, lagos cristalinos y carreteras. En medio, la villa de Santa Claus. Casitas decoradas, algunas con focos encendidos. En la casa del centro, no una iglesia, sino la fábrica de Papa Noel.

Clara debía marcharse. Le afectaría tanta nostalgia. Pero antes de abandonar la tienda, descubrió la novedad del año. Esferas cuadradas. Grandes, chicas. De vanguardia. Los clientes que soñaban con verse modernos las comprarían. Clara abandonó la tienda. Hora de volver a casa. Pero antes, decidió pasar por «Feliz Navidad». Quizá sorprendería a su madre. Tal vez le pediría trabajo a don Rubén. Al doblar la esquina, sin embargo, se paralizó.

Contempló con asombro el ventanal más grande. ¿A qué hora lo redecoraron? ¡El Cascanueces! Esferas que representaban al rey ratón y al Cascanueces. Figurines del hada de azúcar, y pequeños hongos que emulaban los danzantes chinos del ballet. Aún mejor, de lejos se escuchaba la melodía que Ángela tocaba en el aparato de sonido. No se trataba solo de música clásica, sino del hada de azúcar o el hada bombón. Los ojos se le humedecieron.

Clara y el Cascanueces. Su madre le había contado la historia cientos de veces. En Angangueo no pasaba nada. Poblado más atrasado no podría existir. Solo la mina les traía cierto orgullo, hasta que cerró. Cuando los europeos y americanos se marcharon, dejaron atrás sus casas y algunas cosas. Entre la basura, Ángela había rescatado una enciclopedia infantil en español que se llevó a casa. Sacudió del polvo los doce tomos, en tanto leía cada uno de los temas; Historia, Geografía y Literatura. El paquete incluía doce pequeños discos que debían escucharse en un aparato que Ángela no tenía. Se enteró que el maestro Timoteo, uno de los más instruidos del pueblo, tenía un tocadiscos. Se lo pidió prestado. Él la contempló con ternura. El profesor Timoteo, recién salido de la Escuela Normal, deseaba instruir al pueblo, y como Ángela había sido una de sus mejores alumnas, se lo regaló. Ángela se enterneció. Desde entonces, escuchó cada disco como si de ello dependiera su vida. Cada volumen incluía las piezas principales de famosos compositores como Beethoven, Saint Saëns, Bach, Mozart y Chopin. Pero su preferido fue, sin lugar a dudas, el de Tchaikovsky, que mostraba siete piezas fundamentales del ballet del Cascanueces.

Ángela investigó la trama de la composición en la contraportada del libro. Entonces lo supo. Si algún día daba a luz a una niña, la nombraría Clara. El sueño de ver el ballet en vivo no se había materializado. Quizá nunca lo haría. Pero esa anécdota, real o imaginaria, hizo creer a Clara que era una persona especial. Y ahora, Clara estaba embarazada, y había dejado la universidad. Aún así, sonrió ante el hermoso escaparte que Ángela había preparado, segura que esa noche los Ortiz se morirían de envidia.

4

La oscuridad era barata. Y a Scrooge le gustaba.

—Charles Dickens, *Un cuento de Navidad*

Adrián se ubicó detrás del volante de la camioneta. Su padre prefería su vehículo al más compacto de Adrián. El hospital se hallaba en otra comunidad, ya que la clínica de Tlalpujahua no contaba con un buen departamento de oncología. Su padre se acomodó a su lado y se puso el cinto de seguridad. Adrián arrancó.

Se concentró en abandonar el centro del pueblo que ya presumía un poco de tráfico dada la hora. Entre más autos, más problemas viales existían. Cuando ya tomaban la carretera federal, ambos se relajaron. Bajaron sus cristales y disfrutaron de la brisa fresca. Don Rubén encendió la casetera. Contenía un CD con éxitos de una mujer española. Adrián vagamente la recordaba de su niñez. «Cuando calienta el sol», pero nada como la versión de Luis Miguel. Su padre apagó el aparato.

—Ando con dolor de cabeza. ¿Sabías que tu gran idea de los dulces de Cascanueces me está saliendo cara?

Adrián no lo miró. ¿Qué decirle? Los Cascanueces habían sido un éxito. Ángela había decorado la vidriera de forma impresionante. La música alegraba el lugar, y habían encontrado muchos amantes de la música clásica que se acercaban por curiosidad. Obviamente, producir las nuevas esferas tomaba más tiempo, lo que entorpecía la producción. Pero las vendían caras, y aún así la gente las adquiría. Los Ortiz no habían podido, o no habían querido, lanzar una competencia directa. Aún se conformaban con sus esferas cuadradas, pero parte del encanto se encontraba en los dulces típicos, las hadas de azúcar, como Ángela las llamaba. Desafortunadamente, apenas recuperaban el costo, ya que Emiliano y Adrián no lo contemplaron al establecer el precio.

—Te falta aprender mucho, Adrián.

Su padre lo miró de reojo. Adrián se sonrojó.

—En lugar de haber ido al Conservatorio, debiste entrar a la escuela de negocios. ¡Qué hubiera dado yo por ello! Nunca sabré cómo hubiera sido. Pero en mis tiempos, la universidad era para unos cuantos. Crecí aquí en Tlalpujahua, en los campos. No había más para nosotros. Si acaso las minas, pero mi madre tenía miedo que nos muriéramos en un derrumbe. Entonces me harté, y como muchos, aún hoy, me fui a Estados Unidos.

Adrián conocía la historia, pero no lo interrumpió. Más bien se concentró en rebasar camiones de carga pesada.

—En el viaje me topé con tu madre. Ella había crecido en un pequeño pueblo de la costa. Trabajaba como sirvienta en la casa de una americana de apellido Adams que le contagió su pasión por la Navidad. Pero la señora se mudó a San Francisco, y Elvira quedó sin empleo. Decidió entonces huir de casa, pues su madre se había vuelto a casar con un hombre al que detestaba, y acompañó a su amiga Tina a Ciudad Juárez. Allí nos conocimos. Cuando nos casamos, la pasé al otro lado, a Estados Unidos. Pero allí la vida no era vida. Cosechar campos por una miseria; fumigar nidos infestados de bichos; tallar loza; pintar paredes; hacer trabajo de albañilería. Los dólares no rinden como uno quisiera. Pero si algo me gustaba allá, era la Navidad. ¡Ah, la Navidad!

Tu madre la adoraba, pero de eso te acuerdas bien. Cuando llegamos a Chicago, vimos muchos edificios altos. Nunca aprendí el inglés, ni entendí lo que me decían, pero cuando escuchaba esos villancicos, mi corazón palpitaba. *Yingue bel, yingue bel, yingue ol de bei,* o algo así. ¿Los escaparates? Una obra de arte. Esas tiendas grandotas, con ropa que uno no pagaría ni en diez años. Luces y luces, árboles decorados, moños y listones. Hasta uno que era pobre se emocionaba. Los que podían patinaban en el lago congelado; todos con bufandas y chambritas. Ah, qué tiempos aquellos. Por ahí me dijeron que Nueva York era mucho mejor. Nunca lo sabré.

—Aún podrías visitar Nueva York —comentó Adrián.

—El sueño americano se desvaneció temprano para mí —continuó su padre sin prestarle atención—. Sé lo que piensas. Tú y los de tu generación creen todo lo que se dice por ahí. Tenacidad y buena suerte, lo necesario para triunfar. Pero la vida real exige algo más: trabajo. Trabajo duro. Y a esa edad, no quise pagar el precio. ¿Quieres saber cómo se hizo millonario Rockefeller? Te lo aseguro, muchacho, no sentado por las noches viendo televisión ni saliendo a festejar cada fin de semana. Mucho menos tocando el piano. Óyelo bien, Adrián, el trabajo cuesta. En fin, Elvirita y yo nos hartamos de Estados Unidos y de la vida de un inmigrante, y nos regresamos a México, aquí a Tlalpujahua, mi tierra. Mis padres murieron jóvenes, así que nos conseguimos un cuartito, y nuestros ahorros se esfumaron. Entonces me puse a trabajar para los Ortiz, en la fábrica. Esferas y más esferas. La Navidad sin la ostentación de los Estados Unidos pero Navidad al fin. Y entonces, me cansé. No que hubiera maltratos, solo que me quise arriesgar. El gobierno ofrecía facilidades para iniciar pequeñas empresas. Yo no tenía ni un peso, pero por fin se me había quitado la flojera de la juventud, y con una mujer como Elvirita, me sentía inspirado. Ella me animó. Consíguete una mujer como tu madre, Adrián. He visto a muchos fracasar porque se casan con mujeres que solo les ven la billetera o la carita, y luego los detestan más que a una rata. En fin, tu abuelo me había dejado un terrenito. Lo arriesgamos todo. Como te digo, ya no era un muchachito, sino un hombre que comprendía una cosa: carecía de talento creativo. Ni yo ni Elvirita, que trabajaba también en la fábrica, podíamos decorar esferas como otros. A mí hasta se me quebraba el cristal en las manos. Pero sabíamos contar dinero, y nos encantaba soñar. Así que nos lanzamos a la aventura. Renuncié y alquilé el taller. Luego, me puse a convencer a otros de seguirme. Si bien yo no daba una con eso de la diseñada, conocía a buenos amigos de la fábrica con un don excepcional, entre ellos, al buen Emiliano. Los tomé prestados de los Ortiz.

Lanzó una risita cínica.

—Lo malo es que ya no los devolví, ¿verdad?

Adrián sonrió a pesar de no querer hacerlo.

—Pero lo que digo en dos palabras, tomó años. Trabajo, puro trabajo. Elvirita vigilando a los trabajadores y empacando ella misma. Emiliano haciendo de todo, soplando vidrio, pintando esferas, desvelándose varias veces a la semana. ¿Y sabes? Vendíamos poco. Casi nada. Pues no había tienda, solo el localito ese. Le abríamos el portón y allí exhibíamos las esferas. La cosa cambió cuando vino un italiano. Le gustó lo que hacía Emiliano, digo, reconozco que eran sus ideas. Nos hizo un pedido grandecito. Corrí para investigar eso de los trámites para exportar. ¡Ah qué líos! Firmas y firmas, ir y venir. Nada me salía.

Su padre se detuvo y analizó la campiña. Adrián se preguntó qué recordaba. ¿La fatiga? ¿Los problemas? ¿Las luchas?

—Por fin enviamos las primeras esferas. Y quisieron más. Con ese dinero, me embarqué para comprar la casa que hoy es tienda. Mi señora palideció por primera vez. Se iría a la tumba, así dijo, sin que termináramos de pagar. Pero se equivocó. Entonces llegaste tú. A trabajar más para darte un patrimonio. Hoy no debo nada. La casa es mía, el taller es mío. Y tú no lo quieres trabajar. ¿A quién se supone que debo dejarlo?

Adrián sintió ganas de llorar. No esperaba que su padre descargara así su corazón, tan de repente. ¿Qué responder?

—Papá, para mí el negocio es importante. Y quiero que discutamos sobre el futuro de tu empresa, pero hay algo más trascendental de lo que quiero conversar. Es la principal razón por la que he regresado a Tlalpujahua. Necesito que hablemos sobre Jesús.

Notó cómo su padre se agarraba con más firmeza del asiento. Adrián debía apurarse. Faltaba poco para el hospital.

—Jesús —dijo su padre como si escupiera—. No me interesa ese cuento. Es una historia bonita que me ha hecho rico. Una virgen que concibe, ángeles cantando, todos felices.

Adrián tragó saliva. Sus nudillos se blanquearon debido a la presión con que sujetó el manubrio.

—¿Un cuento feliz? —repitió con las palabras atorándose en su garganta—. Papá, ¿no has escuchado bien la historia? ¿De dónde sacas la felicidad de un cuento rosa? Es una historia trágica. Primero, una chica embarazada en una sociedad cerrada, con la increíble noticia que ha concebido sin estar con un hombre. Luego el prometido acepta a la chica sin ser el padre, ni saber con certeza que la versión de su novia sea verdad. Entonces, en el último mes de su embarazo, ella viaja al sur del país. Pero no en avión o auto, sino en un animal de carga, arriesgando así a la criatura y su propia vida. Para colmo, llegan a un pueblo donde ya no hay hospedaje disponible. Y ella comienza su trabajo de parto. Finalmente, un hombre compasivo les abre el único lugar accesible. Un granero. Un establo. El bebé nace en las condiciones más insalubres que pudiera describir nuestro siglo. Todo lo que se recomienda a una madre se rompe con María. No hay doctores ni enfermeras, nada esterilizado. El bebé nace entre el estiércol de los animales y el follaje que los alimenta. Luego aparecen visitas extrañas. Pastores, personajes poco respetados por su oficio. Unos magos de oriente con regalos costosos. ¿Pero te has preguntado qué hizo José con ese oro y esa mirra? Yo sí. Y concluyo que lo usó para el viaje relámpago que hicieron a Egipto. Allá huyeron cuando un rey loco decretó que se asesinara a todos los niños menores de dos años de la región. Papá, tú no ignoras esta historia. La escuchamos cientos de veces de labios de mi madre. Quizá la repetición nos ha hecho ponerle tintes de cuento de hadas, o incluso hacer romántica esa noche, pero entre más medito en ella, más veo que se trató de un momento complicado para un par de jóvenes inexpertos.

Adrián no frenó su lengua. No logró hacerlo.

—La historia empeora. El niño crece, y todo para granjearse la enemistad de sus contemporáneos. Tanto le odiaron que planearon su muerte, y por medio de mentiras y engaños lo lograron. Jesús es enjuiciado por la ley de su pueblo, luego por la ley romana. Se le condena a la cruz, a pesar de su inocencia, y sufre una muerte lenta, tortuosa, degradante. ¿Qué de hermoso tiene la cruz? ¿Por qué no mejor, en lugar de esferas, vendes cruces? Porque nadie en su juicio cabal quiere recordar el dolor y la muerte de Jesús, un inocente. Me conmueve esta historia, papá. Creo esta historia. Vivo por esta historia. Porque Jesús hizo todo esto por amor a mí. Un nacimiento difícil, una muerte violenta, por mí.

Llegaron al hospital. Adrián se estacionó, pero no apagó el motor. No hasta que terminara.

—Quise arrancarme el dolor por la muerte de mi madre con otras filosofías, con la misma música, pero no pude. En casa de mi tía Beatriz empecé a leer la Biblia y a preguntarme las cosas transcendentales. Quién soy. Por qué estoy aquí. Y en mi búsqueda, vez tras vez, me topé con Jesús. Él es el centro de todo.

Su padre abrió la puerta y se colocó el sombrero.

—Me da gusto que a ti te haya consolado por la muerte de tu madre. Pero a mí, no. Vamos, tenemos una cita.

Adrián obedeció. Había quedado agotado, pero sobre todo, triste. Muy triste.

Clara ayudaba en la tienda de don Rubén. Su madre iba y venía al lugar de exposiciones donde don Rubén había puesto un stand mostrando sus esferas. El éxito del Cascanueces había causado conmoción entre los empleados del taller que carecían de manos para trabajar más rápido, y con don Rubén fuera, su madre debía velar por los intereses de la tienda. En el fondo, Clara admiraba la capacidad de su madre por negociar y mandar, pues aún Emiliano temía a Ángela cuando se enfadaba, aunque también respetaba sus decisiones y buena percepción de las cosas.

Por una parte, Clara se tranquilizó por ya contar con una póliza del seguro que la protegía en su embarazo. Por otra, se preguntaba si don Rubén le pagaría o tomaría su participación en la tienda como labor altruista. No importaba. Ángela y ella le debían mucho a don Rubén. Aún ansiaba un poco de dinero para comprar muebles y ropa para el bebé, y sobre todo, conseguir algunos privilegios como atención privada. Pero todo se daría a su tiempo; por eso, prefería concentrarse en el trabajo: empacaba esferas. Daba precios. Limpiaba el piso cada vez que alguien rompía una esfera. Revisaba las cuentas. Sacudía las artesanías. Sacaba de las cajas los artículos que se agotaban en vitrina. Cambiaba el disco del aparato de sonido. Alternaba el Cascanueces con algún otro de villancicos. Quitaba precios con las uñas. Envolvía con celofán.

¿De dónde salía tanta gente? Escuchaba a una de las clientas comentar que se debía al festival. ¿El de la esfera? Pero percibió que la mayoría de los clientes eran jóvenes. Descubrió grupos de amigos provenientes de las grandes ciudades, desde Morelia hasta Guadalajara, y muchos del Distrito Federal. Le asombró que muchos de ellos vistieran de negro y se maquillaran con exceso, aún los varones. Entonces recordó los carteles que anunciaban el festival de cine de terror.

Le dio hambre. A media mañana obtuvo su bien merecido descanso. Se internó en un cuartito en la parte trasera, exclusivo para empleados. En él se ubicaban varias sillas, un sillón viejo y un horno de microondas. Ella no había traído almuerzo. No se le había ocurrido. Encontró una bolsa de palomitas. ¿Comida chatarra para el bebé? Estaba tan cansada, que no quiso entristecerse por una mala alimentación. De hecho, no se había cuidado debidamente. Comía poca fruta, casi nada de verdura. Esperaba que su hijo no naciera con rostro de pizza o de hamburguesa. Los ojos se le humedecieron. Últimamente lloraba por cualquier cosa.

Le dolían los pies. Se había cansado. Metió la bolsa de palomitas al horno de microondas y presionó el botón correspondiente. El ping la distrajo. Sacó la bolsa que humeaba y la abrió con agilidad. De una pequeña alacena extrajo un tazón donde vertió las rosetas. El aroma a mantequilla había codeado su apetito. Mordió un puño de palomitas.

—¿Hay alguien en casa?

La voz la inquietó. Quizá Jimena había ido al baño y perderían una clienta. Masticó las palomitas lo más rápido que pudo. Al salir, miró el rostro sonriente de Vicky, delante del mostrador. Vicky era una lugareña admirable. Guapa y delgada, casada con Hugo, un profesor de Matemáticas en el bachillerato. A través de su joven esposo, Clara conoció a Vicky, una mujer de empuje. Cuando Vicky comprendió que pronto Tlalpujahua se convertiría en un sitio turístico, abrió una agencia de viajes. Con ella, se adquirían boletos de avión o autobús. Recomendaba hoteles y organizaba tours en la región. A ella acudían los extranjeros y nacionales, pues aún no tenía mucha competencia en Tlalpujahua. Rocío y Clara la admiraban desde jóvenes. Vicky siempre vestía a la moda. No le faltaba nada en su casa. Presumía un buen auto y reía con tal soltura que contagiaba.

—¡Clarita! ¡Has vuelto! Pero ¡mira nada más! ¡Embarazada! ¡Felicitaciones!

Clara abrió la puerta que separaba los anaqueles con el mostrador y se dejó abrazar.

—¿Y para cuándo nace?

—Por finales de diciembre.

Vicky asintió:

—Un hijo es un regalo; una bendición. ¿Niño o niña?

—Niño.

Ella sonrió:

—Qué maravilla. Eres una chica valiente, Clara. Muchas ya no quieren ser madres; han olvidado el privilegio que tenemos como mujeres al traer un bebé en el vientre. Disfrútalo, cuídalo, protégelo. Quisiera quedarme a platicar, pero realmente vengo por uno de estos hermosos Cascanueces. Mi suegra vino de visita, y quiero darle algo antes que se vaya. Me han comentado que todos están encantados con estas esferas. Me llevo un juego.

Buscó su cartera mientras Clara empacaba el pedido. Cuando la vio partir, suspiró. Qué daría por ser Vicky. Casada, bonita, feliz. Un negocio exitoso. Un buen esposo. Una apariencia envidiable. ¿Qué más podía pedirle a la vida?

Don Rubén aguardaba al médico mientras Adrián lamentaba en voz alta no haber traído algo de lectura. Que se pusiera a repasar alguna partitura, pensó don Rubén, pero no con la mejor intención, así que mejor se guardó su comentario. Jamás entendería a su hijo. Era un enigma, aún mayor que Elvira. Desde que perdió a Elvira, a don Rubén no le gustaba la Navidad; más bien, la resentía y deseaba borrarla del mapa. Le recordaba demasiado a su mujer. Por otra parte, se le figuraba una historia demasiado increíble de ser realidad, o demasiado simple para ser ficción. En algún tiempo la celebró, sin mucho entusiasmo, por insistencia de Elvira. Pero siempre había trabajo en la tienda. Compras de último momento, algunos clientes despistados que incluso querían regalos, así que abría parte de Nochebuena, sin tomar en cuenta la desaprobación de Elvira.

Dejó de pensar en ello. Algo más lo distraía; ese miedo, un miedo profundo y silencioso, que ocultaba con todas sus fuerzas. ¿Pero quién no temía un poco a la palabra cáncer? Había intentado comenzar bien el día, pero no lo logró. La noche anterior padeció insomnio. Si acaso, solo logró descansar unas dos horas. ¿Qué hizo? Ver la televisión. Elvira nunca estuvo de acuerdo en meter la televisión en la recámara. Él lo hizo después que ella murió. Veía noticias, películas, deportes, cualquier tontería, hasta que el sueño lo vencía. Pero la noche pasada no había sucedido. Quizá si leyera, pero se aburría. Más bien pasó las horas golpeando su almohada, maldiciendo el café que bebió en una cena de negocios con otros exportadores de esferas y preguntándose por qué no lo pidió descafeinado.

Durante esas horas analizó las cifras. Los Cascanueces que Adrián inventó le gustaban, pero no daban grandes ganancias aún. En fin, ¿qué más daba? Él moriría y el chico heredaría un negocio que se iría a la quiebra pues él no lo entendía, no lo deseaba, ni lo procuraba.

Por fin salió la enfermera y llamó su nombre. Adrián lo acompañó a una sala especial. La enfermera tomó sus datos. Revisó su presión y su temperatura. Lo pesó. Lo dirigió a una habitación más espaciosa con sillas. Al lado de todas ellas, se ubicaban esos ganchos especiales para sueros. La enfermera sujetó unas bolsas con líquidos extraños. Insertó una aguja en el brazo de don Rubén para encontrar la vena. Comentó que había sido fácil dar con ella. Qué alegría. A veces los pacientes sufrían de tantos piquetes infructuosos por encontrar las preciadas fuentes de sangre.

A don Rubén no le interesó. Que lo hiciera rápido y ya. Observó cómo el líquido se movía en el tubo. La quimioterapia había iniciado. Adrián ocupó una silla de plástico a su lado. Don Rubén no cruzó palabra con él. Se había fatigado. De reojo revisó a los otros pacientes. Hombres y mujeres de edad madura. Con hijos o nietos al tanto de su bienestar. Don Rubén prefirió cerrar los ojos.

Sin embargo, cinco minutos después, un vómito como proyectil manchó al pobre Adrián a su lado. El muchacho se levantó, bañado por una sustancia viscosa, pero no se quejó sino que se preocupó por su padre y solicitó a una enfermera con premura.

—¿Está bien mi padre?

La enfermera se acercó con la frente arrugada. El médico llegó y se presentó: Hortensio Valencia. ¡Qué nombrecito! Don Rubén, a punto de hacer una mala broma. No tenía ganas de reír. El doctor instruyó a la enfermera que le administrara unas drogas que lo mantendrían sedado para que el cuerpo no percibiera la reacción alérgica a la medicina.

—La quimioterapia tardará una hora —le indicó la enfermera a Adrián—. Puede ir a cambiarse de ropa y comer algo. Su padre no irá a ningún lado sin mi permiso.

Guiñó el ojo y Adrián le sonrió. Don Rubén rogó que Adrián se marchara. Así lo hizo. Cuando Adrián desapareció, consiguió relajarse. Cerró los ojos y se desconectó del mundo de los vivientes y de esa gente a su alrededor, igual de enferma, más pobre y desgraciada.

Pensó en su muchacho. ¿En quién más? ¿Por qué tuvo que salir músico? Elvira lo convenció. Siempre quiso que Rubén se interesara en las artes, pero él se negó. Fue su dulce venganza. Aún así, esa mañana percibió en él la pasión que había ansiado ver. Convicción. Determinación. Coraje. Había luchado por sus creencias. Lástima que fueran religiosas. También había sido obstinado con su música. Qué pena. Si mostrara la misma determinación en los negocios, tendría éxito.

Jesús. Jesús. No deseaba pensar en él; sin embargo, las palabras de Adrián lo perseguían. No había sido una historia color de rosa, sino algo más trágico. Una confrontación con la muerte, luego un desenlace funesto. Por supuesto que entraba la resurrección como broche de oro, pero ¿lo creería?

Una escena vino a su memoria mientras ese líquido, gota a gota, se mezclaba con su sangre. Años atrás había visitado Ciudad de México con Elvira. Por alguna razón inexplicable, ella no podía ir a una ciudad o pueblo sin visitar sus iglesias. Decía que allí se escondían tesoros de gran valor, y no negaría que algunas de ellas llamaban la atención, pero para Rubén todas parecían semejantes. Entonces lo forzó a pisar la catedral. Rubén aceptó porque se trataba de la iglesia principal de la ciudad, y por cierto, del país. Se le figuró un edificio oscuro, repleto de estatuas y demasiado cargado de imágenes como para permitir una apreciación distinguida. Sin embargo, en pleno recorrido, un Cristo, de los muchos que había, llamó su atención. Leyó el título: «El Señor del Veneno».

Un religioso pasaba justo por ahí y preguntó si querían oír la historia. Elvira dijo que sí. La leyenda narraba que un devoto a Cristo se ganó la enemistad de un vecino. A tal grado llegó el odio de este vecino, que decidió acabar con su vida. Pensó en envenenarlo, pero no hallaba el cómo, hasta que descubrió que el hombre todas las mañanas se arrodillaba ante la imagen del Cristo blanco y bello, y con gran humildad besaba sus pies. El vecino consiguió un veneno y frotó con él los pies del crucificado. Al día siguiente, como de costumbre, el hombre entró a la iglesia. Se arrodilló y rezó sus oraciones. El vecino miraba de lejos. Entonces, a punto de inclinarse a besar los pies del Cristo, la imagen se encogió las piernas y se tornó todo negra. Había absorbido el veneno para librar de la muerte a su fiel devoto.

A don Rubén todas esas historias se le figuraban inventos para enriquecerse. A final de cuentas, el consumismo era el dios del universo. La Navidad, por ejemplo, se utilizaba para que los vendedores de esferas salieran adelante. Aún así, por primera vez, mientras miraba la bolsa con el suero, se preguntó si Jesús tomaría ese veneno que entraba a su cuerpo para restablecerlo. ¿Haría algo por él? Adrián creía firmemente que Jesús había sufrido por él. Pero don Rubén, con más experiencia de la vida, sabía que nadie daba algo de modo gratuito y sin esperar algo a cambio. Aún el amor a otro ser humano se brindaba con la esperanza de ser correspondido. ¿Querría Jesús sanar a don Rubén? ¿Absorbería ese veneno de la quimioterapia para salvarlo? ¿Y para qué salvarlo? Don Rubén tenía pocas razones para seguir viviendo. En un tiempo habría dado su mano derecha por su negocio, pero de repente, con la enfermedad encima, ni siquiera su fábrica de esferas le otorgaba lo que ansiaba: salud. Paz.

Dejó de meditar porque la enfermera se acercó. La sesión había terminado. Adrián acompañó al médico. Le dieron unas medicinas para el vómito y los efectos de la quimioterapia. Le dijeron que podía caminar o esperar más tiempo en el hospital para no marearse en el viaje. Don Rubén se negó. Quería ir a casa. Adrián accedió y lo subió a la camioneta. En el camino no discutieron. Don Rubén cerró los ojos y se perdió en la somnolencia. La noche de insomnio había hecho su efecto.

5

Enciende una vela en la oscuridad.

—VILLANCICO POPULAR, «ENCIENDE UNA VELA»

—¿U n coro infantil? Suena bien —le dijo Clara.

Adrián y ella acomodaban adornos en los estantes.

—Estoy pensando aceptar la oferta. De hecho, ya lo he decidido. Por la tarde hablaré con don Guillermo.

—Hubiera sido lindo tener un coro cuando éramos niños.

—¿Te gusta la música, Clara?

Ella sacudió una esfera con sumo cuidado:

—Sí, sobre todo el Cascanueces. Mi mamá me puso ese disco cientos de veces desde que nací.

La esfera casi se resbaló de su mano, pero ella logró rescatarla. Adrián suspiró con alivio. Ambos habían temido que la esfera se estrellaría en el suelo.

—Casi no rompimos esferas de pequeños, ¿verdad? —le preguntó Adrián con picardía.

—No aquí en la tienda, pero sí en el taller. El pobre Emiliano nos cubrió muchas veces.

Los dos se contemplaron con complicidad. El estómago de Clara se contrajo, y no por el bebé. Le agradaba la sensación de estar junto a

Adrián, como si el tiempo no hubiera transcurrido y volvieran a ser ese par de chicos que disfrutaban la vida.

—¿Te gusta la Navidad, Clara?

Ella se encogió de hombros:

—Mi madre celebraba con más pasión un cumpleaños que la Navidad. Pocas veces recibí regalos costosos, en comparación con otras niñas. Y no me quejo. Es solo que, aún no entiendo por qué mi madre no se entusiasmaba por la Navidad. Me daba envidia ver todo lo que hacía doña Elvira allá arriba.

Adrián asintió. Él poseía cientos de recuerdos gratos. Clara aún evocaba las sorpresas que doña Elvira preparaba para todos. Pequeños obsequios. Comida y postres. Adornos y más adornos.

—Pero no me has contestado la pregunta, Clara. ¿Te gusta la Navidad?

—La verdad es que no me emociona gran cosa, sobre todo este año.

¿Por qué lo confesaba a Adrián? Algo en él la forzaba a hablar más de la cuenta. Desde niños ocurrió. Clara podía guardar cualquier confidencia celosamente, a menos que Adrián indagara sobre el asunto.

—Precisamente este año puede ser una Navidad especial. La Navidad significa natalicio. Se celebra un nacimiento. Y tú vivirás en carne propia la llegada de un bebé.

Clara se mordió el labio. ¿Cómo explicarle que ese hecho no le alegraba en gran manera?

—No soy la virgen María, Adrián.

—Y sin embargo, se parecen mucho. Las dos son jóvenes. Ninguna esperaba la sorpresa de un hijo en un sentido literal. Clara, la Navidad es mucho más que una fiesta. Es el recordatorio de que Dios nos amó tanto que envió a su Hijo a un mundo de dolor y de dificultad, no a una vida placentera, sino a pagar por nuestros pecados.

Clara suspiró. ¡Qué daría por ver la vida con los ojos de Adrián! Pero él no había echado a perder su futuro. Ella sí.

Adrián miró al frente:

—Mi madre uno vez me dijo que había meditado sobre el amor de Dios. Recuerdo muy bien sus palabras. Me explicó que al sostenerme en brazos una tarde, siendo yo un bebé, me abrazó contra su pecho y me repitió que nadie, nunca, me haría daño. Era yo su tesoro más grande. Entonces miró al cielo. ¿Acaso no había hecho eso Dios por amor a ella? Por una desconocida, Dios había dado lo más preciado, lo más hermoso, a su hijo amado. Piénsalo, Clara. La Navidad, en realidad, es una historia de amor. La más grande del universo.

Don Rubén requirió la presencia de Adrián en la oficina. Él se marchó a la habitación contigua y Clara continuó su labor. Su celular repiqueteó tres veces. ¡Rocío! Le contó que salía en unos diez minutos e iría por ella a la tienda. Darían una vuelta como en el pasado. Clara se emocionó. Rocío llegó con propaganda del Festival del Terror. Desplegó en el mostrador un folleto que anunciaba los horarios de la programación. Ambas se inclinaron para analizar las propuestas.

—Creo que esta nos conviene por ser en el teatro. No quiero que andes al aire libre y te enfermes. He invitado a Lupe y a su esposo. Les llamaré para confirmarles el horario y el lugar.

Adrián se asomó de la oficina con curiosidad y saludó a Rocío. Los ojos de Rocío se abrieron de par en par. ¡Y cómo no! Adrián era muy guapo.

—¿Vienes con nosotros, Adrián?

—¿A dónde van?

—Al Festival del Terror.

Él hojeó la información.

—No, gracias. No me gustan las películas de terror.

A Clara tampoco, pero deseaba convivir con sus amigas.

—Entonces tú te la pierdes —le sonrió Rocío con coquetería y sujetó su bolsa—. Vamos, Clarita.

Avanzó hasta la puerta, mientras Clara titubeaba. Buscó sus pertenencias, y miró con cierta vergüenza a Adrián. Él se mostraba un poco triste, ¿o decepcionado?

—Es solo diversión —susurró.

—Eso parece en la superficie, pero prefiero celebrar la vida que la muerte.

Clara no aguardó a más explicaciones. Fue un alivio salir a la calle y respirar el aire frío. Aguardaron a Lupe en el parque, quien arribó a las ocho acompañada de un chico de su misma edad. Reservado, entusiasmado, vestido de negro. Su marido.

—¿Y tus hijos? —le preguntó Clara.

—Mi mamá los cuida.

¡Qué buena suerte! Entraron al teatro, un poco tarde, así que entre las penumbras buscaron asientos desocupados. Clara se acomodó al lado de Rocío, quien saludó a unos amigos de lejos. Clara solo reconoció, unos asientos adelante, a un compañero de la primaria. La cinta dio inicio.

Se titulaba «El hospital de la muerte». Clara se removió en su asiento. Trataba de un grupo de jóvenes amigos que deseaban investigar sobre extraños sucesos en el sanatorio de un pueblo olvidado en la sierra. El doctor encargado lucía siniestro. Seguramente era el culpable de todo lo que pasaba en ese lugar. Cada ejemplo petrificó el corazón de Clara. Una enfermera atendía a un hombre que le vomitaba sangre; otro paciente sufría un corte en su pierna de la que salían lombrices. El estómago de Clara se revolvió. Rocío se cubría la cara con el suéter, pero parecía entretenida. Clara sospechó que no soportaría mucho tiempo más.

El doctor resultó ser un desquiciado, un hombre sin escrúpulos. Perseguía uno por uno a los muchachos. El pecoso murió atado a una cama de exploración; la morena fue encerrada en el congelador. La rubia y el galán escaparon de sus garras, no sin antes presenciar más horrores. Clara no soportó más. Se excusó y se escabulló al baño que apestaba. Las náuseas aumentaron. Deseaba ir a casa.

Salió a la calle y aspiró el aire frío de la noche. Todo dentro de ella se tranquilizó de repente. Una bocanada de aire fresco la había vuelto a la vida. Aguardó al grupo sentada en una banca del otro lado de la calle, junto a otra tienda de esferas.

—¡Clara!

Un joven se encaminó en su dirección. ¡Sebastián! Su compañero de la primaria. Los ojos de Sebastián viajaron a su vientre.

—¡Qué sorpresa! ¡Un hijo! ¿Y quién es el afortunado?

Clara titubeó.

—Es de Ciudad de México.

Sebastián la felicitó de nueva cuenta y se marchó. Clara tragó saliva. No era así como esperaba toparse con sus compañeros de la infancia. Había decepcionado a Adrián. A su madre. A Rocío. Todos presumían a su amiga la de buenas calificaciones que entró a la universidad para estudiar Psicología. Ahora, esa amiga, recorría Tlalpujahua con un vientre hinchado.

Rocío, Lupe y el esposo de Lupe se le unieron.

—Estuvo buenísima la película, ¿cierto?

Todos miraron la hora. Debían volver a casa. Clara lo agradeció de todo corazón.

Ángela no había conciliado el sueño. ¿A qué hora aparecería esa muchacha atolondrada? Estaba encinta; no debía andar trasnochando como cualquiera otra chica sin responsabilidades. Escuchó la puerta. Clara había vuelto. Contempló el reloj. La una de la madrugada. Resopló debajo de las sábanas. Treinta minutos después, escuchó la puerta. ¡Clara! ¿Debía pararse a recibirla? Decidió que no. Debía darle su espacio. Oyó cómo Clara entraba a su habitación, y seguramente se metió rápido a la cama pues los sonidos cesaron.

Por fin podría descansar. Pero no logró hacerlo. Cuando el reloj marcó las dos cuarenta y cinco, se puso en pie y se dirigió a la cocina. Un té de manzanilla o de tila le ayudaría. Siempre bebía uno cuando padecía insomnio. Hubo una época en que no concilió el sueño en muchas noches, meses que se extendieron por años. Quizá recuperó la capacidad de dormir cuando Clara se marchó a la universidad. No lo recordaba con exactitud.

Observó el líquido caliente en su taza. Una lágrima rodó por su mejilla. Se sentía sola. Su marido en Estados Unidos, su hija una desconocida que solo la enfadaba. Porque eso hacía Clara. ¿Por qué ir a ver películas de terror?

Sorbió un poco de té. El líquido escaldó su garganta. Imposible beberlo. Derramó el contenido en el fregadero. Su tía la reprendería por tal desperdicio. Pero ella no estaba. Había muerto años atrás. Se encaminó a su pieza, pero se detuvo unos segundos frente a la puerta de la recámara donde Clara ya dormía. ¿Estaría bien?

En eso, un grito la sacudió. Provenía del cuarto de Clara. ¿Contracciones? ¿Tan pronto? Corrió y giró la manija. Encendió la luz y se topó con una Clara despeinada y con los ojos desorbitados. Se había despertado debido a una pesadilla. Lloraba inconsolable. Ángela se acercó. ¿Qué hacer?

—Tranquila, todo ha sido un sueño. Ven acá.

La acurrucó entre sus brazos, mientras Clara se sacudía. Probablemente la película de terror había hecho su efecto, pero no lo mencionó.

—¿Quieres contarme?

Sus sollozos la conmovieron. Ángela acarició el cabello revuelto de su hija.

—Una tontería. Soñé que el bebé nacía, pero parecía un monstruo, como un chango. No un ser humano.

Ángela comprendió. En ocasiones, los sueños revelaban los secretos más profundos.

—¿Quieres que me quede aquí?

Clara asintió.

Ángela se quitó la bata y se metió debajo de las cobijas. La cama matrimonial les daba suficiente espacio. Clara no la abrazó, pero la rozó con su espalda. Quería sentir su presencia. Ángela se acurrucó a la derecha, Clara a la izquierda, de ese modo, sus espaldas se tocaban. Se encontraban juntas, como cuando Clara era niña, como cuando tenía miedo por las noches, como cuando se cuchicheaban los chismes de la secundaria. ¿Dónde había quedado su camaradería? ¿Dónde había quedado su hijita?

Aguardó hasta escuchar su respiración compasada. Evocó cuando Ignacio se marchó. Habían discutido porque ella no podía tener más hijos. Algo en su vientre se había cerrado cuando Clara nació. Además, él no encontraba trabajo. Ángela mantenía a la familia trabajando en el Registro Civil, ocupación que le heredó su tía Flor. Roces, gritos, distanciamiento. Hasta que él decidió irse al otro lado. Allí encontraría oportunidades. Las mandaría llamar. Ángela supo, aunque no lo quiso aceptar, que él no volvería.

Cuando se hartó de Angangueo y sus recuerdos, se mudó a Tlalpujahua. Solo tenía a Clara, a quien le dedicó su vida, sus horas, sus esfuerzos. Durmieron juntas hasta que Clara entró a la adolescencia y reclamó su privacidad. Y ahora Clara sería madre. Ángela suspiró. No permitiría que volviera a ver películas de terror.

Por las noches, el teatro funcionaba como cine para proyectar películas de terror; por las tardes, a las cuatro, tres días por semana, desde ese día hasta Navidad, sería el lugar de ensayo para el coro infantil de Tlalpujahua. Don Guillermo había lanzado la convocatoria, aunque no pronosticaban gran asistencia pues se había hecho sin mucha anticipación. ¿Cuántos llegarían? ¿Treinta, veinte, diez niños?

Adrián acomodaba las partituras en el atril del piano. El teatro contaba con un piano de cola en estado aceptable. Le faltaba un poco de afinación, pero Adrián mismo le daría una buena manita de gato antes del día de la presentación. Repasó el repertorio. Había elegido «Adeste Fideles» como el primer número. ¿Sabrían los niños solfear? ¿Conocerían las notas?

Cuatro y cinco. Ni un pequeño. Adrián jugaba con las teclas. Realizó un par de escalas. Cuatro y diez. Se acomodó la camisa. Quizá debía volver a la tienda para ayudar con las esferas. Cuatro y quince. Entró un niño con su cabello revuelto y una sonrisa pícara. Se presentó como Memo. Le siguieron unas gemelas, y mientras Adrián indagaba por sus nombres, arribaron otros más. Quince en total. Suficiente. Les preguntó por sus conocimientos musicales. Todos se miraron con sorpresa.

Adrián notó que las mamás se ubicaban en las butacas, observando el ensayo. Eso tampoco cooperaba, pues los niños no dejaban de mirarlas compartiendo su atención entre Adrián y ellas. Las señoras no lucían encantadas con la idea de la música. Adrián tocó unas notas en el piano. Les enseñó a vocalizar.

—La, la, la, la, la, la, la.

Los niños repitieron. Todos desafinaron. Adrián continuó vocalizando como si se tratara de expertos cantores.

—Mí-o, mí-o, mí-o, mí-o, mí.

Los chicos bromearon entre ellos. Todos andaban entre los ocho y once años, menos Memo que parecía de unos seis. Adrián decidió comenzar con la canción.

Adeste, fideles, laeti, triumphantes, Venite, venite in Bethlehem: Natum videte Regem Angelorum.

Los niños se murieron de la risa.

—¿Qué idioma es ese, maestro? —preguntó un pecoso llamado Juan Carlos.

—Es latín —respondió Adrián con cierta irritación.

Al parecer, nada salía como lo había planeado. Los niños de Tlalpujahua eran distintos a los que asistían al Conservatorio de Morelia. Incluso sus padres pasaban el tiempo con una mueca de disgusto. Adrián pidió a Dios sabiduría y paciencia, o eso no funcionaría.

—Vengan, vamos a sentarnos en el suelo.

Formaron un círculo, cerca de las madres para que escucharan. Adrián entonces pintó un cuadro con palabras. Unos pastores en las vigilias de la noche. Unos hombres comunes y corrientes, no los ricos de la época, ni los políticos o religiosos. Gente humilde con un oficio. Memo levantó la mano. Su mamá, le explicó, vendía quesadillas en el mercado. Su madre se ruborizó. Las gemelas confesaron que su padre trabajaba en la fábrica de esferas. La abuelita de Juan Carlos cosía ropa.

Adrián prosiguió.

—Entonces, a medianoche, aparece un ángel.

Trató de describir lo increíble de la visión. Memo abrió los ojos con sorpresa. Las gemelas se mordieron las uñas.

—Les da una noticia. ¡Un Salvador ha nacido! Un bebé cambiará el mundo. ¿Irán los pastores? ¿Qué creen que sucede? Su gozo los lleva a Belén.

Tradujo cada línea, contagiando a los niños con su entusiasmo. *Adeste fideles.* Vengan, ustedes, los fieles. *Laeti, triumphantes.* Gozosos, triunfantes. Henchidos de amor. Vamos a ver al niño.

Volvió al piano. Les indicó que el himno estaba en latín, la lengua de la antigua Roma. En esa ocasión, los niños lo acompañaron, y aunque algunos desafinaron, su alegría mejoró considerablemente la ejecución. Adrián sonrió. Al finalizar el ensayo, les advirtió que los esperaba a los cuatro. Los niños se desbandaron.

La madre de Memo se acercó.

—Maestro, yo trataré de llegar a tiempo, pero tengo que recoger en el mercado y...

—Señora, la puntualidad es una virtud. Haga lo posible.

—Es que, verá... cuando don Guillermo nos fue a invitar, mi esposo se rió. Él no cree que sea bueno que Memo cante. Aún cuando esto del coro es gratis. Dice que es pérdida de tiempo.

Adrián se identificó con Memo. Por años había escuchado lo mismo de su padre.

—Tranquila, yo hablaré con él.

—No, no. Veré qué puedo hacer.

Adrián la vio partir, y se quedó con un nudo en la garganta. Regresó a la tienda cabizbajo. Abrió la puerta y la campanilla repiqueteó. Ángela atendía a dos clientes que compraban esferas; Jimena empacaba unas figurillas. Encontró a Clara en el cuartito de descanso, donde ella mordía una manzana.

—¿Cómo te fue en el ensayo? —le preguntó y con una seña lo invitó a tomar asiento en una silla vacía.

—Llegaron quince, pero todos tarde. No saben cantar y son algo desafinados.

—Quince es un buen número, Adrián. Y por eso estás tú, para enseñarles a cantar.

Clara le convidó una manzana y él la tomó.

—Tú solías ser mi mejor público. Cuando podías, te sentabas en la sala para escucharme. Otras veces me oías desde las escaleras. Pero siempre me animabas.

—Y lo mismo harás tú con esos chiquillos.

—Espero que progresen.

—Seguro que lo harán, como sucedió contigo. Cuando ganaste el concurso de composición nos tocaste una linda canción dedicada a tu madre. Me gustó mucho.

—Es verdad. Recuerdo ese día. Hasta mi padre la escuchó, pero para no perder la costumbre, no comentó nada.

—Tu padre te aprecia, Adrián. Si no comentó nada, es porque quizá no supo qué decir.

Adrián se llevó la manzana a la boca. ¿Qué habría preparado Jesusa de comer?

Clara se había prometido no ver más películas de terror. No mientras estuviera embarazada.

Pero Rocío la convenció de acudir a un recorrido a pie por la ciudad en la que se narraban leyendas de antaño. Su madre no estaba de acuerdo, pues se fatigaría en exceso, pero Clara se empecinó. Había deseado invitar a Adrián, pero él no se mostraba interesado en el Festival.

Rocío y Lupe pasaron por ella. Se dieron cita en el parque, donde partiría el grupo de actores. Una muchedumbre ya se congregaba en el punto de reunión para iniciar el recorrido. Una compañera de la secundaria, mayor por varios años, y más bien contemporánea de Adrián, Paola, si recordaba bien, representaba a la Llorona, una de las principales protagonistas de la leyenda más popular de México. Lucía escalofriante con su vestido blanco, un velo que le cubría el rostro y un maquillaje blanco que le daba un aspecto fantasmal. Clara palideció. No más pesadillas, por favor.

Rocío le invitó unos cacahuates. Clara aceptó. El maní siempre le levantaba el ánimo. No conversaron mientras aguardaban que iniciara el espectáculo. Rocío y Lupe hablaban entre ellas sobre la extranjera para la que trabajaba Lupe. Rocío la había visto en el banco. Comentaban sus excentricidades y Clara se aburrió.

Finalmente empezó la función. Clara había escuchado poco sobre la Llorona, por lo que la leyenda la sorprendió. Narraba la vida de una joven mexicana que se había enamorado de un hombre español. Procrearon tres hijos, pero él la engañó y se casó con una española. Por despecho o locura, la Llorona asesinó a sus tres hijos y luego se suicidó. Su alma, desde entonces, vagaba por la Ciudad de México, lamentando su mala fortuna y gritando: ¡Ay, mis hijos!

Clara no prestó atención a la siguiente leyenda sobre un monje loco. La primera leyenda la había tocado. Meditaba en esa mujer que había matado a sus hijos. Inhumana. Insensible. Imperdonable. Pero ¿cómo mantenerlos sin un hombre? Él la había dejado. La había dejado por otra. Clara se había sentido aludida. Había acariciado tantas veces la idea de abortar que ya no sabía si se había detenido por miedo o por falta de oportunidad. Si lo hubiera hecho antes, se habría ahorrado tantos problemas.

No juzgaba a la Llorona. En la sociedad novohispana se señalaba a una mujer sin marido. En la actualidad, con todo y el avance tecnológico y moral, nadie tomaba a bien a una mujer sola. Clara acarició su vientre. Escuchó muchas veces los anuncios publicitarios durante la campaña de cierto partido político que proponía la legalización del aborto. «Tú decides. Es tu cuerpo». En la universidad se lo repitieron. Ella era libre de elegir y de ver por su propio bien. ¿Por qué no se había decidido? Porque las palabras y las enseñanzas de su madre ganaron la batalla. Abortar igualaba al asesinato. Ángela la había instruido sobre lo sagrado de la vida.

La cabeza le punzó; el estómago se le contrajo nuevamente. No más pesadillas. No más náuseas. ¿Qué hacer? Sintió el amargo sabor de la indigestión en la garganta. ¡Pero si no había comido nada! «Precisamente», le reclamó su consciencia. El niño necesitaba nutrientes. Ella también. El chico le chupaba la vida; le robaba lo que ella requería. ¿Quién hurtaba a quién? Basta, se reprendió con un pellizco. No enloquecería. Ella no era la Llorona.

—¿Estás bien? —le preguntó Rocío.

—Realmente, no.

Tonta y más tonta. Echaría a perder su salida.

—Voy a casa —les informó.

Ellas titubearon. Seguramente luchaban pues lo correcto sería escoltarla. Pero no querían perderse la diversión. ¡Clara, Clara! ¿Cuándo aprendería que estaba embarazada? Lamentó su situación; detestó al crío. Ella debería estar riendo, coqueteando, danzando. Miró a Paola en la distancia. Libre, feliz. Un estómago normal, no hinchado.

—¿Clara? ¿Estás bien?

Una mujer se había acercado tomándola del brazo. ¡Vicky! ¡La de la agencia de viajes!

—Yo...

—Vivo aquí —le explicó Vicky y apuntó a una puerta—. Déjenla conmigo, muchachas, y cuando termine el espectáculo pasan por ella.

Sus amigas aceptaron. Clara se dejó guiar. Observó la casa. Angosta, de dos pisos. Una puerta de madera. Las ventanas de arriba con barandales donde reposaban unas macetas. Vicky traía ropa deportiva.

Clara se sintió mareada. Sus pies se habían hinchado. Le faltaba la respiración y apenas distinguía la sala. Unos sillones azules, cuadros en la pared. Olor a canela. Una casa ordenada y sencilla. Apareció un hombre con barba. El profesor de Matemáticas. Se puso serio al contemplarla. Vicky creía que se le había bajado el azúcar. Él fue a la cocina.

—Tranquila. Necesitas reposar —le susurró Vicky.

La obligó a subir las piernas a una mesita. Le quitó los zapatos. Clara descansó.

Le pidió que cerrara los ojos. Que se relajara. Clara no se negó.

El profesor le convidó agua de sabor. Clara sorbió un poco.

—He abusado de mi cuerpo y de tu hospitalidad.

—No te preocupes, Clara. Tranquila.

Clara analizó esa casa de ensueño. Luego miró al esposo de cuento de hadas, quien masajeaba la espalda de su mujer. Qué daría Clara porque alguien acariciara sus hombros. Solo faltaba una cosa en ese hogar para completar el cuadro: niños. Calculó la edad de Vicky. Treinta y cinco. Quizá un poco más. ¿Por qué no se había embarazado? ¿Temía perder su figura? Un golpe en la puerta la distrajo. Rocío y Lupe volvían por ella. Se subieron a un taxi.

Clara trató de borrar la imagen de esa mujer asesina de su mente, mientras rogaba no más pesadillas. Ángela no despertó. Clara aprovechó para escabullirse a su habitación. Contempló el techo. Si cerraba los ojos, la figura de la Llorona aparecía frente a ella. ¿Por qué? Debía pensar en algo hermoso. ¿En qué? Una estrella. Recordó el adorno en casa de Adrián. Doña Elvira siempre colocaba una estrella en lo alto del árbol. Una estrella que daba luz. Una estrella que unos magos siguieron, si no se equivocaba. Pero ella carecía de estrella para seguir; había perdido la luz. La perdió el día que supo que estaba embarazada.

Don Rubén se alegró cuando el festival de horror concluyó. Eso traía más orden a Tlalpujahua, y ayudaba con las ventas pues la gente volvía a concentrarse en la Navidad. Sin embargo, unos días después, cuando empezaban a desaparecer los efectos de los medicamentos, amaneció con un vómito incontrolable. Durante la noche, prácticamente se arrastró de su cama al baño para vaciar su estómago. Su recámara era la única con baño privado, por lo que Adrián no se dio cuenta de nada. Pero don Rubén no logró ir a desayunar. La debilidad lo confinó a la cama.

Un infierno. Así lo calificó. ¿Cómo soportaría otras cuatro sesiones de tanto dolor? Evocó las palabras de Adrián. Cristo había sufrido también. ¿Por qué entonces no les evitaba a ellos la molestia? Jesusa llamó a la puerta. Don Rubén gritó que no se le molestara. No debía ser interrumpido. Adrián había salido temprano a un pueblo cercano para recoger los dulces donde consiguió mejores precios. A don Rubén le había agradado su actitud emprendedora. Había compuesto su error con tenacidad y astucia. Quizá todavía había esperanzas para que su hijo heredara el negocio y no lo llevara a la quiebra.

A medio día, tembló por dentro. Se sentía arder. Buscó a tientas el termómetro que Adrián había depositado en la mesita de noche por instrucciones del médico. Treinta y ocho grados. Don Rubén desdobló un papel arrugado que le habían entregado en el hospital. Leyó con atención. Temperatura mayor a treinta y ocho grados, acudir a Urgencias.

Pero él era un héroe. Un hombre fuerte que levantó su propio negocio. No cedería. Entre sus delirios, se acordó de una corona que Elvira ponía cada Navidad. ¿Dónde habría quedado? ¿Qué significaba? Elvira y sus locuras. Adoptaba una tradición navideña con fervor sin ton ni son. ¿O acaso albergaba algún propósito específico?

Se saltó la comida. Adivinó que Jesusa se preocuparía, pero no contrariaría al patrón. Seis de la tarde. Adrián llegó de su ensayo, su día en el taller, sus obligaciones. Jesusa hablaba con él, pero don Rubén ya no escuchaba nada. Ardía. Su piel escaldaba. Adrián giró la perilla. Don Rubén había cerrado con llave. Adrián insistió, pero a don Rubén le faltaban las fuerzas para mover los labios. Deseaba informarle de la copia de la llave que guardaba en la cocina. Quizá Jesusa se acordaría. Minutos después, Adrián apareció a su lado. Él y Jesusa discutían con voz urgente.

Jesusa salió de la habitación. Adrián cubrió a su padre con una manta. Apareció Emiliano de la nada. Entre los dos lo bajaron al auto. Creyó observar a Clara y a su madre observando, preguntando, sufriendo. Adrián lo sentó en la camioneta. Emiliano permaneció a su lado. Adrián condujo. Don Rubén percibía ciertos detalles. Adrián rebasando los autos con agilidad. Su llegada al hospital. Un enfermero poniéndolo en una camilla. Una enfermera sacándole sangre. Adrián diciendo que don Rubén debía orinar. Don Rubén tratando de incorporarse..

Horas en el hospital. Don Rubén en Urgencias, sin privacidad. Adrián no se había separado de su lado. Doctores entraban y salían. Horas después, se enteró que ya era el otro día y habían pasado ahí toda la noche. Suspiró con tranquilidad. La fiebre se había ido. Aún más, el hambre poco a poco regresaba, y eso lo animaba.

Adrián le contó que había tenido una infección. Desprotegido por la quimioterapia, había sido presa fácil de alguna bacteria, pero ya la habían controlado. Regresaría a casa con antibióticos y medicamentos, para prepararlo a la siguiente ronda de quimioterapia. Don Rubén lamentó no haberse librado de ese veneno.

Abandonaron el hospital por la tarde. Jesusa los recibió con caldo de pollo. Don Rubén agradeció el manjar. Esa noche, antes de ir a la cama, le pidió a Adrián un poco de música. Su hijo abrió los ojos de par en par, pero no se negó. Se sentó al piano y tocó melodías tranquilas y relajantes. Entonces los ojos de don Rubén se desviaron a la parte superior del piano. Allí descansaba la corona con velas que Elvira usaba cada año. Las velas no se habían renovado.

—¿Para qué las usaba tu madre? —le preguntó.

Adrián bajó la corona y la acercó a su padre.

—Encendía una vela cada fin de semana antes de Navidad. La de en medio la encendía el día de Navidad. Me parece que es una tradición luterana. Se le conoce como corona de Adviento. Mamá decía que con ella, la luz entraba y vencía la oscuridad.

Don Rubén resopló. Apreciaría un poco de oscuridad para recuperar energías.

6

Clara felicitó a la cocinera. Vicky la había invitado a almorzar. Más tarde irían juntas al trabajo, cada una a su lugar, pues con la feria encima, el trabajo se duplicaba. Mientras Vicky le servía una segunda ración de enchiladas, Clara volvió a mirar la casita de la esposa de su antiguo profesor de Matemáticas. Lástima que no hubiera hijos para alegrar el hogar.

Vicky hablaba bien del profesor. En sus ojos brillaba el amor cuando se expresaba de su marido. Clara suspiró. ¿Conocería ella algún día el sentimiento que los poetas elogiaban tanto?

Habían conversado de todo y de nada. De Tlalpujahua, de los Ortiz, de las esferas. Finalmente, Vicky sacó el tema principal. De algún modo, Clara ya lo veía venir.

—Dime, Clara, ¿eres madre soltera?

No esperaba una declaración tan directa, pero viniendo de Vicky no la resintió. Esa mujer era más transparente que el agua potable, y una mujer moderna que no la censuraría, así que no se indignó.

—El padre no responderá.

Vicky contempló su taza de café.

—Debe ser duro. Y tú tan joven. ¿Me cuentas que abandonaste tus estudios?

—Psicología. Me gustaba mucho estudiar.

—Me imagino.

Ambas jugaban con las palabras. Ninguna abría el corazón, pero Clara percibió la intensidad en Vicky. Algo trascendental estaba a punto de ocurrir, y eso la inquietaba. Repasó a esa mujer exitosa, segura de sí misma. Caminaba por las calles de Tlalpujahua como si fuera su dueña, y de pronto, en esa mesa de cocina, frente a Clara, parecía una niña temerosa, a punto de pedir un dulce.

—¿Y has pensado qué harás con el niño?

Clara se quedó muda. ¿Qué hacer con él? ¿Pues qué más? Cuidarlo, atenderlo, criarlo. Adiós, licenciatura. Adiós, vida profesional. ¿O acaso Vicky sugería otra cosa? Siempre existía la posibilidad de la escuela a distancia y de los cursos vespertinos, nocturnos o sabatinos. Pero percibió que Vicky no se refería a ninguna de esas opciones. Entonces le clavó las pupilas.

—Mi esposo me ha insistido que te lo diga. Que no perdemos nada.

Sus ojos se llenaron de lágrimas.

—Hemos intentado todo, Clara. Nos hemos hecho estudios. Hemos ido con doctores incluso en el Distrito Federal. Hace ocho años me embaracé. Llegué al octavo mes. Incluso le puse nombre. Brenda. Compré ropa, decoré su habitación.

Clara agachó la vista. Imaginó lo que se avecinaba.

—Nacería en junio. Mi esposo planeó una cena romántica para el diez de mayo, mi primero como madre. El nueve de mayo, por la noche, desperté con miedo. El bebé no se movía. Corrimos al hospital. Brenda nació muerta. Desde entonces nada. Supongo que el problema soy yo. Metimos papeles de adopción, pero sabes que eso tarda años. Por eso, cuando te observé aquella noche, cansada, dolida, tan joven... No quiero presionar. No debo hacerlo. Solo, si has considerado dar a tu hijo en adopción, ¿te acordarás de mí?

Clara susurró un sí. Se terminó su café y las dos permanecieron en silencio. Al parecer, no existía nada que las motivara a continuar con la conversación. El celular de Vicky repiqueteó. Un cliente. Clara se despidió. Debía ir a la tienda con su madre. En el camino, sin embargo, se detuvo en el parque. Por primera vez un rayo de luz atravesaba la oscuridad. Si Clara le daba su hijo a Vicky, podría volver a la Ciudad de México. No dañaría a nadie, mucho menos a la criatura. Vicky sería una madre excelente. Le daría un hogar con todas las comodidades; su hijo no carecería de techo y cariño. Incluso le otorgaría lo que Clara no podía darle: un padre.

La idea le agradaba, pero le aterraba al mismo tiempo. ¿Podría Clara soportar el hecho de ir a Tlalpujahua de visita y toparse con su hijo por las calles? ¿Por qué no? Podría ser su amiga, quizá le llamaría «tía». Las ideas se agolparon en su mente de modo que se sentó en una banca del parque. Su madre no debía notarla tan distraída, tan entusiasmada. Aún así, se trataba de su hijo. Un hijo con familia. Tenía una abuela, Ángela. Y una bisabuela en Angangueo con una serie de parientes, todos de parte de su padre Ignacio. Quizá Ignacio vendría a verla. ¿Por qué no? Su padre la amaba. Se lo dijo de niña. Se había marchado para conseguir dinero, y si no volvía se debía a cuestiones de migración. ¿O no? Clara necesitaba hablar con su padre, aunque fuera por teléfono. Él le aconsejaría. La invitaría a los Estados Unidos. Le ofrecería opciones. Algo se le debía ocurrir.

Adrián caminaba por el parque mientras meditaba en los ensayos del coro infantil. ¿Qué arreglo le pondría a «Noche de Paz»? De repente se sentía muy cansado, más que nada en el plano emocional. Su padre.

Clara. Él mismo. Se le antojaba un descanso, pero ni cómo imaginarlo. Debido a la infección, se había pospuesto la quimioterapia de su padre una semana, pero pronto debería acompañarlo de nuevo al hospital. En eso divagaba cuando reconoció una figura.

—¡Clara!

Ella tardó en ubicarlo, pues su ceño se frunció, y después de una eternidad, sonrió. Adrián se preguntó si había llegado en buen momento. Como de costumbre, hacía frío en Tlalpujahua, pero el sol pegaba con fuerza. Las mejillas rosadas de Clara revelaban su calor, así que Adrián le invitó un helado. Un hombre tiraba de un carrito, y Adrián lo detuvo. Pidió un barquillo de vainilla y otro de limón. Cuando el vendedor se retiró, Adrián probó el sabor.

—Está bueno, pero no tanto como los de don Pancho.

—Ningún helado se compara a los de don Pancho.

—¿En qué pensabas? Te veías muy seria.

Clara lamió su helado.

—Nada importante. Echo de menos a mi padre.

Adrián asintió con comprensión. Clara poco mencionaba a Ignacio. De niños se trataba de un tema velado y oscuro, de esos que ninguno de los dos sacaba por temor a herir al otro.

—¿No has visitado a tu abuela en Angangueo? Quizá ella sepa algo de él.

—Es raro. Mi madre perdió toda comunicación hace unos años, pero a mí me llamaban con frecuencia. Desde hace unos meses, no sé nada de ella. Aunque realmente yo tampoco andaba muy enterada de nada.

—Debió ser duro estar sola en la ciudad, y embarazada.

Toda su compasión se volcó en ella en esos instantes. Clara sin dinero, engañada por un aprovechado.

—Ya pasó. Estoy en casa.

Él le sonrió con camaradería.

—Tu madre me contó que desayunaste con Vicky.

Ella se tronó los dedos. Ya no había helado en el que concentrarse, y Adrián percibió su incomodidad. ¿Andaría pisando terrenos peligrosos?

—Solo me ofreció ayuda. Es duro ser madre soltera.

—Y cuentas conmigo. Para lo que sea.

Ella titubeó pero no mencionó nada más. El silencio se extendió entre ellos. A Adrián no le gustó del todo. Algo extraño sucedía.

—Adrián, hay algo que necesito.

Él tragó saliva.

—Quiero visitar a mi abuela.

Adrián parpadeó. No comprendía bien hacia donde se dirigía la marea, pero palpaba en Clara intensidad. La había atestiguado cuando Clara se empecinaba en ganar un juego de mesa o unas carreras.

—¿Me llevarías a Angangueo este fin de semana?

¿Y el negocio? ¿Y su padre? No respondió de inmediato, lo que Clara interpretó como una negativa.

—Perdona. Supongo que tienes cosas que hacer.

Adrián se derritió al contemplar la decepción de esa muchacha. Clara con un vientre protuberante. Esa niña risueña y fantasiosa, que armaba un juego de hadas y soldados con unos cuantos bloques de madera, presa de una pesadilla. Se tachó de insensible.

—Tal vez mañana viernes podamos planear algo. El sábado nos necesitan en la tienda, pero....

Los ojos de Clara se iluminaron. Lucía como aquella niña de coletas oscuras que lo contagiaba con esa risa sincera y profunda, o lo empujaba a realizar los juegos más increíbles.

Adrián conducía la camioneta de su padre por senderos bordeados de altos pinos y oyameles. El escenario le robó el aliento. Una que otra mariposa perdida revoloteaba por ahí; la música tranquila que tocaba en la radio lo mecía. Jesusa vigilaría a don Rubén día y noche y Ángela prometió estar al tanto. Ángela los despidió con sus acostumbradas admoniciones: que no se fatigara Clara de más, que Adrián condujera con cuidado.

—¿No traes música clásica? —indagó Clara.

Adrián buscó en la guantera. Su padre no se distinguía por tan refinados gustos, sonrió. Así que se conformaron con una estación radial que transmitía éxitos de los ochentas y noventas. Clara tarareó una melodía popular; Adrián vigiló la carretera.

—Y dime, Adrián, ¿cómo es que no te conozco ni una novia?

Adrián no contestó de inmediato. Él mismo se había hecho esa misma pregunta y muchas otras.

—No he encontrado a la pareja ideal —se le ocurrió decir.

—Te gustaba Paola, la chica de la primaria.

Él sonrió. La chica en cuestión lo había deslumbrado con su cabellera larga y sedosa, pero nunca había pertenecido a su club de fans. Simplemente, había sido la más popular de sexto año, y se había fijado en él durante unos días, cuando supo que tocaba el piano. Pero pronto lo cambió por uno de los mejores atletas de la escuela.

—Atiende una papelería. Y se dice que heredará la carnicería de sus padres, así que algunos ya la rondan.

—¿Y tú cómo sabes tanto, Clara?

—He pasado varios días en compañía de Jimena.

Rieron. Jimena no pasaba por alto ningún detalle en Tlalpujahua. De repente, la velocidad aminoró. Tráfico. Adrián se impacientó un poco. Emiliano había tenido razón. Un grupo de trabajadores arreglaba la carretera. Se preparaban para las fechas de lluvias y deslaves. Ya unos años atrás Angangueo había sido víctima de un desastre natural que desgajó una parte del cerro y sepultó varias casas. Adrián aún recordaba cómo los noticieros habían puesto el nombre de ese pueblo michoacano en el mapa de muchos mexicanos. Como siempre, los medios exageraron los daños pues declararon que el pueblo resultaba inhabitable, pero en la región sabían que muchas casas continuaban en pie y la vida seguía.

Clara le subió el volumen al radio. Cantó el estribillo, y Adrián llevó el ritmo con la punta del pie. Esa canción evocaba el primer amor. Adrián no consideraba haberse enamorado jamás. ¿Y Clara?

—¿Tienes un enamorado en la universidad?

Ella lo contempló con asombro.

—Soy de tu club, Adrián. Pocos pretendientes. No tengo tiempo para eso. Me dedicaba a estudiar.

—¿Aprendiste mucho?

—Empecé un curso sobre infancia. Infancia es destino, ¿sabías?

Adrián guardó silencio. Guardaba hermosas memorias de su infancia. En ella decidió que la música sería su vocación.

Finalmente, lograron atravesar el lugar del conflicto y fluyeron con mayor velocidad. Adrián observó el reloj.

—Es temprano. ¿Por qué no vamos al santuario de las monarca?

Clara se perturbó un poco.

—Hay que caminar mucho. No sé si podré.

Adrián se tachó de desconsiderado. ¿Dónde quedaba su tacto?

—Nunca las he visto —susurró Clara.

Él la contempló de soslayo.

—¿En serio? ¿Has vivido tan cerca y nunca has subido a verlas?

—Realmente, no. Supongo que la gente se acostumbra a lo que está a la mano y se vuelve descuidada.

—Tienes razón. Yo no apreciaba tanto la Navidad hasta que estuve lejos de Tlalpujahua y me di cuenta que no en todos los lugares hay tantos adornos navideños. Recuerdo que una vez mi padre me trajo a las mariposas. Por eso conozco el lugar. ¿Te gustaría verlas?

—Sí, pero...

—Yo te ayudaré si te fatigas.

De ese modo, no tomó la desviación al pueblo, sino que inició el ascenso a las montañas.

El vehículo subía y subía. Curvas y curvas. El estómago de Clara se contrajo. Desde lo alto se divisaba Angangueo de un modo adorable. Clara solo intentaba mantener su ligero desayuno en el estómago. Captó la mirada inquisitiva de Adrián.

—Estoy bien.

¿Cuándo llegarían? Los cincuenta minutos que Adrián había anticipado se extendieron a una hora. Curvas y más curvas. Caminos de tierra y polvo. Poblados diseminados en los fríos parajes michoacanos. ¿Cómo hacía la gente para vivir tan lejos de la civilización? ¿Dónde darían a luz esas mujeres?

Al final, se internaron en un pequeño valle con un camino entre unas cuantas casas que los depositó en un amplio estacionamiento.

—Hay pocos turistas, Clara. Eso es bueno. Tendremos más privacidad.

Adrián halló un buen lugar dada la falta de otros autos. Pero una vez que bajaron del auto, una tropa de niños los abordó. Que si deseaban comprar recuerditos, que si anhelaban comer en la choza de sus padres al descender, que si necesitaban gorras o viseras para el camino.

—Basta, chicos —los encaró Adrián—. No tomaremos decisiones de qué comprar o dónde comer hasta que bajemos.

Los chicos, desilusionados, se desbandaron. Clara siguió a Adrián quien conocía el camino. Una escalinata los depositó a la entrada del santuario. Adrián pagó las dos entradas y les asignaron una guía, una mujer en sus cuarentas, vistiendo falda recta, blusa moderna, zapatos bajos. Su larga trenza le llegaba a la cintura. Clara pronosticó que presumía mejor condición física que Adrián y ella juntos. De ese modo, se lanzó a la aventura.

Adrián y la guía se adelantaron unos pasos. Clara se concentró en la subida. Un escalón, dos escalones. Elevaba la vista y solo veía más y más escalones.

—Tranquila, niña. Ve a un paso moderado, pero constante —le recomendó la guía.

—¿Y usted es de aquí? —le preguntó Adrián.

—Sí, señor. Pertenezco a la comunidad. Llevo poco tiempo fungiendo de guía, pero verá, las cosechas se perdieron, así que busqué trabajo. Una amiguita me comentó que necesitaban gente para subir turistas. Lo malo que no sé inglés, porque arriban hartos extranjeros. Hasta japoneses y chinos. Esos se los dejamos a los más jóvenes, que dominan un poco el inglés.

«Un paso más», se decía Clara tratando de seguir, mientras escuchaba a la guía como música de fondo.

—Las mariposas nos visitan cada año, sin falta. Todas ellas se agrupan en los árboles y nacen, revolotean, juegan y se marchan como siempre. La tala de árboles ha perjudicado su hábitat, pero mire, un organismo internacional ha declarado que ya no se pueden cortar más árboles.

Un pie, otro pie. Un paso, otro paso. Los latidos se aceleraron; las pantorrillas le ardían. Se detenía cada tantos metros y reposaba en una de esas bancas de madera que algún alma caritativa tuvo a bien colocar en el trayecto.

—¿Y cómo distingue un oyamel de un pino?

—Mire la forma y el color de las hojas. Cuando uno vive entre la naturaleza, uno empieza a apreciar sus diferencias. Ya falta poco, pequeña.

Pero mentía.

A partir de cierto punto, la guía le informó que no habría más bancas para reposar. Adrián la contempló con preocupación.

—¿Quieres que regresemos? Otro día podemos venir.

Clara se vio tentada a acceder, pero algo la mantenía erguida. ¿Orgullo? ¿Curiosidad?

—Quiero seguir.

Adrián sonrió. Para distraerla, la guía les narró una leyenda popular. Trataba de una mariposa que se enamoraba de una estrella. Sus familiares y amigos se burlaban de ella. Las estrellas estaban muy lejos, fuera del alcance de una mariposa. Pero la mariposa no perdió la esperanza, y comenzó a seguir la estrella. Recorrió kilómetros de bosques y cruzó los grandes océanos, atravesó las grandes ciudades y reposó en los más hermosos parajes naturales. Finalmente, anciana y agotada, antes de morir, miró a su estrella una vez más. Entonces agradeció haberla conocido pues aún cuando imposible, había sido el amor por la estrella que la impulsó a vencer obstáculos y descubrir el mundo.

Los ojos de Clara se humedecieron. La guía se adelantó unos pasos. Adrián y Clara continuaron el ascenso.

—¿Tienes una estrella, Adrián?

Él metió sus manos a los bolsillos de su pantalón.

—Cuando mi madre murió, fui como esa mariposa. Hice todo lo que pude por ella; mi madre, mi estrella. Se convirtió en mi razón de existir, hasta que reconocí mi error. Arriba de una estrella, está la luna, el sol, un Creador. En ocasiones las palabras me fallan para explicar lo que ha ocurrido dentro de mí. Pero digamos que antes tenía un vacío, esa búsqueda frenética por mi estrella. Entonces, un día, conocí a Jesús, la estrella de la mañana, el Creador de las estrellas. La búsqueda terminó, y al mismo tiempo propició un nuevo camino. ¿Y tú, Clara?

—Creo que no tengo estrella.

Le intrigó esa seguridad con la que Adrián hablaba. Pero también la entristeció su propia realidad. Para ella no había una estrella en el firmamento. Pero en ese justo instante, Adrián desvió la mirada hacia un ave que trinaba y ella contempló su perfil. Su nariz recta, sus gafas sobresaliendo del puente de la nariz, sus cejas delineadas. Sudó frío, sus manos se humedecieron. Entonces Clara, por primera vez, reconoció que Adrián no solo era su amor de la infancia, sino su único amor.

Esas semanas nuevamente con él, conviviendo en la tienda, cruzándose en el pueblo, comentando sobre la vida, habían reavivado la chispa de ese amor que inició muchos años atrás, cuando una niña se escondía en el descanso de las escaleras para escuchar las escalas de piano de un niño serio y dedicado. Las esferas y la Navidad decoraron su relación, pero ahora, en la madurez de la juventud, Clara se había rendido a los encantos de ese joven dedicado, talentoso y fuerte. Porque de Adrián emanaba una fortaleza que lo elevaba al cielo, como una estrella. Y Clara, esa mariposa frágil y endeble, recorrería el mundo por él, hasta envejecer y morir. Pues Adrián jamás le haría caso. Mucho menos ahora que ella cargaba un hijo en su vientre. Y no sabía qué dolía más en ese momento. Reconocer que estaba enamorada de un imposible, o saber que jamás se haría realidad debido a la situación en que ella se encontraba.

Arribaron a un claro, un lugar plano, pero sin bancas. Se encontraban en lo alto de la montaña. La guía dijo que un poco más. No mintió. Se internaron entre los árboles y se toparon con mariposas solitarias que revoloteaban a su alrededor sin miedo ni excusas. Clara empezó a experimentar cierta alegría.

Entonces el camino cesó abruptamente. No había paso más allá para turistas. La guía repitió las reglas. No tocarlas, no lastimarlas, no alzar la voz. Los árboles parecían repletos de hojas muertas, por los tonos cafés. Pero no eran hojas, sino mariposas. Decenas de ellas, cientos de ellas. Y de repente, como si el director de orquesta hubiera alzado la batuta, un grupo de ellas emprendió el vuelo. Una se posó en su dedo, otras formaron un remolino sobre su cabeza. Arriba, abajo. Levantó la vista, con el fondo azul y las nubes arriba, y las mariposas danzando sin prisa, sin temor.

El milagro de la vida. El milagro de la naturaleza. Ella no logró contener las lágrimas. Y de repente, en medio de la conmoción, mientras otros turistas disparaban sus cámaras y uno que otro se arrastraba para conseguir mejores tomas, ella sintió una mano sobre la suya. El contacto de piel con piel la tranquilizó, la arrulló, la enterneció. Adrián la miró y ambos sonrieron.

Después de unas quesadillas para recuperar fuerzas, Adrián se trepó detrás del volante y descendieron rumbo al pueblo. Clara dormitaba en el asiento trasero. Pobrecita. Adrián se había preocupado que no conseguiría el ascenso, pero ella no desistió. El descenso había sido más fácil, hasta que ella se quejó de taquicardia. Al sentarse, él también experimentó calambres en las piernas. Adrián admiró a la guía, esa mujer menuda y morena que recién arribaron a la caseta se encargó de un nuevo grupo de turistas para emprender el regreso a ese sitio mágico, repleto de mariposas.

Adrián apagó el radio y manejó en silencio. Había visitado el santuario años atrás, pero cada experiencia era única. Ese extraño instante de conexión entre el ser humano y esos bellos insectos le brindó energía. Pero sobre todo, recreó la sensación que le causó la mano de Clara sobre la suya. ¿Por qué lo hizo? Siguió un impulso que no logró frenar. La vio tan desprotegida, tan sola. Fuerte y frágil, empedernida y luchadora. Escuchó su risa, esa peculiar sinfonía que echaba de menos. Valió la pena el cansancio por subir, el dejar a su familia un fin de semana por acompañarla. Ahora rogaba que ella hallara a su padre y se cumpliera el motivo de su visita.

Toda la escena, con mariposas y Clara, había impreso en su conciencia una melodía. Carecía de hojas pautadas, mucho menos de un piano, pero memorizó en su mente las notas que volaban como mariposas alrededor de su cabeza. Nombraría a dicha composición «El vuelo de la mariposa».

Angangueo los recibió con un clima agradable. Clara despertó y le dio indicaciones rumbo a la casa de su abuela. Atravesaron calles con casas de todo tipo, algunas pintadas y decoradas, otras descuidadas y pobres. Entonces Clara le pidió frenar delante de una fachada sencilla; techo de lámina. Un niño se asomó. Clara lo señaló como el hijito de su prima Rosa. Le pidió llamar a su bisabuela. Rosa salió en ese instante y saludó a Clara. Adrián las siguió detrás mientras entraban a la casa. Una sala con muebles viejos. Un comedor con cazuelas, papeles y ropa sobre su cubierta. Cajas con cosas. Desorden. Adrián se inquietó. No debía ser tan fijado, pero su madre lo había criado con el lema de cada-cosa-en-su-lugar.

En la cocina, un caos similar a las otras piezas, se hallaban tres señoras. Una en sus cincuentas, las otras dos en sus setentas u ochentas. Clara saludó a la más demacrada. Su abuela. Arrugada, con brazos bofos, busto caído, boca chimuela. La abuela no la abrazó, solo posó sus ojos en su vientre abultado.

—¿Embarazada? Te lo dije, Agustina, esta niña iba salir igual que la madre. ¿Te casaste? —la interrogó posando los ojos en Adrián.

Clara negó con la cabeza.

—¿Es este el padre? —escupió la abuela y apuntó a Adrián.

Clara susurró un no. Adrián no tuvo abuelitas, ni por parte de su padre ni de su madre. Su padre ya andaba en los cuarentas, y Elvira en los treintas cuando Adrián llegó al mundo. La madre de Elvira había muerto; la de su padre también. Aún así, Adrián suponía que no era así como una abuela saludaba a su nieta. La misma Clara lucía consternada.

Agustina, la otra anciana, batió las manos. Les dio la bienvenida y los acomodó en unas sillas de plástico. Le pidió a la otra mujer, una tal Cecilia, que calentara los frijoles de la mañana. Adrián se mantuvo cerca de Clara. La situación no marchaba del todo bien.

Clara se concretó en masticar esas tortillas que se le atoraban en la garganta. Cierto que jamás había sido la consentida de la abuela, esa era Rosa, la hija de la tía Cecilia. La tía-abuela Agustina tampoco mostraba gran cariño por Clara, pero a decir verdad, no lo hacía por nadie. Sin embargo, una frialdad que la perturbaba la forzó a mantenerse inmóvil. Adrián comía sus frijoles en silencio. ¿Cómo lo arrastró a semejante pesadilla?

El monólogo de la tía Agustina, recitando la vida y obra de cada hijo y nieto, la ayudó a serenarse. Pero los ojos de la abuela Hortensia no se separaban de ella ni un segundo. Si hubiesen sido flechas, la habrían atravesado ya varias veces. La tía Cecilia, hermana de su padre Ignacio, no se apartaba del fogón, algo extraño en ella. Solo Rosa, su prima, le enviaba miradas de compasión, pero ¿por qué? ¿Por su embarazo? Rosa ya tenía un hijo de cuatro años, berrinchudo y altanero. Ella había ganado bastante peso. ¿A qué se debía esa superioridad?

El reloj no perdonaba el itinerario. Clara debía hacer algo o llegarían demasiado tarde a Tlalpujahua. Solo por eso se armó de valor y se dirigió a doña Hortensia.

—Abuela, ¿tiene usted cómo comunicarse con mi padre? Quiero darle la noticia de que vendrá su primer nieto.

Los ojos de la abuela se tornaron vidriosos, incluso agresivos. Clara jamás había visto que una mujer reflejara tanto odio en una expresión.

—¿Su primer nieto? ¿Estás tonta? Mi hijo hizo bien en irse del otro lado. Allá tiene familia, una verdadera familia. Por Dios, ¡si no tengo por qué soportarte a ti ni a tu madre! ¡Y cuando muera, no las quiero ver en mi funeral! ¡No se atrevan a deshonrar mi memoria!

Se sujetó de la mesa para ponerse en pie. Rosita le ayudó. Exigió que la llevaran a su habitación. Sus gritos aún resonaban en las paredes. La tía Agustina contempló su plato vacío. La tía Cecilia sorbió su café, parada frente a la estufa, de donde no se había movido desde que llegaron.

Los ojos de Clara se anegaron en lágrimas. ¿Qué sucedía?

—No entiendo...

Su voz se quebró.

—Es hora que sepa la verdad, tía Agustina. Esto no puede continuar así.

Clara apretó los puños. ¿Qué verdad? La tía Agustina la miró con esos ojos de agua puerca, como calificó el color verde de su iris.

—¿De qué hablan?

—Dilo tú, Cecilia. Se trata de tu hermano.

¿Algo le había sucedido a su padre? Clara se sujetó de la mesa.

La tía Cecilia dejó por fin la estufa y se colocó frente a ella. La tía Agustina huyó, junto con Rosa y su crío. Los tres aguardaron la calma antes de la tormenta.

—Tu padre llamó hace una semana exactamente. No imaginé que aparecerías tan pronto. De hecho, Ignacio me pidió que buscara a tu madre para darle un recado. Verás, Ignacio, Nacho, como le decimos de cariño, desea el divorcio.

Clara tragó saliva. Adrián tuvo que sostenerla del hombro.

—¿Divorciarse? ¿Por qué?

—Lo mismo le preguntó tu abuela. Pero, mira, Clara, ya todos lo sospechábamos, tantos años allá, solo, ¿sin una pareja? Los hombres son diferentes.

La tía Cecilia fingió no ver a Adrián, pero Clara se sonrojó ante su insinuación.

—Tu padre tiene otra familia allá. Mujer y dos hijos. Para naturalizarse necesita sus papeles en orden. El divorcio ayudará.

—Pero... ¿y yo?

—Lo mismo preguntó tu abuela. Se negó a ceder. Entonces Nacho le contó la verdad. Ángela, tu madre, siempre fue rara. Todo sucedió hace muchos años. Eran otros tiempos. La moral importaba, no como ahora. Nacho se enamoró. Llegó a contarnos, aquí, en esta misma mesa, o quizá era otra, pero en esta habitación, que se iba a casar. Era el primero de todos. Jovencito aún. Unos veinte años. Aquí vivíamos todos arrimados como hasta hoy. Todos nos alegramos, más aún cuando nos dijo que sería con Ángela. Ella tan inteligente, siempre con buenas calificaciones. Había quedado huérfana, pero no faltaba a misa. Mi madre se alegró. Nadie dijo nada cuando hicimos cuentas y tú naciste. Cuando Nacho y tu madre se casaron, ya venías en camino. Pero ¿para qué reclamar?

Clara había escuchado esa historia antes. ¿Qué de novedad había?

—Sin embargo, Nacho nos ha contado ahora que... bueno, ¿cómo decirlo? No la juzgamos, como tú dices, por quedar encinta. Digo, eran otros tiempos. Tampoco había tanta forma de controlar la cosa, o de... bueno, de ocultarlo o de impedir que naciera.

—¿Entonces?

—Pus que el crío no era de Nacho.

A Clara el mundo se le vino encima. El silencio la apresó contra el respaldo de la silla.

—Nacho lo sabía, pero aún así quiso casarse con ella. Luego, tú sabes el resto. Los pleitos, las discusiones. Tu madre que no volvió a embarazarse. Nacho se fue, y tiene todo derecho al divorcio. Tú no eres su hija.

Clara hubiera deseado un terremoto o un rayo que la partiera en dos. Esa no era su familia. Todo era un engaño de Ángela. Su madre había engañado a la abuela, a las tías, a los primos. ¡Con razón no querían verla ni en pintura!

—Nacho me enviará los documentos que tu madre debe firmar para el divorcio. Yo les llamaré cuando lleguen. Lo siento, Clara. A todos nos ha pegado duro la noticia.

A nadie como a ella, se repitió mientras repasaba los hechos. Debajo del dolor, también surgían explicaciones. El silencio de Nacho, su desaparición, su indiferencia. El que su madre no lo siguiera, no lo obligara a volver. Se enfadó contra su madre. Si Ángela le hubiera dicho la verdad, Clara no habría albergado durante años esa sensación de abandono. Porque no era su padre la que la había dejado, sino un padrastro, un desconocido.

—¿Y quién es mi padre?

La tía se limpió con una servilleta.

—Tal vez tu madre deba contarte eso. Nacho no quiso mencionarlo cuando habló con tu abuela, pero tengo mis sospechas.

—Dígame, tía. Por favor.

¿Para qué? Una voz la aguijoneaba. Pero Clara requería la verdad.

—Tu madre se creía mejor que las demás. Se daba aires de muy sabihonda porque sacaba dieces en la escuela. Juró que terminaría la secundaria, y lo logró. Muchas de nosotras nos quedamos en primaria, pero había vacas que ordeñar, leña que cortar. Y bueno, tu madre, huérfana, viviendo con una tía que ya falleció, no veía claro su futuro. No había preparatoria en el pueblo, pero el profesor de secundaria le dijo que la ayudaría a estudiar. Ahí veíamos a tu madre con sus libros bajo el brazo, todas las tardes, yendo a la escuela secundaria, durante el receso de los dos turnos, para que el profesor le calificara sus tareas y le explicara las Matemáticas. Y luego el profesor ese, de por sí un solterón dizque muy culto... el tal Timoteo, se va del pueblo así no más. Él hasta le regaló un tocadiscos, fueras a creer. Así que supongo que él es tu padre.

Clara pensó en el Cascanueces. Cuánta falta le hacía en ese instante la mano de Adrián sobre la suya. Pero él no le ofreció un apretón. Se encontraba igual de pasmado que ella. Y ella seguía los pasos de su madre. Sola, siempre sola. Igual que Ángela, su madre, quien le había heredado la maldición de la tragedia, las malas decisiones y la soledad.

Adrián ayudó a Clara a despedirse de la familia de Ignacio. Ella se encontraba casi muda, y ya no cruzó palabra con la abuela Hortensia ni con la tía-abuela Agustina. Solo Cecilia y Rosa mostraron un poco de consternación, pero Adrián había detectado ciertos celos en Cecilia en contra de Ángela, así que suponía que la familia más bien se alegraba de deshacerse de Ángela y su hija.

—Clara, es tarde.

Ella ni siquiera miró el reloj. Él verificó sus premoniciones. Nueve de la noche, y con la carretera en medio de composturas, Adrián no creía que fuera la mejor idea volver a Tlalpujahua. Además, ¿podría Clara enfrentar a su madre esa noche?

—¿Qué te parece si buscamos un hotel?

—No traigo dinero —dijo Clara, de modo mecánico.

—Yo tengo. No te preocupes.

Clara se encogió de hombros. Adrián sorteó la calle principal que los depositaría en el centro. Calles medianas. Pocos autos. Un pueblo menos pintoresco que Tlalpujahua, más grande y con mayor número de habitantes. Una desviación. ¿Izquierda o derecha? Usó su instinto, ya que Clara no ofreció ninguna cooperación. El anuncio de un hotel lo hizo pararse dos cuadras adelante. Adrián bajó a preguntar. ¿Hotel? Más bien simulaba una casa en la que se rentaban cuartos. Económico, baño comunitario. Además, lucía sucio. Clara no merecía algo así, mucho menos en ese momento. Una mujer embarazada necesitaba algo digno.

Llegaron a un segundo hotel. Se veía mucho mejor, cuidado y atractivo. Se bajó con esperanzas, pero el encargado meneó la cabeza. Estaban ocupados. No había lugar. Adrián tragó saliva. Había leído en los ojos de Clara las señales de shock unos minutos atrás. ¡Y ella embarazada! ¿Y qué tal si por la carga emocional se adelantaba su trabajo de parto? ¿Si enfermaba? La preocupación lo alteró.

No pudo más que detenerse en otro hotel y preguntar el precio. Barato, pero el lugar insalubre. ¿Cuántos hoteles más habría en

Angangueo? ¿Tres o cuatro? ¿Ni uno? ¿Tendrían que conformarse con una de esas camas cuyos sarapes seguramente cargaban una tropa de piojos? Un pensamiento cruzó su cabeza. ¿Así se habría sentido José aquella lejana noche en Belén? Por lo menos Clara no mostraba contracciones. Aún. ¿Pero si la cosa empeoraba? Debía prevenir lo peor, así que mientras avanzaba hacia el auto decidió marcar el teléfono de Ángela desde su celular.

—¡Adrián! ¿Ya vienen en camino?

—De hecho, no. Algo ha sucedido. Me parece que lo mejor será quedarnos aquí esta noche.

—Pero... ¿ustedes dos?

Adrián se encontraba tan hundido en la miseria de Clara que había olvidado los pormenores. De repente reconoció lo peligroso de la situación. Pero él defendería la virtud de Clara por sobre todas las cosas. ¡Jamás haría algo indecoroso o indigno!

—En cuartos separados, por supuesto.

—Adrián, estoy preocupada. ¿Qué ha sucedido? ¿El bebé?

—No, Ángela. El bebé está bien.

Y en pocas palabras le resumió la conversación con la familia de Ignacio. El silencio del otro lado de la línea le indicó que Ángela había comprendido. Le deseó buenas noches y colgó. Volvió al auto. Clara no se movía. Adrián se hallaba desesperado. ¿Dónde descansar? Finalmente bajó a una tienda por un poco de agua y preguntó al dueño por un lugar dónde hospedarse.

—Pregunte allá abajo, en la casa de los arcos. En la mercería.

Adrián le dio las gracias. Esquivó los baches producidos por el agua, y se estacionó frente a los arcos. La casona antigua se ubicaba a unos metros de la iglesia más impresionante del pueblo, el templo de la Inmaculada Concepción, al estilo neogótico. Había leído un panfleto sobre la ciudad que consiguió en el santuario. El templo había sido construido durante el auge minero, pero no se utilizaba como la iglesia principal. Ese lugar le correspondía a la parroquia de San Simón Abad.

De cualquier manera, Adrián consideraba la ciudad como una ola de posibilidades para atraer más turistas si se lo proponía, pero en las condiciones actuales, realmente los ahuyentaba. Adrián ingresó a la mercería seguido por Clara.

—Disculpe, estamos buscando alojamiento —le dijo a una chica que estaba enrollando estambre.

La chica arruga la frente:

—¿Quién los mandó? Estamos a punto de cerrar.

—Alguien nos recomendó este lugar, pero...

—Voy por mi patrón.

Se ocultó detrás de una cortina oscura. Clara contemplaba una selección de hilos. La chica regresó seguida por un hombre en sus treintas, con aspecto bonachón.

Adrián repitió la historia, y el hombre lo saludó con amabilidad. Le pidió que lo siguiera. Tras la cortina se extendía un pasillo que llevaba hasta el patio, al estilo de las antiguas casas españolas durante el virreinato. Adrián abrió la boca con sorpresa. No solo se topaba con la típica fuente de piedra que decoraba las casas y con los arcos decorativos y las columnas que bordeaban el patio, sino que en él se exhibían un sin fin de pinturas en acuarela montadas en tripiés. Clara, detrás de él, exhaló con sorpresa.

—Las pinta mi abuelo —les explicó el hombre y encendió otras lámparas para mostrarles las obras de arte.

Cada una representaba una faceta de Angangueo o de las mariposas monarcas. Adrián mostró su aprobación con un sonido gutural. El hombre apuntó a dos puertas al fondo, cada una pintada de blanco, con ventanales y cortinas coloridas. Adrián imaginó esa casa durante su época de grandeza. Mujeres con vestidos largos que arrastraban por el suelo. Hombres con peluquines y medias, provenientes de la Madre Patria en busca del preciado oro.

—Mi abuelo heredó esta casa, aunque no sabemos ni cómo. La abandonó por falta de recursos, pero a mí se me ocurrió convertirla en un pequeño hotel. La verdad es que arriba está en terribles condiciones.

Adrián elevó la vista al segundo piso. Lucía peor de lo que el hombre describía.

—Pero poco a poco lo iremos levantando. Una habitación a la vez. Por eso no nos anunciamos pues no podemos ofrecer salvo tres habitaciones. Aunque muchos nos recomiendan.

Adrián pagó de inmediato, pues Clara lucía agotada. Se dio cuenta que carecían de maletas o artículos personales. ¿Se le ofrecía algo a Clara?

—Solo quiero dormir.

—¿No tienes hambre? ¿Quieres charlar?

—Hoy no, Adrián. Mañana será otro día.

Él respetó su decisión. Aún así, aguardó hasta que ella echó llave en la habitación y se encaminó a su propia pieza. Encendió la tele, pero después de un rato la apagó. Se metió entre las sábanas con su ropa del día, con cientos de cuestionamientos y preocupaciones. Entonces hizo lo más sensato, rogó a Dios por Clara. Solo él la podía consolar en esos momentos.

7

Cuando a la mañana siguiente la sirvienta removió las cenizas lo encontró en forma de un pequeño corazón de plomo; pero de la bailarina no había quedado sino su lentejuela, y ésta era ahora negra como el carbón.

—HANS CHRISTIAN ANDERSEN, «EL SOLDADITO DE PLOMO»

El estómago de Ángela se contrajo nuevamente. Colitis nerviosa. Debía tomar unas pastillas o no cesaría el ardor. Viernes por la noche. Sola en casa. Clara en Angangueo. ¿A qué hora volvería? Quizá sábado por la mañana. Ángela estaría en la tienda.

Las contracciones la recluyeron en el baño cada media hora. Su propia casa se le figuraba una cárcel. Ángela sudaba copiosamente, y el frío había arreciado. ¿Tendría fiebre? Doce de la noche. Ángela contempló el teléfono. Clara llevaba su celular. Debía hablar con ella; escuchar su voz o se volvería loca. Con dedos temblorosos marcó su número. Tres, cuatro, cinco timbrazos. Respondió el buzón de voz. Ángela lo intentó de nueva cuenta, de lo contrario haría una locura.

—¿Clara?

—No quiero hablar.

Ángela trató de explicar la situación:

—Adrián me contó lo que pasó. Escucha, hija, no culpes a tu padre. Él se fue porque yo no pude volverme a embarazar. Cuando te tuve a ti, hubo complicaciones. No quedé del todo bien. Eso dijeron los médicos. De hecho, le agradezco que me haya querido aceptar aún cuando yo ya estaba embarazada. Decidimos ocultarlo pues pensamos que sería lo mejor para ti. No sé por qué ahora...

—¿Por qué, mamá? ¿Por qué? Todo este tiempo pensé que no me quería a mí. Pero no me dejó a mí, ¡porque no soy nada suyo!

Ángela tembló ante tales acusaciones.

—Clara...

—¿Quién es mi padre?

—¿Y para qué lo quieres saber? ¿En qué te ayudará? Él tampoco está.

—Necesito saberlo.

—No tiene caso.

—Perfecto —susurró Clara con impaciencia—. Has dejado a mi hijo sin familia. Sin el abuelo Ignacio, sin la familia en Angangueo, y como no te conocerá a ti, estará solo en el mundo.

La conexión se rompió. Ángela volvió a marcar, pero Clara seguramente había apagado su aparato. ¿Qué había insinuado? ¿Había perdido la cabeza? Le quitaría a su nieto, eso era lo que había inferido. Entonces no soportó más la sensación de vacío, no logró controlar los retortijones. Se encerró en el baño nuevamente, enfadada con su cuerpo que le traicionaba en un momento vital.

Clara lejos. Clara sola. Clara embarazada. Si alguien la entendía, se trataba de ella. Las ganas de que el niño no naciera; la culpa de solo imaginarlo. Las preguntas, la vergüenza, el miedo. Un hijo al mundo. Una madre sola. Ella había creído encontrar en Ignacio la respuesta. ¿Haría lo mismo Clara? ¿Se refugiaría en el primer hombre que atravesara su camino con tal de no estar sola? ¿Cometería los mismos errores?

Porque Ángela se equivocó. Quiso que Ignacio enmendara su vida, pero él tenía su propia existencia con la que lidiar. Luego se dedicó a Clara, como si en ello pudiera encontrar satisfacción total. Afortunadamente, Ángela encontró en el camino a Jesús, y todo mejoró. Adrián, un año atrás, le había hablado de Cristo, y Ángela sintió una verdadera paz inundar su alma. Y si bien la Navidad aún le incomodaba, no así su protagonista principal. Se tiró sobre la cama, abatida, enferma, débil. Pero logró hojear su Biblia hasta dar con la historia de aquella mujer viuda por muchos años, que había sostenido al bebé Jesús en brazos antes de morir.

Una oportunidad, le rogó a Dios. Solo una, para enmendar los errores del pasado.

Clara se despertó a buena hora y se dio un baño. El agua caliente la serenó. La escena comenzaba a tornarse borrosa en su mente. Ignacio no era su padre, pero quizá jamás lo había sido. No la trató como los padres a sus hijas. Aún le disgustaba la idea de vivir engañada; se encontraba enfadada con Ángela, pero la vida continuaba. Su vientre se lo indicaba. El bebé daba a mostrar su presencia con patadas y movimientos y, precisamente, el hambre la hizo salir de la habitación.

Adrián contemplaba los cuadros del abuelo del dueño con atención. Clara se acercó.

—¿Dormiste bien?

—Un poco.

—¿Tienes hambre?

—Mucha.

—Me han recomendado una fonda en el mercado.

Los dos se encaminaron a dos cuadras del hotel. Después del desayuno, emprenderían el regreso a Tlalpujahua. Mientras la mujer de la fonda les preparaba unos chilaquiles, Adrián la contempló con ternura.

—Siento tanto lo que ha ocurrido, Clara.

—Yo también.

—Tal vez no deba meterme, pero no guardes rencor contra tu madre. El rencor es como un veneno que se pega al corazón y se hace grande.

—No es fácil.

—No lo es. Yo lucho mucho en mis sentimientos cuando enfrento a mi padre. Pero debes ver las cosas del punto de vista de tu madre.

—No hablemos de eso, Adrián. Por favor. Necesito tiempo.

Él asintió. Los chilaquiles la reanimaron, pero ya se fraguaba un plan en su mente. En tanto Adrián iba por las maletas al hotel, Clara hizo una llamada telefónica. Luego se subieron a la camioneta y ella fingió dormir. Cuando Adrián la depositó frente a su casa, ella le tendió la mano.

—Gracias por acompañarme, Adrián.

—De nada. Clara, no hagas una tontería.

—No lo haré.

Ella agitó la mano en despedida, luego insertó la llave en la puerta. Debía empacar.

Rocío la esperaba en la esquina como habían acordado. Un taxi las aguardaba. Ambas se treparon al asiento trasero.

—¿Estás segura, Clara?

—No puedo quedarme en casa. No lo soporto... No sé qué hacer. ¿Crees que tus padres se enfaden?

—Espero que no.

Rocío vivía en las afueras del pueblo; en una hermosa casa de dos pisos con un jardín de ensueño. Su madre, Genoveva, se dedicaba al hogar en cuerpo y alma. A Clara se le figuraba una madre ideal. Para su mala fortuna, la señora había ido al mercado por lo que se toparon con el padre de Rocío. Los hermanos mayores de Rocío, todos casados, vivían cerca, pero no con ellos.

Rocío le trajo un vaso con agua. Don Roberto veía un programa mediocre sobre talento musical. Él no le había dicho que no podía quedarse. Una muchacha con sobrepeso entonaba una canción de amor. La piel de Clara se erizó. La chica tenía buena voz. Rocío lo comentó en voz alta.

La puerta se abrió. Doña Genoveva entró con una sonrisa.

—¡Clara! ¡Bienvenida! ¡Qué sorpresa! No había tenido oportunidad de verte, pero luces bien. ¿Cuántos meses?

—Ocho.

—Qué barbaridad. ¿Vienes a comer? No tardo en preparar unas milanesas.

Don Roberto le cambió al fútbol. Rocío se escabulló con su madre a la cocina. Seguramente, le daría las noticias recientes y el verdadero motivo de tener a Clara ahí.

A los pocos minutos, Rocío le hizo una seña. Clara entró a la cocina. Doña Genoveva se encontraba friendo la carne. Esa mujer sí que era hábil en la cocina, y en muchas cosas más, pues su mirada no le permitió mentir.

—Pobre Ángela —suspiró doña Genoveva—. Escucha bien, Clara. Con gusto te quedarás aquí, pero debes hacer las paces con tu madre. Sé que ahora te sientes defraudada, pero Ángela te ha dado mucho. Pide que te cuente su versión. Por lo que me dice Rocío, la familia de Ignacio no aprecia a tu madre. Quizá no te han contado toda la historia.

Clara asintió, aunque no pretendía obedecer.

—Te prepararé la habitación de los muchachos. Ahora, mejor vamos a comer o a don Roberto le dará el infarto.

Por la tarde, las dos amigas se sentaron en la sala para ver películas románticas, en que todo terminaba bien. Clara se preguntó si algún día ella sería amada por un hombre. Probablemente no. No con un hijo de por medio.

Sábado por la noche. Ángela no lograba conciliar el sueño. Su dolor de estómago había menguado, pero no el del corazón. ¿Dónde estaba Clara? Rogaba que con sus amigas. Quisiera tenerla enfrente y contarle tantas cosas. Hablarle de su pasado, de su realidad, de su vida. Clara no había hecho muchas preguntas. Creció conformándose con la familia de Ignacio. Rara vez indagó por la familia de Ángela. Quizá, con la inocencia de un niño, aceptó el hecho de que Ángela estaba sola en el mundo. Y no erró. Ángela creció de la misma manera.

Su madre y su tía Flor salieron del rancho en el Estado de México a temprana edad. Se fueron a trabajar a Angangueo. ¿Por qué ahí? Ángela lo ignoraba. Su madre se había embarazado y murió al dar a luz, por lo que su tía Flor la crió. Su tía sería su modelo a seguir como madre. En el pueblo consideraban a Flor una solterona recatada y religiosa. No faltaba a misa; vestía con decoro y prudencia. Después de sus horas de trabajo como secretaria en el palacio municipal donde laboró durante décadas se marchaba a su departamento y no volvía a salir, salvo para alguna cuestión religiosa.

Enseñó a Ángela a subsistir por sí misma. Desde niña, Ángela regresaba de la escuela y se encerraba en el departamento. Tenía prohibido abrir la puerta o asomarse por la ventana. Comía comida fría, para no correr peligro con la lumbre de la estufa. Lavaba su blusa blanca de la escuela y los trastes que usaba para comer. Leía una oración del librito negro, rezaba cinco a diez minutos y hacía su tarea. Jugaba con muñecas, más tarde veía un poco de televisión cuando consiguieron una blanco y negro. Así que Ángela careció de amigas. Sus salidas sociales se resumían en algún velorio.

Tal vez por esa razón, Ángela se enamoró de los libros. No que tuviera muchos. Se conformaba con los libros de texto de la primaria.

En especial, le fascinaba el de lecturas. Se adelantaba en sus clases y por la tarde leía y releía sus páginas predilectas. Cierto día, su tía le obsequió un libro de poemas de Amado Nervo. El corazón de Ángela se hinchó de alegría. Aunque no comprendía todas las palabras, le gustaba su sonido musical.

Primaria, secundaria, buenas calificaciones, excelente promedio. Ángela les decía a sus compañeras que deseaba estudiar. Ellas anhelaban ser madres de familia. Entonces el sueño se acabó. No había hacia dónde continuar, pero apareció Timoteo. Timoteo, recién graduado, había sido enviado a Angangueo para su primer año laboral. Como trabajador novato, se resignó a dejar su preciada ciudad para ir a ese pueblo más pequeño pero repleto de estudiantes hambrientos de conocimiento. O eso creyó. Realmente se topó con muchachos distraídos que solo pensaban en trabajar o cruzar al otro lado, y chicas que no soñaban con estudios, sino con bodas e hijos.

Pero estaba Ángela. Una muchacha seria que mostró interés en la lectura. Una muchacha que no cursaba secundaria como un trámite más para tener contenta a su tía, sino que en verdad se interesaba por el conocimiento. Ángela lo veía todas las mañanas cruzar el patio, sujetando con firmeza su bastón, pues cojeaba de la pierna derecha debido a un accidente de auto. Un hombre joven en sus veintes, delgado y de rostro limpio. Ángela admiraba su sabiduría y el hecho de ser forastero. Provenía de Morelia, una ciudad grande que se le figuraba la misma Roma o Atenas, la cuna de la civilización. Ángela jamás había pisado fuera de Angangueo. Ni siquiera había ido a ver las mariposas en el bosque.

Timoteo buscó tiempo entre sus horarios para instruirla. Le prestó más libros. Navidad en las montañas. La Iliada y la Odisea. Ángela a veces se aburría, pero no se rendía. Entonces la tía Flor enfermó. Ángela la cuidó, hasta que la tía dio su último suspiro por una bronquitis no tratada a tiempo. ¿Quién la consoló? Timoteo. Jamás olvidaría esa tarde en el panteón. La lluvia cayendo, las pocas personas huyendo del mal clima. Ella de pie frente a la tumba, y Timoteo a su lado. Entonces ella, en vez de evocar una de las muchas oraciones que aprendió, murmuró un poema.

«Porque hasta el mal en mí, don es del cielo, pues que, al minarme va, con rudo celo...

»Desmoronando mi prisión también; porque se acerca ya mi primer vuelo...»

—Gracias, ¡está bien! —concluyeron los dos.

Se miraron el uno al otro. Conocían el mismo poema. Les consoló el mismo verso. Y él la tomó de la mano.

Esa noche la llevó a su casa, donde se amaron ocultos bajo las sombras de la noche. Ella regresó al departamento de madrugada. No permitirían que los vecinos hablaran mal. Pues Timoteo le juró amor. La haría su esposa. Partiría en unos días a Morelia para recoger unas cosas, y volvería por ella. Era veinte de diciembre. Prometió regresar para Navidad. Pasarían las fiestas juntos, como marido y mujer. Él se encargaría. Ángela no le dijo adiós, salvo antes de partir al departamento.

Aguardó que los días transcurrieran. Y llegó Navidad. La peor Navidad de su vida. No fue a misa. No comió nada. Lloró y lloró pues Timoteo no regresó por ella. Esperó a Año Nuevo, y en enero sus esperanzas se marchitaron. En la escuela no sabían nada de él. Se había esfumado como el humo. Unos meses después, Ángela ocupó el puesto de su tía como secretaria en el Registro Civil y escondió su condición de embarazo. Allí se topó con Ignacio, quien llevaba desayunos a los trabajadores cada mañana.

Él se enamoró de ella. Ella no de él, pero debía pensar en su criatura. Sus primeros meses de casados sobrevivieron. Más tarde, ella crió a Clara con la enciclopedia y los discos de música clásica a su lado. Tocarlos la acercaba de nueva cuenta a Timoteo, hasta que decidió que eso era como traicionar a Ignacio y decidió no escucharlos más. Quizá por ello tampoco lograba embarazarse. Dios, seguramente, la castigaba por continuar amando a Timoteo.

Por eso, cuando Ignacio se marchó, Ángela no lo culpó ni se lo echó en cara. Simplemente se quedó en Tlalpujahua, de donde no había vuelto a salir. Pero ¿qué más le deparaba fuera de esos bosques que tanto amaba? Ángela no guardaba muchos sueños. Le agradaba su trabajo con don Rubén, y se creía feliz con su hija. Hasta ese momento. De pronto, algo apretó su pecho; pensó en Timoteo y lloró por él. Ese hombre bueno que cojeaba la hizo creer en sí misma. Desafortunadamente, también logró que ella odiara la Navidad.

Domingo por la mañana. La tienda necesitaba manos extras. Muchos clientes acudían con el prospecto de la feria y el fin de semana. Adrián echaba de menos los domingos en Morelia cuando asistía a la iglesia. Desde que había llegado a Tlalpujahua, no había tenido la oportunidad de buscar un lugar de reunión.

En eso, vio la sombra de Ángela dirigirse de nueva cuenta al baño. ¿Estaría enferma? Lucía demacrada, demasiado, y presintió que las cosas con Clara no marchaban bien. Aguardó a que ella abandonara el tocador y la siguió a la tienda. Por un instante, bajó el flujo de visitas, así que le ofreció un poco de refresco de manzana. Jesusa juraba que asentaba el estómago revuelto. Ángela sorbió el líquido, luego lo contempló con tristeza.

—Clara se ha ido de la casa.

Adrián observó los Cascanueces en el aparador, pequeños soldaditos de vidrio. En el fondo se escuchaba la música de Tchaikovski, la danza china. Ángela se sobaba las sienes. La pequeña y dulce Clara, esa niña del Cascanueces, se encontraba aturdida y perseguida por el rey ratón. Adrián no había cesado de rogar a Dios por Clara. Su corazón lo había llevado a hacerlo. ¿Qué le pedía a Dios? Realmente nada concreto, pues ¿quién era él para saber qué camino debía seguir? Ella no le permitió consolarla el día anterior. ¿Lo haría ahora?

—Dudo que se haya ido lejos.

—Yo también.

Los dos guardaron silencio. Adrián pensó en el ser humano, quien generalmente señalaba que sus penas y cuitas surgían de las tragedias externas: desempleo, desastres naturales, conflictos relacionales. Pero olvidaba esa lucha interna que definía cómo enfrentar lo exterior. Y lo que ocurría en el centro de la voluntad hacía la diferencia. La vida se podía complicar o sufrir. Adrián había optado por una tercera. La vida se entregaba a Dios. Con él de parte de uno, si bien continuaba haciendo frío y el kilo de tortillas aumentaba en precio, la fortaleza espiritual sostenía a la persona y le otorgaba gozo. Increíble, pero cierto. Adrián había experimentado esa alegría que percibía tan lejana de Clara; esa paz que Ángela requería en ese instante.

—Estuviste ahí cuando le contaron la verdad. Supongo que ha reaccionado de modo lógico.

—Clara desea conocer quién es su padre.

—Pero yo no sé dónde está. ¿Para qué le cuento?

Adrián la encaró:

—Ángela, la verdad te hará libre.

—Clara no me quiere escuchar. Yo podría explicarle, pero ella no entiende razones.

—Ella está confundida, dolida, ansiosa por el parto. Esto solo ha venido a complicar su existencia.

Las lágrimas de Ángela fluyeron con libertad por sus mejillas.

—Y todo por mi culpa.

Adrián se retorció en su asiento.

—Escucha, Ángela, Clara ha tomado sus propias decisiones. Sin embargo, a ti te corresponde enmendar aquello que te implica.

—Me siento tan sola, Adrián. He cometido tantos errores. ¿Crees que Dios me quiera perdonar?

Adrián contestó:

—Por supuesto, Ángela. Hace un año hiciste las paces con Dios. Eres suya; le perteneces. Recurre a él. Regresa a él. Por cierto, ¿has encontrado algún grupo de personas que se junten para leer la Biblia y orar?

Ángela desvió la mirada.

—Realmente no he buscado.

—Es importante, Ángela. Aunque leas la Biblia y ores, necesitamos de otras personas para crecer.

—Pero ellos me juzgarán. No quiero ir a un lugar donde me señalen por ser prácticamente madre soltera.

—En cuanto pueda, te ayudaré con eso. Por ahora, haz lo correcto.

Ella asintió, luego fue a atender un cliente. Adrián la miró con ternura. Aún se acordaba de la emoción que lo dominó al verla entregar su vida a Jesús. Pero aún iniciaba el recorrido. Ella debía aprender más, confiar más, obedecer más. Al igual que todos.

Clara y Rocío decidieron desayunar en el mercado. Se les antojaron unas quesadillas, así que subieron las escaleras, donde se extendían las mesas para disfrutar la barbacoa y antojitos de toda variedad. Rocío le sugirió un puesto en especial, de ricas quesadillas de diversos guisos. Una señora freía en el comal las empanadas rellenas de delicias. Clara pidió dos. Una de picadillo y otra de tinga de pollo. Rocío prefirió una de hongos y otra de chicharrón. La señora amasaba y componía la petición cuando un hombre se acercó con el ceño fruncido.

—Voy a Tlacotepec por harina.

Clara lo reconoció. Atendía la tortillería de abajo.

—Cuando acabes aquí, vigila el negocio.

—Pero... hoy es el ensayo de coro. A Memo no le gusta faltar.

—Ensayo de coro —repitió el hombre con enojo—. Ya te dije que la música no da para comer.

Se marchó sin otra palabra. Clara mordió su quesadilla. Se refería al ensayo de Adrián quien por haber acompañado a Clara a Angangueo, había cambiado la práctica del viernes para domingo.

En eso, Rocío recibió una llamada. Su madre necesitaba unas cosas de mandado, así que Rocío refunfuñó.

—Espérame aquí. Voy abajo por las compras y nos vemos donde dejé el auto.

Clara asintió con alivio. Se encontraba cansada. Mordía su última quesadilla cuando una voz masculina la petrificó.

—Buenas, doña María. ¿Clara?

¡Adrián! ¿Qué hacía allí? Se acomodó a su lado, aunque él dirigió su atención a María, la mujer del puesto:

—¿Cómo le va?

—Bien, gracias, profesor. Pero hoy no podrá ir Memo al ensayo. Tengo que atender el negocio.

—Entonces yo vengo por Memo y se lo regreso a las cinco y cuarto.

—Gracias —dijo María y agachó la vista—. ¿Le preparo algo?

—Ya almorcé —se excusó Adrián—. Solo vine por unas hierbas para un té que me pidió Jesusa. Dime, María, ¿tu marido no está? Quisiera conversar con él.

María se rascó la frente:

—No insista, profe. Mi esposo no cree en la música. Si a duras penas dejó que Memo entrara al coro. Ya me advirtió que nada más hasta diciembre y se acabó. Que si no fuera porque don Guillermo mismo nos invitó, y le debemos unos favores, ni se le hubiera ocurrido mandarme al teatro.

—Pero a Memo le gustan los instrumentos. Le he dicho que si llega temprano, puedo enseñarle las notas, y la flauta dulce. Dice que tiene una en casa.

—Tal vez...

¿Cómo serían los ensayos de Adrián? La curiosidad picó a Clara, pero debía huir antes que Adrián hiciera preguntas. Le extendió unas monedas a María, luego se puso en pie, pero no logró su objetivo.

—Veré qué puedo hacer. Nos vemos, María. Al rato paso por Memo.

En cuanto menos lo esperaba, Adrián caminó a su lado.

—Te acompaño. Supongo que estás con Rocío.

—¿Cómo lo sabes?

—Me la encontré abajo y me contó.

Clara salió a la calle con impaciencia. Debía ir al auto para marcharse con Rocío. Un mareo la empezaba a fastidiar.

—Tú creciste sin padre y yo sin madre —le comentó Adrián de la nada—. No sé cuál será más duro, pero ninguna de las dos opciones se me apetece para ese pequeño llamado Memo. Temo que María se quede sola si Pepe se marcha. A veces presiento que Pepe es capaz de llevarse a Memo y dejar sola a María.

A Clara no le interesaba la vida del tal Memo, a quien ni conocía. Pero le agradó la comparación de semejanza que Adrián había hecho sobre sus vidas.

—Tú sin padre, yo sin madre, y ahora, parece que los dos perderemos al progenitor que nos queda.

Esa similitud no le gustó en lo absoluto. Clara apretó los labios y avanzó con más fervor. Pero Adrián la sujetó del codo. Ambos se detuvieron en la esquina. Faltaba poco para el auto de Rocío.

—Yo pierdo a mi padre por el cáncer, tú a tu madre por el pasado. Sin embargo, ambos podemos recuperarlos.

¿Cómo? ¿Acaso Adrián conocía la cura para el cáncer? ¿Sacaría una goma mágica y borraría la traición de su madre?

—Pido a Dios por el alma de mi padre todos los días, pues si bien su cuerpo se hunde en la enfermedad, lo que importa es su espíritu. Si mi padre cree en Jesús, no lo perderé jamás. Estaremos juntos por siempre. ¿Y tú, Clara? ¿Qué harás por tu madre? ¿Cómo la recuperarás?

—Yo soy la ofendida, la traicionada. Ella debe venir a mí.

Rocío se aproximaba por la acera. Clara se plantó junto al auto y la puerta del copiloto. Adrián habló con suma seriedad.

—Daría mis dos manos por recuperar a mi madre, Clara. Y estoy dispuesto a sacrificar mis dos manos si eso hace que mi padre se acerque a Dios. Nos vemos más tarde.

Se dio la media vuelta mientras Clara sudaba. La convicción de Adrián la había dejado fría. Él sería capaz de perderlo todo, con tal de poseer a sus padres. Sus dos manos significaban mucho más que una parte del cuerpo; implicaban su pasión por la música, su talento más grande, aquello que lo llevaría muy lejos. Y aún así, él estimaba sus manos poca cosa a comparación de algo mejor: su familia. ¿Y Clara?

«Señor, Señor, Tú antes, Tú después, Tú en la inmensa hondura del vacío y en la hondura interior...»

Ángela repasaba el poema de su niñez. Ángela no había heredado su fe a su hija. Conoció de Dios un año atrás, cuando Clara ya estudiaba en la universidad y se encontraba lejos físicamente. En vacaciones, cuando su hija la visitó, no logró impresionar a la muchacha. Ella, cortésmente, la escuchó leer la Biblia, pero no había cambio en su vida. Clara se encontraba bien sin Dios. Su religión se volvió la escuela, el conocimiento, la psicología.

«Tú en la flor de los cardos y en los cardos sin flor».

¿Podría Clara elevar ahora su vista al cielo y buscar a Dios? Ángela habría deseado hacerlo mucho antes, cuando Clara venía en camino. Hubiera cambiado muchas cosas.

«Tú en la frivolidad quinceañera y también en las grandes ternezas de los años maduros».

Ángela releyó ese poema cientos de veces en su niñez. ¿Cómo adivinar que sus palabras se cumplirían? Cierra los ojos y susurra: «Dios mío, perdóname. He sido egoísta. Vengo a ti en la necesidad, pero esta vez será diferente. Porque ya no puedo más. Sé tú mi Dios en la más negra sima y en el más alto edén».

Le había hecho bien suspirar. Su pecho se sintió más liviano. Se tragó unas pastillas, las del estómago. Esa noche dormiría tranquila. Se lo había propuesto. No porque abundara en razones para hacerlo, sino porque debía descansar. Y aún más, porque Clara estaba en manos de Dios. Ahí estaba bien.

Una llave en la puerta la alertó. Ángela se tapó con las cobijas. Solo una persona más poseía la llave de la casa. Rogó que se tratara de ella. Los pasos ligeros la entusiasmaron. Se amarró una bata alrededor del cuerpo. Abrió la puerta de la habitación de Clara de la que emergía una tenue luz. Ella desempacaba.

Las dos se miraron.

—He vuelto.

—Me da gusto.

Clara continuó desempacando. Ángela la ayudó a poner su poca ropa en los cajones.

—Eso no significa que todo está arreglado —le aclaró su hija—. Solo que no puedo abusar de la hospitalidad de Rocío.

—Entiendo.

Ángela sonrió por dentro. Había regresado. Ángela le preparó un chocolate caliente y le convidó pan de dulce. Clara se sentó en el comedor. Era una noche fría, así que las dos se arroparon y sorbieron la bebida caliente con deleite.

—Quiero contarte la verdad —le dijo Ángela.

Quizá no era el momento, pero Clara se lo indicaría. De hecho, su silencio la animó a hablar.

Comenzó desde el principio. Su infancia y su tía la solterona. Sus estudios y el profesor Timoteo. La ligera cojera y ese bastón que lo acompañaba. La promesa de amor y esa Navidad gris. Sus ojos se humedecieron al llegar a esa parte. Clara se mantuvo inmóvil. ¿Qué pensaría? No importaba. La verdad liberó a Ángela, y por ese momento, era suficiente.

—Estoy cansada —le confesó Clara.

Ángela la acompañó a su habitación y la arropó. Ella se lo permitió. Le plantó un beso en la frente y le deseó las buenas noches. Mañana lavaría los trastes sucios. Se cobijó en su propia cama y durmió.

8

Nunca sabré cómo tu alma
ha encendido mi noche...

—Rafael de Penagos, «Luna de miel»

Don Rubén se bebió el escenario de los bosques. Vivía en un hermoso lugar de la República Mexicana; no cabía duda. Adrián conducía rumbo al hospital. Clara los acompañaba pues debía ir a dejar unos papeles; allí se aliviaría. La clínica de Tlalpujahua era demasiado pequeña para atender tantos partos, así que solo se concentraban en cesáreas programadas. La voz de Gloria Lasso resonaba en el aparato de sonido. Don Rubén había conseguido el CD unos meses atrás, regalo de su hermano el Güero. La voz gruesa de Gloria describía el sol calentando en la playa. Los recuerdos se agolparon en su mente, y se remontó al pasado.

Para olvidar lo que le esperaba, optó por viajar al pasado, pero debía hablar en voz alta para que los monstruos no aparecieran.

—Dime, Clara, ¿quieres saber cómo conocí a Elvirita?

—Sí, don Rubén.

¿Compromiso o verdadero interés? Observó que Adrián y Clara intercambiaban miradas por el espejo retrovisor. No se detuvo a pensar en ello. Hablaría para distraerse.

—Me fui de Tlalpujahua con mi primo Hermenegildo cuando una lluvia deslavó una parte del cerro. Mis padres me enviaron con su bendición al otro lado, a ver si conseguía mejor fortuna. Me emocioné ante la idea de viajar en tren. Mi abuelo me contaba sobre la época revolucionaria. Todos viajando en tren, recorriendo el país en busca de libertad. Las soldaderas detrás de sus hombres; ellos hacinados en los vagones. Pero viajar solo, y con un poco de dinero en los bolsillos, era un poco peligroso. Así que nos juntamos con Pedro, otro michoacano, y al segundo día de subirnos al tren, nos hicimos dueños de una butaca, dos asientos cara a cara.

Ellos celaron su lugar como si se tratara de comida. Entonces, esa tarde, dos muchachas recorrieron el vagón en busca de un espacio. Pedro silbó quedito. Se prendió de una chica de cabello teñido y vestido rojo. Sin embargo, Rubén se interesó en su acompañante, una chica de cabello largo y trenzado, con ojos cargados de espanto. Por respeto, les cedieron un asiento junto a ellos.

Las horas transcurrieron con monotonía. Bajar al baño en algunas paradas; comprar comida de vez en cuando. Pedro y Tina, la del vestido rojo, intercambiaron historias. Los chicos se dirigían a Estados Unidos pero cruzarían como ilegales. Las chicas llegarían a Ciudad Juárez para vivir con la madrina de Tina unos años. No estaban seguras si deseaban cruzar al otro lado. Era peligroso.

Por la noche, la máquina falló. No arribarían a Ciudad Juárez tan pronto. Rubén decidió dormir. El silencio cubrió el vagón. Los que carecían de asiento, improvisaron camas en el piso. Algunos ronquidos lo incomodaron, otros lo divirtieron. Entonces, algo se movió cerca. La mano de Pedro iba directo a la rodilla de Elvira, la chica de trenza. Supuso que se debía a su cercanía, pues Tina se había pegado a la pared. Rubén se enfadó. Ese tipo de conductas lo irritaba. Tina y Elvira confiaban en ellos; ¿por qué traicionarlas de ese modo?

Elvira no abrió los ojos al percibir el contacto. Pedro se armó de valor debido a la oscuridad. Rubén veía bien, pues un hito de luz de la luna se colaba por la ventana, además de que siempre se había ufanado de su buena vista. Entonces un escalofrío recorrió su espalda. La mano de Pedro se deslizaba hacia arriba. Rubén no perdió el tiempo. Colocó su mano sobre la de Pedro y la apretó con fuerza. Los dedos de Pedro se relajaron y volvieron a su sitio. Pedro se cubrió la cara con el suéter. Elvira abrió los ojos. Lo contempló fijamente durante un rato. Rubén se preguntó si lo confundiría con su asaltante, pero su expresión reflejó gratitud. Rubén decidió no dormir más. Velaría por ellas.

—Amor a primera vista —dijo don Rubén—. Desde que la vi, supe que no habría otra mujer para mí en el mundo, salvo mi Elvirita.

Don Rubén suspiró y continuó con voz más pausada. Cuando pisaron Ciudad Juárez, Rubén se deshizo de Pedro. No soportaría un abusivo entre el grupo. Éste se marchó sin contratiempos con el pretexto que deseaba cruzar la frontera de inmediato. Más bien había sido descubierto. No le convenía continuar con ellos. Rubén y su primo acompañaron a las muchachas en busca de la madrina de Tina, con quien se hospedarían.

Tomaron un autobús que los depositó en una especie de barranca con calles polvorientas y casuchas en terribles condiciones. Tina creía que su madrina tenía dinero. Se equivocó. Buscaron una casa pintada de azul, su única referencia. Comenzaron a avanzar entre esa maleza de piedras y basura en busca de una fachada azul. Techos de lámina, paredes de adobe, perros lamiéndose y niños jugando en la tierra.

Una puerta desvencijada con suspiros de azul daba a un patiecito con gallinas. Rubén y Hermenegildo se despidieron, pero prometieron visitarlas. Esa noche, Rubén habló con otros indocumentados para saber cómo cruzar. Durmieron a la intemperie. De madrugada partirían a su destino. Hacía frío. Tuvo que envolverse bien en el sarape para no temblar. Tardó en conciliar el sueño, ya que su mente vagaba en los muchos dilemas de su corta vida. Repasaba el rostro de Elvira y se preguntaba qué haría en ese momento. Lo único cierto era que Rubén trabajaría para darle un hogar digno.

Un mes después, volvió a México. Consiguió papeles falsos y aprendió el negocio del disfraz y el engaño. Buscó a las muchachas. Ninguna de las dos se encontraba en casa de la madrina. Tina había regresado a su oficio de peluquera. Doña Lucrecia le consiguió un buen empleo con una señora obesa que fumaba todo el tiempo. De eso se enteró pues tuvo que visitarla para dar con Elvira. Tina le informó que Elvira trabajaba en la fonda contigua. Lavaba los trastes para una señora.

Rubén contempló a Elvira desde la ventana. Lucía cansada, pero resignada. Sus manos rugosas y maltratadas servían a los comensales, luego se retiraba a la parte trasera para lavar. Rubén aguardó hasta la noche. No quería causarle problemas en el negocio. Esperó hasta que ella acomodó las últimas cazuelas. Luego echó llave y se acercó con cautela. No deseaba espantarla.

—Buenas noches, Elvira. Vengo a escoltarla.

Ella sonrió. Él no sabía ni qué hacer. Pero caminaron hasta la casita azul. Una vez allí, sacó un paquete de entre sus ropas.

—Le traje esto.

Elvira tomó el regalo, pero no lo abrió. Rubén no supo si tomarlo como una ofensa personal o timidez. Dentro había una blusa azul. Rogó que le gustara.

Desde entonces, cada mes se repetía la escena. Rubén llegaba a la fonda y ordenaba algo de comer. Masticaba despacio y sin prisa, mientras Elvira terminaba de lavar las cazuelas. Él no se aburría. No leía ni escribía, simplemente escuchaba la radio, pues le pedía permiso a doña Lucrecia para buscar estaciones con música tranquila, boleros y baladas.

Cuando Elvira cerraba la fonda, Rubén la escoltaba a casa. En la puerta los dos se detenían. Se despedían sin grandes fanfarrias; él le daba un paquete. Añadía una falda, un llavero, un bolso de mano, unas gafas. El sexto mes, antes de darse la media vuelta de rigor, Rubén se detuvo y la encaró.

—Entonces qué, Elvirita, ¿somos novios?

—Somos novios —respondió ella.

Él le dio un beso en la mejilla. No pidió más.

En el mes octavo de sus visitas, dos meses después de hacerse novios, Rubén le obsequió un reloj.

—Entonces qué, Elvirita. ¿Nos casamos?

Ella dijo que sí. Años después los dos reirían al repasar su boda. Elvira no esperaba una misa ni una fiesta. Si acaso una visita al ministerio público o una sencilla ceremonia con algún cura que a cambio de unas monedas intercediera por ellos delante de Dios.

Una falda roja y una blusa blanca, todo regalo de Rubén. Un bolso negro pequeño, imitación de piel, obsequio de doña Lucrecia. Los zapatos eran los de siempre, unos negros de charol. Finalmente, el maquillaje y el peinado corrió a cargo de Tina. No hubo fotografías en su boda, pero Rubén grabó su imagen en el baúl de su memoria.

Rubén con una camisa blanca y pantalones negros. Hermenegildo a su lado como testigo. Poca ceremonia. Un juez medio dormido que leyó una epístola de alguien famoso; firmas y firmas; y Rubén sostuvo en sus manos un documento que comprobaba su nuevo estado civil. Ya no era soltero, sino un hombre casado.

Comieron en la fonda donde trabajaba Elvira. Ella, por primera vez se sentó como un comensal, sin pensar en la mucha grasa que se quedaba pegada en la loza y que debería tallar. La dueña ofreció un menú sencillo con pollo asado y patatas, pero nadie se quejó. Rubén sentía la presencia de esa mujer que lo traía embelesado. Sus hombros se rozaban. Él buscaba su mano con insistencia. Hasta ese instante comprendió que le pertenecía. Esa noche podía exigir lo suyo. Pero no lo hizo.

De hecho, por cuestiones prácticas, ella se quedó con doña Lucrecia. A él no le alcanzaba para pagar un hotel. De ese modo, su primera noche de matrimonio la pasó solo.

Al día siguiente partieron los tres viajeros. No cruzaron como otros braseros, sino con unos documentos falsos que habían conseguido con otros mexicanos. Tampoco esa noche se unieron como marido y mujer. A Rubén no le faltaban ganas, pero quería esperar un momento especial. No se le figuró propio dejarle como primer recuerdo a Elvira una noche en medio de otros indocumentados. Tomaron el autobús y subieron a Chicago, una ciudad del norte, donde vivía un pariente que los ayudaría.

Chicago. Su destino final. Llegaron un día antes de Navidad. Como un regalo especial, Rubén la llevó a pasear. Le emocionó ver cómo los ojos de Elvira se iluminaban ante los escaparates. Tiendas con nombres impronunciables; luces que alumbraban la noche con alegría. Rubén se preguntó si Elvira se quejaría. Su departamento era un solo cuarto con un baño. Pero ella aplaudió. Tendría su propio excusado, no una letrina. Rubén se enterneció. Esa muchacha sencilla de Nayarit jamás había contado con su propio baño.

La cama tenía colchón. ¡Un colchón! No más sarapes en el suelo o catres infestados de piojos.

—Es pequeño —le susurró Rubén.

—Es nuestro —le sonrió Elvira.

Don Rubén guardó silencio. Adrián manejaba con la vista al frente. La canción de «Cuando calienta el sol» había terminado, pero las primeras notas de una nueva melodía resonaron en las bocinas. Clara lo miró con interés.

—¿Qué sucedió, don Rubén?

—Nada, Clara. O quizá todo. Esta canción, precisamente, la tocaban en el radio esa noche de luna de miel.

Don Rubén subió el volumen al aparato y los tres escucharon sin interrumpir. Don Rubén observó el letrero del hospital, pero Adrián no se estacionó hasta que la canción hubo terminado.

«Nunca sabré cómo tu alma ha encendido mi noche; nunca sabré el milagro de amor que ha nacido por ti; nunca sabré por qué siento tu pulso en mis venas; nunca sabré en qué viento llegó este querer. Mi vida llama tu vida y busca tus ojos; besa tu suelo, reza en tu cielo, late en tu sien. Ya siempre unidos, ya siempre, mi corazón con tu amor. Yo sé que el tiempo es la brisa que dice a tu alma: 'Ven hacia mí', así el día vendrá que amanece por ti».

Adrián acompañó a Clara a donde dejaría los papeles. Al parecer, su padre ya estaba acostumbrado al procedimiento de la quimioterapia, que de por sí dilataba casi dos horas, así que Adrián se ofreció a estar con Clara unos minutos.

—¡Qué hermosa la historia de tus padres!

—Sinceramente, nunca la había escuchado. Mucho menos de labios de mi padre. Me da gusto que volvieras a casa, Clara.

—Aún me cuesta aceptar todo lo de mi familia.

—Todo toma tiempo.

La enfermera llamó su nombre. Clara se aproximó al escritorio.

—Ya que estás aquí, aprovecha y que te revise el médico.

Clara asintió y volvió a su lugar.

—Quizá esto tarde —le dijo a Adrián.

—No hay prisa. Lo de mi padre también lleva tiempo. Aún así, ¿te importa si voy a verlo?

Ella asintió. Lamentó no traer una revista pero encontró unos folletos con buenos consejos para madres primerizas. Los leyó para instruirse, aunque se distraía observando alrededor. Tres o cuatro más embarazadas tejían o se aburrían. Diez niños aguardaban al pediatra. Varias personas de la tercera edad requerían consulta. Un enjambre de personas. Todos cuidaban celosamente las sillas de plástico. Clara no se movió de su lugar, ni para ir al baño. Cuando le resultó imposible frenar su cuerpo, le rogó a una mujer de mediana edad que le guardara su lugar. Ella accedió. Clara regresó y contempló el reloj en la pared.

¿Cuánto faltaría? La enfermera leyó los apellidos de Clara. Ella acudió a un cuartito donde agilizaban la consulta haciendo lo más básico: vigilar el peso y revisar la presión arterial. La enfermera arrugó las cejas. Andaba con presión baja. ¿Y cómo no? Apenas y había tomado un jugo como desayuno. La enfermera le recomendó comer algo. Clara no lo hizo. Si salía a comprar algo de comida, perdería su asiento.

Dos horas. Llegaron más embarazadas. Otros se marcharon con alivio o preocupación. Clara no quería pensar en Ángela, ni en Timoteo. Imposible. Timoteo. Su padre. ¿Cómo lo podría encontrar? ¿Por qué había dejado plantada a su madre? Tragó saliva al evocar el rostro de dolor de su madre al narrar esa parte de la historia. Con razón detestaba la Navidad. Ahora comprendía su falta de ilusión por la celebración. Y sin embargo, el Timoteo que había descrito sería incapaz de ofender con tal falsedad. ¿Qué encerraba la historia? Debía averiguarlo, pero ¿cómo?

Meditó en Ignacio y su frialdad. Ignacio con su nueva familia en Los Ángeles. Pensó en don Rubén y doña Elvira; enamorados, refugiados. Trajo a su mente la imagen de Adrián. Un amor imposible. Un muchacho demasiado bueno para alguien como ella. Tonta y más tonta. No debió asistir a esa fiesta jamás. El alcohol la atrapó.

Otra mujer pasó a consulta. Clara se hartó de los niños latosos. Chiquillos llorando, otros corriendo. Chamacos malcriados. ¿Y qué de ella? ¿Haría un mejor trabajo? Repasó sus clases de psicología. «Deja que el niño se exprese». «Si llora, dale amor». Sonaba lógico, pero en ese instante, lo único que ese niño de cuatro años merecía se resumía en una buena nalgada.

¿Quién le enseñaría a ser madre? ¿Y qué sucedería con su hijo? ¿Crecería odiándola por no darle un padre? ¿Inventaría alguna historia para no herirlo? ¿Repetiría los errores de su madre?

La mención de su nombre la trajo al presente. Su turno. Dos muchachos con batas blancas le pidieron que tomara asiento. El doctor encargado solo observaba. Eran practicantes, para su mala suerte. Empezó el interrogatorio, similar al del doctor Reynosa. Última regla. Síntomas. Problemas con la orina. Contracciones.

Se recostó sobre la cama de exploración. Uno de los muchachos escuchó el latido del corazón del bebé. Nada de ultrasonido. El otro palpó su vientre.

—Es niña —declaró como si tuviera rayos X.

Clara refunfuñó en sus adentros. ¿Qué sabía él sin un ultrasonido? El doctor principal arrugó las cejas. ¿Segura de la fecha de su última regla? Clara se encogió de hombros. El doctor meneó la cabeza. Regresaron al escritorio. El doctor le mandó algo para las agruras. Le advirtió que no comiera sal ni quesos para no hincharse.

Fin de la consulta. Adrián estaba en la sala de espera.

—¿Todo bien?

Clara le contó su experiencia.

—Así que ahora los médicos saben el sexo del bebé sin un ultrasonido —rió Adrián.

Clara no se mostró tan emocionada. Cada consulta la ponía más nerviosa.

Regresaron a Tlalpujahua; don Rubén dormitando, Clara meditabunda. Adrián tampoco propició la conversación. Hasta que don Rubén se encerró en su habitación, se dio el lujo de pensar. Se estaba muriendo. Así de fácil. La situación no mejoraba a pesar de que transcurrían las horas. Su hermano lo vino a visitar. ¿Qué vio? Un viejo cansado que había empezado a perder el cabello. Consideró si sería mejor raparse, pero el cuero cabelludo le dolía. Así de simple. Si alguien mencionaba que el cabello no provocaba dolor, ¡mentía!

Estreñido. Se tomó unos senósidos en espera de que algo sucediera. Jesusa caminaba por la casa como alma en pena. Lo vigilaba a cada segundo, se comportaba como una espía de la Segunda Guerra Mundial pues todo se lo contaba a su hijo. Don Rubén se hacía el fuerte, pero quería dejar de sufrir.

Su boca se secaba en extremo. Su cuerpo le reclamó como en una punzada constante que se percibía en las coyunturas y cada músculo. Se sentía cansado. Revisaba su temperatura con frecuencia. No deseaba regresar pronto al hospital.

No le agradaba estar enfermo. Detestaba su situación. El agotamiento lo volvía distraído, apático, fastidiado. No había revisado las cuentas del negocio por un total desinterés. ¡Se estaba muriendo!

Qué pena que en casa no hubiera reproductor de discos. Habría deseado escuchar a Gloria Lasso una vez más. Cerró los ojos y soñó con Elvira. Pero no duró mucho tiempo así. El dolor regresó. El estómago le afectó. Don Rubén no pudo continuar con dicha tortura. Se puso en pie y bajó las escaleras. Se escabulló por una puerta trasera. Nadie lo vio. Se trepó a su camioneta, y a pesar de la debilidad, la encendió. ¿A dónde iba?

A la presa Brockman. A quince minutos de Tlalpujahua. Un lugar hermoso, verde, con el agua cristalina y quieta. Hacía unos años, un joven se había quitado allí la vida. No hubo muchas investigaciones. El joven dejó una nota de suicidio. Don Rubén no la necesitaba. Tenía cáncer. Suficiente motivo. El dolor lo atacó de nuevo. Náuseas. Un cuerpo ardiente. ¿Otra vez temperatura? Ya no, por favor. No más. Hundirse en el agua helada. Dejar de respirar. Descansar. Que se le quitara esa quemazón en la cabeza; volver a disfrutar un caldo, unas corundas, una barbacoa. No había podido comer como antes. De repente, le pareció que siempre había estado enfermo. Que nunca había disfrutado de buena salud.

Pero lo había hecho. Se iba al mercado por una barbacoa. Su cuñada le regalaba tamales cada temporada. Jesusa preparaba enchiladas. Ángela le convidaba ese pastel de chocolate que tan bien le quedaba.

Don Rubén se daba sus gustos. Se iba a Morelia con su hermano; entraban a los mejores restaurantes. Don Rubén observó el periódico en el asiento del copiloto. Tal vez Adrián lo había comprado esa mañana.

Don Rubén sujetó el manubrio. Solo debía acelerar, pero no pudo. Un golpe en el vidrio lo alteró. Giró el rostro. Adrián con rostro preocupado.

—Papá, ¿qué haces? Son las once de la noche.

—Quería ir a dar un paseo.

Los dos se contemplaron. Finalmente, don Rubén apagó el motor. No moriría ese día. Soportaría los dolores.

—Pero me niego a ir al hospital.

—Llamaré a tu médico particular.

Don Rubén estuvo de acuerdo. Se acostó en la cama mientras el médico lo examinaba. Recetó unas medicinas. Adrián salió por ellas. Don Rubén despertó unas horas después. Adrián continuaba a su lado, en el sofá. Las medicinas se las había tomado entre sueños, ya que recordaba vagamente haberlo hecho. En eso, un papel se deslizó de la silla en que Adrián dormitaba. El recibo del medicamento. ¡Qué barbaridad! ¡Había costado una fortuna! Don Rubén se dobló en dos. La impresión le provocó más angustia.

Maldijo el cáncer. Maldijo a las compañías farmacéuticas. Maldijo a Dios.

9

Oh Dios, amado Padre nuestro,
ayúdanos a recordar el nacimiento de Jesús,
permítenos compartir la canción de los ángeles,
la alegría de los pastores
y la adoración de los reyes.

—ROBERT LOUIS STEVENSON, «A CHRISTMAS PRAYER»

Adrián revisó el calendario que guardaba en su bolsillo. No lo podía creer. Finales de noviembre. En unas semanas se presentaría su coro infantil. Los chicos aún no llegaban. Por más que insistía, la puntualidad no era su fuerte. Por lo menos, don Rubén se encontraba más repuesto de la quimioterapia. Hablaba poco sobre el tema, pero Adrián adivinaba que sufría. Rogaba que en la tercera no le fuera tan mal. El médico había dicho que lo dejaría descansar para Navidad. En enero le harían unas pruebas, y si se encontraba mejor, tendría otra ronda final. Si no, probarían con la radioterapia.

Don Rubén ya casi no tenía cabello. Usaba sombreros al salir, pero en casa se mantenía sin nada. ¿Sería que le estorbaban? Adrián solo sabía que un sabor amargo rodeaba la casa. Su padre sufría y Adrián ignoraba cómo ayudarlo.

Se escuchó la tropa de niños arribar al teatro. Memo llevaba la delantera. Ese día no había arribado a tiempo para su breve clase de flauta. Sería para la próxima ocasión. El chico mostraba interés, incluso aptitud. Adrián rogaba que su padre no le impidiera realizar su sueño. Los quince niños se formaron en los peldaños. Adrián se colocó en el piano. Comenzaron con el repertorio.

Adeste Fideles. Noche de Paz. El niño del tambor. Gloria in Excelsis Deo. Navidad, Navidad. Venid pastores.

Seis canciones que reflejaban el espíritu navideño. Había procurado no mencionar tradiciones extranjeras o diferentes a la historia original que dio luz a la festividad. Nada de renos o de trineos. Aún así, algo faltaba. Quizá una séptima canción. El número seis no le agradaba del todo. El programa duraría escasos veinte minutos. Don Guillermo no esperaba más. No había habido tiempo para algo más sofisticado. ¿Quizá en una futura oportunidad?

Adrián reflexionó en el futuro. Aún cuando reconocía la urgencia del momento —un padre enfermo— su corazón latía con pesar. Había dejado a un lado sus propias composiciones. En Morelia organizaba su día de modo que entre clases y compromisos sociales, pasaba tres o cuatro horas diarias escribiendo y borrando notas, aumentando y disminuyendo compases, creando sinfonías, sonatas, conciertos, los que probablemente jamás verían la luz, pero se trataba del proceso creativo que alimentaba su alma.

Desde que había llegado a Tlalpujahua, eso no ocurría. Y le dolía.

Juan Carlos desafinó. Adrián detuvo la sesión y repasó la línea que tanto les había costado desde el primer día.

—Escuchen: Glo-o-o-o-o-ooooo, glo-o-o-o-oooo, glo-o-o-o-o-ria. Ahora conmigo.

Memo andaba distraído. Ni siquiera en su solo se mostró emocionado. De hecho, olvidó la letra. Adrián se inquietó. Él mismo se encontraba cabizbajo. Los despidió cinco minutos antes. Los chicos se desbandaron.

—¿Todo bien, Memo? —le preguntó Adrián.

Como Memo era el más joven de la clase, no le permitía salir del teatro hasta que su madre llegara por él. Memo le ayudó con las partituras.

—Todo bien, profesor.

Se encaminaron a la salida.

—No te di tu clase de flauta.

—Ya será después.

Adrián asintió.

—¿Quieres contarme algo, Memo?

—No es nada, profe.

—¿Siempre sí se va tu papá a Estados Unidos?

El rostro del chico se nubló.

—Mi mamá dice que es aún peor. Le ofrecieron un trabajo.

—¿Lejos?

—En Morelia.

—No está tan mal.

Memo se encogió de hombros:

—A mi mamá no le gusta ese tipo de trabajo.

Adrián no se enteró de más, pues justo entonces, arribó el padre. Gordo, sin rasurar, desgarbado. No saludó a Adrián sino que sujetó la mano del niño. Adrián se despidió, no sin antes decir:

—Su hijo es muy inteligente. Creo que aprendería a tocar el piano fácilmente.

—¿Y eso para qué le sirve?

Adrián trató de resumir su teoría.

—Se ha comprobado que los niños que estudian un instrumento musical, desarrollan habilidades matemáticas y manuales. Verá, cuando uno toca, tres sentidos están estrechamente ligados y activos: el oído, la vista y el tacto. Eso supera por mucho cualquier otra actividad, incluso física o deportiva.

—Mi hijo es inteligente. Ya lo dijo. Si se pone más abusado, ¿de qué le sirve en este pueblo?

—Mejores oportunidades. Universidad.

El padre escupió al suelo.

—Escúcheme bien, profe. Hasta diciembre, luego nada de música. Y no insista. Ni usted ni don Guillermo. Con esas ideas volverán a mi hijo raro, usted comprende. O peor aún, se tragará el cuento de mejorar su calidad de vida. Yo solo le enseño a mi hijo la realidad. Esta es nuestra realidad. Trabajo y, cuando es necesario, sobrevivencia.

—Pero...

—Ya me oyó. Prefiero ver a mi hijo borracho, que músico.

Se dio la media vuelta. ¿Estaba consciente ese hombre de lo que había dicho?

Adrián llegó a la tienda cabizbajo, sin muchas ganas de conversar. Subió de inmediato al departamento, y Clara se quedó doblando unos papeles para envolver. Unos minutos después, escuchó el piano. No había muchos clientes alrededor, así que se ocultó en su escondite predilecto, en la escalinata que daba a la casa de don Rubén. Desde niña solía refugiarse en el segundo tramo de la escalera, donde nadie la podía contemplar pues daba a una pared.

¿Qué tocaba Adrián? Se acordó vagamente de la pieza. Con ella había ganado un importante concurso en el Conservatorio. La había dedicado a su madre. ¿Compondría algún día algo para ella? Lo dudó. Adrián era una estrella; Clara una mariposa.

La pieza le agradaba más que cualquier otra, incluso más que cualquier pieza del Cascanueces. Nostálgica y dulce; lenta y pausada, pero con una cadencia que le forzaba a llevar el ritmo con los pies.

—¡Clara!

Bajó a la tienda. A su madre se le había juntado el trabajo. Afortunadamente, a las ocho de la noche Clara se marchó con Rocío para tomar un café en la terraza de un pequeño establecimiento. Doña

Marcela había puesto una cafetería con una vista linda de Tlalpujahua. De noche, las cúpulas de las iglesias se iluminaban dándole más colorido al pueblo.

—¿Y cómo van las cosas con tu mamá?

—Si te refieres a que si ya la perdoné, pues no. Lo que mi mamá hizo no tiene nombre.

Toda su vida había creído que su padre no la quería. Había sufrido por verlo lejos. Qué sencillo habría sido contarle la verdad: que no rechazaba a su hija, pues no era suya. Arrugó una servilleta y se tragó las lágrimas.

—¿Y buscarás a tu padre?

—¿Y cómo le hago? Solo sé que se llama Timoteo. Mi madre se acuerda del primer apellido: Rosas.

—Te hubieras llamado Clara Rosas González. Mejor que Clara Hernández González.

Clara no compartió la broma, pero se propuso cambiar de humor. Rocío no lo merecía. Después de un día agotador en el banco, solo buscaba una taza de café con su mejor amiga. O eso le había dicho al ir a recogerla en la tienda.

—¿Va bien el negocio?

—Supongo que sí. Los Cascanueces han ido aumentando en ventas, aunque no tan rápido como esperábamos. La realidad es que la mitad de la gente ni saben qué es. Lo confunden con el Soldadito de plomo y no le ven conexión con la Navidad.

Rocío removió su café con una cucharita. Pero en sus ojos bailaba una expresión divertida.

—¿Qué sucede?

Clara tembló por dentro. La escena le resultaba familiar. Las dos en secundaria, dándose codazos, enviándose mensajes durante clase. El escalofrío, las mariposas en el estómago. Rocío la había descubierto.

—Te gusta Adrián.

—No es cierto —se defendió Clara.

Rocío se amarró bien la bufanda. En la mesa continua dos chicas fumaban como chimeneas. Clara se preguntó si el humo le haría daño al bebé.

—Te conozco bien. Además, estás enamorada de él desde niña. Confiésalo.

—A ti también te agrada.

Se ruborizó.

—Es atractivo, pero no muero por él. De hecho, comienzo a sentir algo por Rodolfo, el de mi trabajo. Te he contado de él.

Un chico serio y de buena familia. El subgerente, pero con ansias de ascender en su carrera bancaria.

—Vamos, Clara, pasa más tiempo con Adrián. Conquístalo.

—¿Y crees que se fijará en mí?

Apuntó a su protuberante barriga y se obligó a no llorar. Rocío se puso seria.

—Adrián es un buen chico. Quizá...

—Sé realista, Rocío. He echado mi vida a perder. Soy un fracaso, igual que mi madre. Mírala a ella. Mi única opción es toparme con alguien como Ignacio, mi expadre, y rogar que no me abandone.

Qué dramatismo, susurró Rocío y mordió una galleta. Clara planeó marcharse. No hablaría más de Adrián. Lastimaba demasiado.

—Dime, Clara, ¿y si le das el niño a Vicky?

¿Por qué se lo había contado? Solo ella conocía esa historia. A Ángela no se la diría ni en mil años.

—Lo he pensado. Podría regresar a la escuela. Graduarme.

—Por supuesto. Te veo como una psicóloga con tu propio consultorio. Adrián se fijaría en ti.

Adrián fijándose en ella. Volviendo a poner su mano alrededor de la suya, como en el santuario de las mariposas. Componiendo una pieza en su honor. Clara contempló la noche estrellada. ¿Por qué no?

Adrián continuaba sentado al piano. Cuando su mundo carecía de orden, la música le brindaba coherencia. Su padre ya se había retirado a dormir; Jesusa le había dejado la cena en la mesa, pero Adrián no tenía hambre. Solo quería aprovechar esos momentos para tocar su música. No existía nada como el instante de la creación de una nueva pieza. La magia, la obsesión, el desgaste. Desde niño había leído las biografías de los grandes músicos. Se identificaba con ellos. Con el genio de Beethoven, la consistencia de Bach, quizá le faltaba la brillantez de Mozart y el refinamiento de otros, pero lo intentaba.

Una de sus películas favoritas mostraba a un Beethoven viejo, sordo, de mal carácter. Pero a través de su contacto con una joven estudiante que le ayudaba a transcribir su música, adquirió confianza y siguió componiendo. Adrián había escrito un ensayo titulado «Todo Beethoven necesita una Anna Holtz». Los estudiosos decían que Anna Holtz jamás había existido. El director de la película se había encogido de hombros ante sus críticas, porque realmente lo que resaltaba era el poder de la imaginación que hacía que esa joven estudiante se ganara la confianza de ese viejo compositor, no tanto en el sentido romántico, sino en su relación de profesor-alumno. Anna había estado allí durante esos oscuros momentos de sordera, de la pérdida de confianza que se origina por una falla física, pero sobre todo, por esa inseguridad latente en todo artista. ¿Valía la pena componer? ¿Qué de su nueva pieza? ¿Le agradaría al público?

Inspirado en la cinta, Adrián redactó su ensayo y ganó un premio en el Conservatorio por su originalidad. Aún podía numerar sus tres puntos. «Todo artista es difícil, y una Anna Holtz suaviza el carácter. Todo artista es solitario, y Anna Holtz brinda compañía. Todo artista es sordo, y Anna Holtz ofrece dos oídos».

Adrián rozó las teclas negras. Él necesitaba una Anna. Una Anna que suavizara su carácter, pues cuando componía o se frustraba porque algo no sonaba bien, se malhumoraba o se deprimía. Requería una Anna pues se sentía solo, a veces demasiado solo. Le hacía falta lo que

Clara le regaló en su infancia; tener a alguien como un público cautivo e incondicional. Pero también anhelaba a alguien que lo escuchara para que le señalara sus errores.

¿Dónde conseguirla? En un tiempo había soñado con una pareja que supiera música. Que como Anna, proveyera el trabajo de transcribir partituras. Ya no estaba tan seguro. Quizá solo pedía a una mujer que lo amara.

Adrián sacudió la cabeza. Debía componer un canto para el coro infantil, no divagar en Annas y romances. Pero él nunca había podido inspirarse en canciones con letra. No era lo suyo. A él le gustaba unir notas, no más. Entonces se acordó de un libro de poemas navideños que su madre había comprado cuando él era niño. Lo buscó en el librero donde solo había unos cuantos libros. Su familia no se consideraba lectora. Lo encontró enseguida. Forro antiguo. Piel ya gastada. Olía a humedad. Las páginas lucían viejas, con algo de polilla. Se acomodó en el sofá de su padre, el que usaba con frecuencia para reposar por la tarde. Se cubrió con una manta bordada por Elvira y repasó cada página.

Pensamientos. Frases. Nada digno. De repente, una palabra resaltó de la página: oración. El autor: un tal Stevenson, que había escrito «La isla del tesoro» y «El extraño caso del doctor Jekyll y mister Hyde». Leyó la primera estrofa. Le conmovió. Canción, alegría, adoración. Ángeles, pastores, magos. Un bonito y sencillo resumen de lo importante.

«Que la mañana del día de Navidad nos dé la felicidad de ser tus hijos, y que al anochecer vayamos a la cama con pensamientos de gratitud, perdonando y perdonados, por Jesús nuestro Señor».

En su mente brotó una melodía, dulce y lenta, como se elevaría una oración. Le gustó la percepción de Stevenson, pues encerraba bien la idea de Adrián sobre la Navidad. Arrojó la cobija y regresó al piano. Sacó una hoja pautada y comenzó a dibujar símbolos extraños de bolitas y puntitos, como los calificaba Jesusa.

Imaginó las voces de Memo y Juan Carlos armonizando. Armó en su mente los rostros angelicales de las niñas. No se detuvo hasta que el teléfono repicó. ¿Quién llamaría a esa hora de la noche? Se vio tentado a no responder, pues la musa podría marcharse, pero temió que su padre se despertara y volviera el insomnio. Recogió el auricular. Una voz gruesa del otro lado lo saludó.

—¿Me reconoces? Soy el profesor Salazar.

Un nudo en la garganta. ¡Su profesor de piano durante ocho años en el Conservatorio de Morelia hasta que fue llamado a trabajar para el Instituto Nacional de Bellas Artes en la capital del país!

—Llamé con tu tía, pero me contó que pasas una temporada en Tlalpujahua. Perdona la hora, pero mis horarios me traen loco, y si no lo hago ahora, el tiempo sigue transcurriendo y llegará el día del recital sin que te lo diga, lo que no me podría perdonar.

Adrián no entendió nada, pero aguardó. El propio profesor Salazar no comprendía la mitad de lo que él mismo decía. Se confundía con sus propias ideas, y si no fuera porque resultaba un magistral pianista, habría perdido su empleo años atrás. Sin embargo, para enseñar piano no se requería gran habilidad verbal.

El profesor Salazar sabía transmitir su pasión y su entrega, lo que lo convertía en un maestro inolvidable.

—¿Tienes dónde apuntar?

Le dictó fecha, hora, sala.

—Estaré dirigiendo la Orquesta de Cámara de Bellas Artes. Ahí te espero.

Adrián sujetó el auricular como si el profesor pudiera ver su confusión. ¿De qué hablaba?

—Profesor, mi padre está enfermo. Debo ver por su salud.

—Tu tía me lo dijo. Pero esta es una ocasión especial para ti. Tu padre comprenderá. Eres un compositor demasiado joven como para que una de tus primeras obras se estrene en Bellas Artes.

¿Cómo? Adrián regresó al sofá.

—¿De qué habla?

—¿No me he explicado bien? Supongo que por eso ya llevo dos divorcios, y ahora mi mujer amenaza con lo mismo. ¿Te acuerdas en tus días de estudiante que hiciste varias cosas?

¡Por piedad! El profesor simulaba un trabalenguas.

—Ganaste un premio con aquel ensayo de Beethoven y la muchacha esa, que por cierto digo a mis alumnos de composición que lo lean. No a los de piano, porque no le encuentran relevancia. A ellos les sugiero la película Claroscuro, del pianista australiano. ¿En qué iba?

Adrián lo ignoraba, pero el profesor retomó el paso:

—Como te decía, tuviste otro triunfo. En el festival de composición. Con la sonata a tu madre. Me ha gustado desde siempre. «A Elvira», pero le cambié el nombre. Dejé solo «Elvira». Pero en el programa no parecía atractivo, así que investigué el significado de Elvira. De origen germánico, igual que Beethoven. Algo como noble guardián, pero le puse: «La Protectora». Seguía sin gustarme, así que jugué con el latín: «Custodis». Espero no te afecte el cambio, pero parte de una obra recae en el título. Finalizó en «Nobile Protezione». Noble guardiana. Adapté algunas partes para la orquesta de cámara, pero todo el crédito es tuyo. Apareces una pieza antes del intermedio. Otro privilegio. En el programa está tu nombre como el compositor de la obra. Adrián Santiago Juárez. Lo bueno que te avisé con anticipación que un día pondría tu obra a oídos de todo.

¿Anticipación? Adrián no supo si sentirse ofendido o bendecido. Una de sus composiciones en Bellas Artes. El profesor Salazar dirigiendo la orquesta. El tributo a su madre al acceso de todos. Adrián notó que la fecha y la hora no coincidían con la tercera quimioterapia ni con el concierto de los niños. Nada le impediría asistir salvo la incredulidad que se plantó en su puerta. ¿No se habría equivocado el profesor de persona?

10

Siempre es invierno, pero nunca Navidad.

—C. S. LEWIS, *EL LEÓN, LA BRUJA Y EL ROPERO*

—No puedo viajar así como estoy —replicó su padre y se retrepó en el sofá.

Adrián se molestó. ¿Por qué había sacado el tema? Debió guardarlo en sus adentros y dejarlo ir. Pero una pieza suya se tocaría en Bellas Artes. ¿No era el sueño de cualquier compositor? ¿Qué de malo tenía compartir la noticia con su familiar más cercano? En cualquiera otra familia funcional se habría organizado una fiesta para celebrar. El tío Güero, por ejemplo, mandó matar un cerdo y lo envió a cocinar cuando su hijo el menor ganó una cuenta con una pequeña empresa. ¿No resultaba más importante lograr un hueco en el programa de la orquesta de cámara más reconocida del país, entre dos nombres de grandes artistas como Moncayo y Stravinsky?

—Papá, es importante para mí. Podemos irnos en la camioneta. Quedarnos una noche y volver. Le pediremos al médico que te recete algo para las náuseas.

—Que ya no tengo náuseas. Esa Jesusa es una chismosa. Además, ¿para qué quieres a un inválido contigo?

—Porque eres mi padre. Y esa canción es un tributo a mi madre. La compuse para ella. ¿No te gustaría escucharla?

—Ya la oí una vez. ¿Lo has olvidado? Recién ganaste el concurso, todos nos sentamos aquí en la sala para un pequeño recital. Es bonita, Adrián.

—Papá, para mí es importante.

—Ya lo has dicho, pero estoy enfermo. Apenas y soporto los viajes al hospital.

—Estoy seguro que Dios te ayudará. Oraré con todas mis fuerzas para que...

—Adrián, escucha bien. Desde este momento te prohíbo que hables más de Dios y de Jesús en mi presencia. Hazlo por obediencia o compasión a un moribundo. Lo que elijas.

La cabeza le punzó ante el esfuerzo. Adrián detestaba las confrontaciones. Desde niño había preferido callar antes que exponerse a una reprimenda. Poco escuchó a sus padres discutir, pero cuando lo hizo, se grabó en su conciencia el horror del enojo de su padre. A su madre jamás la oyó alzar la voz, pero quizá perdió la compostura algunas veces. Simplemente lo había olvidado.

Su padre bostezó.

—Que vaya tu tío el Güero y tu tía Efigenia. A ellos les encanta el trajín, y disfrutan la Ciudad de México. Yo soy feliz aquí en mi pueblo, además, tengo un negocio que atender.

Adrián apretó los puños. Mentiras. Puras mentiras. ¿Por qué su padre no decía la verdad de una vez por todas? Que no lo amaba. Que no le interesaba su vida. Que no se sentía orgulloso de sus logros. La verdad no dolería tanto como las excusas. Su padre feliz en ese pueblo, sin ganas de conocer el mundo. Había sido su excusa por años para no vacacionar, para no visitar a su hijo en Morelia, herida que aún sangraba. Y el negocio, siempre el negocio. Por delante de todo, el negocio.

—Está bien, papá. Se hará como tú dices. Aunque me duele.

—Estoy enfermo, Adrián. ¿Qué más quieres que te diga?

Adrián suspiró en sus adentros. Que no le dijera nada. Que no hiciera nada. Siempre había sido así. Una vez más, sus ilusiones se desvanecían con el viento. Una vez más, su corazón se partía en dos. Lo había vendado en tantas ocasiones que suponía que una más no afectaría. Aún así, dolía, y mucho.

—¡Qué gran oportunidad, Adrián! ¡Bellas Artes! Fui a un concierto y a ver bailes folclóricos hace un año. Me encantó —le compartió Clara.

—Lástima que mi padre no opine lo mismo.

—Tú mismo me has dicho que cada quimioterapia lo deja vencido. ¿Imaginas un viaje?

Adrián asintió y lanzó un profundo suspiro. Clara sintió compasión por él.

—¿Y tú? ¿Me acompañarías?

Clara se ruborizó de inmediato. Rogó que Adrián no lo notara, pero se había emocionado en gran manera.

—Clara no puede viajar.

La voz de su madre los interrumpió. Clara se sintió enfadar. ¿Por qué se entrometía?

—Pero, mamá...

Ángela en el mostrador. Clara y Adrián cerca de la vidriera, donde conversaban.

—En qué estoy pensando —se disculpó Adrián—. Es peligroso.

Los ojos de Clara se anegaron de lágrimas. Adrián rozó su codo levemente.

—No te aflijas. Sé que, en otras circunstancias, irías conmigo.

Ángela atendió a un cliente. Adrián se marchó a su ensayo. Clara contempló la vidriera y la muñequita de porcelana. ¿Por qué tenía un hijo en el vientre? ¡Qué estorbo! ¡Qué impedimento! La mariposa jamás alcanzaría a la estrella, porque algo lo impedía.

Ángela le pidió a Clara que pasara el resto de la tarde en el cuarto de descanso. Los pies se le hinchaban cada vez más y la veía agotada. La puso a desenredar listón; así la ayudaría. Se quedó pensando en lo que acababa de ocurrir. Lamentó agriar la fiesta, pero su hija no podía viajar en sus circunstancias. El niño podía nacer en cualquier momento. ¿O exageraba?

Lo externo no cambiaba en un instante, aún cuando en el interior la paz comenzaba a ganar terreno. Ángela no presionaba a Clara. No intentaba chantajearla con regalos o falsas promesas, sino amarla, con la sencillez de toda madre. Hacía aquello que había repetido durante años: lavar su ropa, darle de comer, estar allí para ella.

Le daba su espacio y callaba movida por el amor, un amor que amenazaba con explotar y que se intensificaba cada día, al verla más pesada, más lenta, más incómoda. Le preparaba caldos de pollo. Como Clara no favorecía la fruta ni la verdura, preparaba dichos alimentos con imaginación y creatividad. Licuados, ensaladas, postres. Balanceaba su dieta. Incluía hierro y potasio. Vitaminas y proteínas. Carbohidratos y minerales. Un poco de azúcar, ¿por qué no? Tallaba las manchas en su poca ropa de embarazo. De hecho, le había regalado ya unos nuevos pantalones y dos suéteres. Clara no comentó nada, pero los usaba con frecuencia.

Y el amor quizá la enloquecía, pues planeaba una sorpresa, pero por el momento no se detenía en ello, sino que contemplaba a Emiliano con seriedad. Don Rubén se encontraba en sus aposentos; Adrián ensayaba con su coro. Los dos empleados de confianza revisaban las cuentas en el despacho de la tienda. El cabello canoso de Emiliano lo hacía parecer de una edad mayor, pero el hombre andaba en sus sesentas. Sus pocas arrugas lo constataban, sin olvidar que todos los días caminaba de su casa al taller, con lluvia o sin ella, lo que lo mantenía activo.

—Los Ortiz nos han ganado parte de la clientela con sus ofertas.

—Los Cascanueces han sido buena idea —dijo Emiliano.

Ángela admiró la lealtad de ese hombre. Vivía solo. Jamás se había casado. Se rumoraba que tampoco había tenido aventuras, ni hijos por ahí regados. Emiliano era hombre de una sola mujer, o eso aclaraban los vecinos. Se había comprometido con una muchacha que se murió al caer de un caballo. Desde entonces, no mostró más interés por el matrimonio. Ángela se preguntaba si se arrepentía. La soledad no era buena compañera. Ella lo sabía mejor que nadie, pues había vivido para su hija, y ahora sospechaba que se había equivocado.

—Aún así, debemos esforzarnos. Don Rubén nos necesita.

—Lo sé. Por ahora, esperemos. Los Cascanueces tendrán éxito, pero llevará su tiempo. Esperemos. No es sencillo, pero es lo mejor.

—Lo dices por mi hija.

Ángela lo apuntó con un lápiz, y el hombre solo sonrió. Nadie le podía ocultar las cosas a Emiliano. Aunque callado, sabía más que muchos otros. Intuía sin necesidad de indagar, con esa sabiduría que ocultaba en cada cana.

—Si usted aguardó nueve meses a que llegara, ¿por qué no ahora?

Para Ángela, actuar implicaba estar activa, cocinando, lavando ropa, zurciendo calcetines. Pero quizá Emiliano acertaba. Debía continuar con dichas actividades, pero sobre todo, esperar. Nunca había querido hacerlo. Cuando Clara anidaba en su vientre, contaba los días para que llegara. En preescolar, rogaba que pasara a la primaria. En primaria soñaba con secundaria, y así. De pronto ya la veía graduada de universidad, y quizá por tanta prisa, se perdió de los mejores momentos.

Evocó una escena que su memoria aún le recriminaba. Clara, de seis años, observando una línea de hormigas en la cocina. Sus ojos iluminados le pidieron a Ángela que se agachara para seguir la fila hasta su escondite. Ángela, sin tiempo y sin paciencia, debía preparar la cena. Carecía de las horas para agacharse y ensuciarse la falda para trazar el recorrido del ejército de hormigas. Ángela sacó un insecticida de la alacena y las roció con él. La fila se desbandó, muchas murieron. Los ojos de Clara se ensombrecieron. La contemplaban con ira, decepción, tristeza. Ángela siguió cocinando.

Debió hincarse. Debió admirar a las hormigas. Debió atesorar ese momento con su hija, porque para su profunda tristeza, no habría muchos más. Si Clara encontró más hormigas en el futuro, jamás se lo informó. Tal vez porque adivinó que su madre no detendría sus «urgencias» por ella; peor aún, quizá porque temió que su madre mataría a las hormigas sin compasión.

—Debo irme.

Emiliano se puso el sombrero y ella lo despidió en la puerta. Esa tarde, abrió su Biblia para la lectura diaria que había comenzado desde principio de semana. El librito guía que Adrián le regalara la llevó a un pasaje que la dejó helada. "Guarda silencio ante Dios, y espera en él".

¡Qué difícil! ¿Cómo lo lograría?

El escritorio de Vicky estaba plagado de revistas y folletos que anunciaban viajes a todas las partes del planeta. En las paredes se exhibían varios pósters que la hicieron suspirar. París. Londres. Buenos Aires. Disneylandia. Vicky le hizo una seña con la mano para que la aguardara. Se encontraba en el teléfono con otra agencia de viajes buscando un boleto para una pareja que se había quedado varada en México debido a la ceniza volcánica en alguna parte de Chile, lo que canceló los vuelos por una semana. Ambos necesitaban regresar a sus trabajos.

Todo eso se lo había contado Vicky a intervalos, en tanto esperaba que al otro lado de la línea le dieran una respuesta. Vicky le pasó una revista para que se entretuviera. Clara la hojeó con desinterés. Ella no podría pagar un viaje redondo a Australia, ni siquiera a las playas mexicanas más cercanas. «Soñar no cuesta nada», le susurró una voz interior. Ella sonrió. Si su plan funcionaba, quizá, por qué no, cuando se graduara y empezara a trabajar, podría visitar los parajes más bellos del mundo. Sus ojos regresaron a la fotografía de la Torre Eiffel.

«Lo hago por ti, Adrián», se dijo. Seguiría el consejo de Rocío. Además, Adrián, un músico famoso, querría a su lado a una chica culta, con carrera. Clara debía prepararse. Le demostraría que valía la pena. Que no era una perdedora, sino una mujer que luchaba. Una futura profesionista. Una mujer a la altura de un músico de su talla. Vicky la encaró. Había logrado su objetivo, así que traía un gesto de victoria.

—Ahora un minuto más —le rogó.

Tecleó con furia en la computadora. Su sonrisa se amplió.

—Todo se puede encontrar en Internet con un poco de suerte y mucha insistencia —le confió con un guiño en el ojo—. Toda tuya, Clara. ¿En qué te puedo servir?

—Yo... he estado pensando en lo que charlamos hace unos días.

Vicky miró a su alrededor. Su oficina estaba compuesta por un pequeño escritorio para su recepcionista, luego su oficina, dividida por un grueso vidrio. Su ayudante se hallaba al teléfono, buscando otras ofertas aéreas. Vicky se puso en pie y cerró la puerta de vidrio con gentileza. Volvió a su asiento. ¿Acaso eran pequeñas gotas de sudor las que se habían formado en su frente?

—Clara, esto es muy serio. Comprendes que no soportaría una desilusión más, ¿cierto?

Ella susurró un sí, pero realmente no había sopesado tal posibilidad.

—Supongo que deseas continuar con tus estudios.

—Además, no tengo con qué mantenerlo. Sería complicado.

Vicky suspiró.

—Hugo se volverá loco de la alegría, pero, debes entender que ya hemos pasado por esto y no funcionó. La madre se arrepintió en el último momento. Estuve en cama durante un mes debido a la crisis emocional. Escucha, Clara, mi esposo te pedirá que vayamos ante un notario. No puede ser de otra manera. ¿Estás dispuesta?

Clara no imaginaba tal complicación. Eso requeriría testigos. ¿Cómo explicarlo a su madre? En su mente había ideado su proceder. Dar a luz al niño y entregarlo. Fin del asunto. La mención de arreglos legales la atemorizó. Además, debía prever la reacción de su madre, incluso la de Adrián. ¿No sería mejor inventar una historia? Quizá Vicky podría pagar a alguna enfermera para que «robara» al niño y se lo entregara.

—No quiero presionarte. Piénsalo un poco más. Pero si estás dispuesta, iremos ante un notario.

Clara abandonó la agencia con un amargo sabor de boca. Las cosas no funcionaban del todo bien. Pero decidió enviar el tema al fondo de su mente y repasar la otra frase que de pronto le había dado una idea. Si todo se escondía en Internet, ¿hallaría por ese medio a su padre?

La tía Efigenia interrumpió el ensayo. Adrián arrugó la nariz, pero trató de mostrar bondad. Les pidió a los niños unos minutos. Ellos aprovecharon para sentarse sobre las tarimas y conversar o jugar. Memo había faltado ese día. Su solista estrella andaba con problemas, seguramente. Se rumoraba que sus padres discutían a diario, y que amenazaban con separarse.

Avanzó entre las butacas rumbo a la parte trasera donde su tía lo aguardaba con una expresión de preocupación. ¿Alguien enfermo? Aceleró el paso ante la posibilidad. Su tía lo sujetó del brazo.

—Ay, hijo, perdona que te interrumpa. Pero vino doña Queta, la de la tienda de vestidos. Dime, para tu concierto, ¿debo ir de vestido largo o corto? Por ahí se rumora que esos eventos son de gala. ¿Cómo ves?

Adrián no daba crédito a su pregunta. ¿Para eso lo había interrumpido? ¿Para investigar el grito de la moda en Bellas Artes? ¿Y él cómo iba a saberlo? Nunca se fijaba cómo vestía la gente en sus recitales o conciertos. Solo se preocupaba porque sus propios trajes oscuros estuvieran planchados y sus camisas lavadas. De ahí en fuera, le tenía sin cuidado lo que otros usaran.

—Supongo que algo normal, tía. Ya no es como antes.

La tía lanzó un suspiro.

—Menos mal, porque los vestidos largos son más caros, y tu tío puede volverse loco si le salgo con un chistecito de ese tipo. Ya mandé su traje azul marino a la tintorería, así que no te preocupes. No te haremos quedar mal. Y gracias por invitarnos.

Si supiera que lo había hecho por insistencia de su padre. Pero él deseaba que don Rubén lo acompañara. Nadie más. Regresó al estrado con el alma triste. Los niños discutían, no prestaban atención. Adrián se sentó al piano con melancolía. Debía avisarles que saldría de la ciudad jueves y viernes. El ensayo del jueves se repondría el sábado. Los padres de familia no saltarían de gusto, pero Adrián no podía complacerlos a todos.

—Basta, chicos, ya pronto terminamos.

Tocó los primeros acordes de la oración navideña que había compuesto. A los niños les había encantado, y de hecho, la entonaban con inspiración y alegría. Por lo menos algo bien había salido de su estada en Tlalpujahua, de ahí en fuera, consideraba su misión un fracaso. Su padre no estaba más cerca de Dios que antes, su enfermedad avanzaba, el negocio no inspiraba a Adrián. Y la soledad continuaba presionando su pecho por las noches. Por lo menos el viaje a la Ciudad de México le traería distracción. Escucharía una de sus obras interpretada por los grandes. Aquel tributo a su madre se oiría en una sala de prestigio.

Cuando concluyó el ensayo, organizó sus partituras. Don Guillermo lo esperaba en la salida. Le mostró el póster que pegarían a partir de esa tarde para invitar a la gente al concierto. La gran presentación antes de Nochebuena. ¡Cómo volaba el tiempo! Adrián había arribado a finales de octubre, ya estaban en diciembre. ¡Qué barbaridad! Don Guillermo le insistió que no se desanimara si venía poca gente. La gente en Tlalpujahua no estaba acostumbrada a la cultura.

Adrián recorrió las seis cuadras rumbo a la tienda con un sinfín de pensamientos en la cabeza. Tlalpujahua, Tlalpujahua. Amaba ese pueblo, y al mismo tiempo se sentía atrapado en él. Pero quizá aquel desconcierto no provenía de sus calles ni de su sociedad, sino de su relación con su padre.

Se aproximó a la tienda. Un nudo se le formó en la garganta. No le emocionaban las esferas, por más que lo intentaba. No comprendía nada sobre números, ni contabilidad. Llevaría el negocio a la quiebra en cuanto quedara al cargo. ¿No percibía eso su padre? ¿No podía comprender que sus sueños marchaban en direcciones opuestas? A Adrián le apasionaba la música. Pararse delante de un coro o de una orquesta, de un grupo de niños o de un grupo de adultos. No importaba la edad, sino la motivación. Enseñar piano y solfeo; componer música e interpretarla. Penetrar los secretos de los compositores de antaño; descifrar los enigmas de los compositores modernos. Eso lo retaba. Una nueva partitura. Una nueva escala. Un nuevo tema. No las ventas; no las compras.

Contempló los Cascanueces en la vidriera. Lucían hermosos, aunque poca gente los reconocía como parte de la Navidad. Entonces Ángela se acercó y tomó varios Cascanueces de la vidriera. Más de diez. Regresó por algunos otros adornos alusivos al tema. Jimena reacomodaba todo en el aparador. Seguramente no había más en existencia. Deberían pedir al taller. ¿Quién se llevaría tantos Cascanueces? ¿Conocería sobre música? Miró las espaldas de los clientes. Un hombre con chamarra, cabello negro y rizado. La mujer traía botas altas de montar, pantalones de mezclilla, una chamarra negra. Su cabello largo y castaño le caía hasta la cintura. Usaba una boina. Algo en ellos se le figuró familiar.

Se acercó y ambos giraron el rostro. ¡Santiago y su esposa Hilda! Los amigos se abrazaron.

—¿Qué hacen aquí?

—Venimos de compras. En eso quedamos ¿no? —rió Santiago y le dio un codazo.

Hilda le sonrió:

—Mi marido había olvidado el nombre de la tienda de tu padre, y preguntamos allá abajo, pero cuando vimos el aparador no dudamos que tú estabas detrás de esto. Qué gran idea. Cascanueces. Nos llevamos de más para vender en el Conservatorio.

—Pues vamos por un café —Adrián se repuso de la sorpresa—. Debemos platicar.

En eso, Clara salió del cuartito del fondo. Él corrió por ella.

—Santiago, Hilda, les presento a Clara, mi amiga de toda la vida.

Clara los saludó con cierta timidez.

—Precisamente vamos a tomar un café. ¿Nos acompañas?

Clara titubeó, pero su madre aceptó por ella.

—Esta niña está temblando de frío. Un té caliente le hará bien. Nada de cafeína, Clara.

Clara se había sentido como una niña de doce años, en lugar de una mujer de veinte. Adrián, en obediencia a Ángela, optó por un café cerrado, en la planta baja, y le pidió un té. Clara se miraba en el reflejo de un vidrio, lo que solo provocaba que se hiciera más pequeñita en tanto pasaban los minutos. De reojo observaba a Hilda, la esposa del amigo de Adrián. Vestía como modelo de revista. Su cabello lustroso combinaba con su impecable maquillaje. ¿Y Clara? Con sus pantalones de embarazada de rigor, los únicos que le quedaban, un suéter que le hacía ver tres tallas más grande, y el cabello descompuesto.

—No lo puedo creer, Adrián. ¡Tu sonata en Bellas Artes! Felicitaciones, amigo.

Santiago en verdad sentía lo que decía, pues no cesaba de repetirlo. Hilda sorbió su bebida.

—Todo un privilegio. Mi marido sueña con interpretar algo en Bellas Artes, aún sea la pieza de otro. Pero tú, Adrián, entre los grandes. Stravinsky nunca me ha gustado, por cierto.

Clara le rogó que nadie pidiera su opinión. Ella amaba la música de Adrián, pero desconocía a otros compositores.

—¿Ya le avisaste a tu tía Beatriz?

Adrián se alteró:

—¡Qué descuido! No lo he hecho.

—Ella jamás faltó a tus presentaciones —señaló Hilda.

—Hoy mismo le llamo.

Un mesero les trajo unos panecillos recién salidos del horno. Clara untó mantequilla en el suyo. Hilda se dirigió a ella.

—¿Y cuándo das a luz?

—En unas semanas.

—¡Qué bien! ¿Y qué esperas?

—Un niño.

—Tu marido debe estar loco de emoción. Los hombres siempre prefieren varoncitos, aunque digan lo contrario.

Clara se sonrojó. Adrián desvió la conversación a los hijos de Hilda y Santiago, cosa que Clara agradeció con la mirada.

Al paso del tiempo, se iba empequeñeciendo aún más. Hilda había estudiado Ingeniería. Trabajaba y criaba a sus hijos. Además, apoyaba a Santiago con su música. ¿Y Clara? Carrera truncada, embarazada por una noche de ebriedad, una pueblerina. Una polilla, ni siquiera una mariposa. ¿Y la estrella? Más inalcanzable que nunca.

11

Inicialmente estaba Bach... y entonces todos los otros.

—Pau Cassals

Adrián aspiró el aire frío de la Ciudad de México. Pero a pesar de estar en diciembre, el sol de medio día le quemaba. Habían llegado temprano, sus tíos y él. Salieron de Tlalpujahua de madrugada y Adrián condujo la camioneta a buena velocidad. Después de las diez, entraron a la ciudad. Tráfico, muchos autos, sirenas de ambulancias y patrullas. Nuevas rutas que Adrián desconocía. Su tío el Güero peleando con los demás conductores. Le alivió arribar al hotel y guardar el auto. No lo usarían hasta el viernes por la mañana cuando regresarían a Tlalpujahua. Así que se dispusieron a recorrer la ciudad sin prisa. Hasta la noche acudirían al concierto.

Pasearon por el centro de la ciudad. Se admiraron de los edificios de la época virreinal. Entraron a un museo, pero los tíos se aburrieron rápidamente. No estaban interesados en pintura. Adrián tampoco, pero se le figuraba una pena no permanecer un rato más para instruirse en el arte del país. Comieron en un restaurante chino que anunciaba un buffet en precio razonable. Los tres se alimentaron como para una semana. El tío no cesaba de asombrarse.

—Te digo, Adrián, poner uno de estos negocios es bueno. La comida no sale tan cara, pues no usan tanta carne. Y ¡mira cuánta ganancia! Además, la idea de comer sin restricción apela a los sentidos más carnales.

Adrián sonrió pues su tío se incorporó para ir por su cuarto plato. La tía Efigenia se concentró en la barra de postres. Adrián se quedó solo en la mesa. Su padre debería estar allí, no sus tíos. Incluso echaba de menos a Clara. A Ángela. A Emiliano. Su verdadera familia. Quería verlos a su lado, orgullosos de sus logros. Y Clara lo estaba. Eso lo sabía. Abrió su cartera y sacó una pequeña mariposa de papel que Clara había recortado y decorado y que decía: "Felicitaciones por un logro más".

Se lo había entregado antes de despedirse la noche anterior. ¿A qué hora lo hizo si habían ido a cenar con Santiago e Hilda? Clara lo sorprendía cada vez más.

Contempló su teléfono celular. Le había dejado mensaje al profesor Salazar en su buzón, pero él no respondía. Quizá andaba demasiado ocupado. No debía presionarlo. Por la tarde regresaron al hotel por una merecida siesta. Adrián les recordó a sus tíos que el concierto empezaba a las ocho, así que siete y media debían salir de allí para recorrer la Alameda.

Había ido a recoger los boletos de cortesía esa mañana, y aún temblaba al recordar su emoción al pisar Bellas Artes. Un palacio más hermoso no podía existir, por lo menos accesible a un mexicano. Su estilo moderno y antiguo, su domo en lo alto. Sus murales de renombrados artistas que decoraban la parte interior. Adrián aún no concebía que una de sus piezas sería interpretada allí esa noche.

A las seis y treinta, Adrián se duchó y vistió su traje negro, el de siempre. Tocó a la puerta de sus tíos, pero no respondieron de inmediato. Insistió. El tío abrió, con la corbata aún sin el nudo. La tía, le dijo, continuaba arreglándose. Adrián tamborileó con el pie. Lo sospechaba, pero eso no implicaba que se fuera a relajar. Al contrario. Deambuló por el pasillo como león enjaulado. El reloj parecía burlarse de él a cada instante. Decidió entonces, al diez para las ocho, marcharse solo. Les daría los boletos y que llegaran más tarde. ¿Acaso ignoraban que para la música existía poca tolerancia? Si alguien arribaba durante la primera pieza, se le negaba el acceso hasta que la obra finalizara.

Con dicha resolución, tocó una vez más con el puño cerrado. Los tíos aparecieron radiantes. La tía, en su opinión, se había puesto demasiado maquillaje, pero no lo comentó. Aceleró el paso, a pesar de las quejas de la tía que traía tacón alto. Se les había hecho tarde. Ante el dilema: un Adrián inquieto y una tía quejumbrosa, el tío paró un taxi que avanzó más lento que si caminaran, debido al tráfico, así que se bajaron frente a un monumento famoso que mostraba al presidente Juárez y corrieron. La tía no cesaba de murmurar en su contra.

A las ocho en punto, Adrián se colocó en la puerta que daba el acceso a la sala Manuel M. Ponce. Los tíos jadeaban, pero la tía trató de mostrar compostura. Los dejaron pasar. Se ubicaron en sus asientos, no los mejores, pero que les permitirían disfrutar de la buena música. Adrián ni siquiera podía repasar los rostros de la concurrencia, pues los músicos ya afinaban. La piel de Adrián se erizó cuando el primer violín dio la nota y el resto respondió con sonidos que intentaron compaginar entre sí. El silencio se extendió. El estómago de Adrián se retorció. Aplausos. El director, el profesor Salazar, salió de la cortina y saludó con una inclinación. ¿Lo habría visto? Imposible saberlo. Alzó la batuta, agitó los brazos, y Adrián se perdió en las notas musicales.

Clara revisaba su correo electrónico. Mensajes de sus amigas de la universidad, pero nada trascendental. Rocío le subió el radio cuando tocaron su canción preferida del momento. Se encontraban en casa de Rocío, en la habitación de ésta. Rocío contaba con Internet en casa y su propia portátil, así que nadie las interrumpió.

Clara deseaba indagar por su padre. Vicky dijo que todo se escondía en Internet. ¿Sería cierto? ¿Por dónde empezar? Tecleó Timoteo Rosas. La variedad de páginas la asombró. Un restaurante en Argentina. Tres personas con dicho nombre en una de las páginas sociales del momento. Uno vivía en Perú, el otro en Estados Unidos, otro más en Colombia. Ninguno pasaba de los treinta años. Imposible que se tratara de su padre. Otra red social reflejaba a cuatro Timoteos Rosas. Nuevamente, ninguno coincidía con la edad que su padre tendría. Clara se desanimó y contempló el buró de Rocío en el que descansaban un sin fin de esmaltes para uñas de todos los colores imaginables.

Rojo. Morado. Rosado. Rosa pálido. Rosa intenso. Tomó uno, el más atractivo, y comenzó a pintarse las uñas. Rocío se estiró sobre la cama.

—¿Nada?

Clara negó con la cabeza.

Rocío sujetó la portátil y la colocó sobre el edredón floreado. Revisó su propio correo, luego se rascó la ceja.

—Lo único que sabemos es su profesión: profesor de secundaria. Así que tal vez la Secretaría de Educación tenga informes sobre él.

—¿Y qué les diremos? ¿Que su hija secreta lo busca después de veinte años? No nos darán nada, ni un número de teléfono. Vicky se equivocó. No todo se encuentra en Internet.

—Paciencia. Esto tampoco es por arte de magia. Pero podemos ingresar al portal de la Secretaría, y buscar las oficinas más cercanas. Listo. Aquí en Michoacán. Escribiré en este foro. Quizá algún alumno o compañero sepa algo.

—¿Diciendo qué?

—Lo típico. Que el profesor Rosas marcó mi vida y la de mi generación. Vamos a hacer una reunión de exalumnos y queremos invitarlo. Pero hemos perdido contacto con él.

Mientras hablaba, sus dedos bailaban sobre las teclas. Clara tragó saliva. ¿Funcionaría? No perdía nada intentándolo.

—¡Ahí va!

Rocío aplaudió y regresó a su posición de descanso. Clara continuó arreglándose las uñas. En el fondo, pensaba en Adrián. Para dichas horas, debía estar en el concierto, escuchando su propia creación. ¿Qué sentiría?

Adrián sudó frío. Había finalizado la pieza de Moncayo. Continuaba la suya. El profesor Salazar volteó una página. Se estiró y contuvo la respiración. Los violinistas sujetaron el arco. Los chelos, las violas y los contrabajos prepararon la primera nota. La batuta se movió, entonces surgió un gemido lento, grave, solemne de cada una de las cuerdas. Adrián recordaba bien la partitura; la había grabado en su mente. Al fa seguía un la, luego un re. Tonos menores, evocando la muerte de su madre, después vendría una melodía más dulzona en honor a los momentos vividos a su lado.

Cada sonrisa y cada regaño. Cada comida y cada juego. Su padre había mandado hacer una pintura de Elvira que colocó sobre su cama. En ella se reflejaba una Elvira más joven, con labios delgados y ojos grandes, con el cabello a la usanza de aquella época, al estilo de Angélica María. El flequillo, las ondulaciones. Una Elvira joven y atractiva. Una Elvira con vestido azul.

De repente, Adrián respingó. Una serie de notas no concordaban. Transformaban la melodía en un *soundtrack* de película de terror o de suspenso. Acordes dispares. Contratiempo. En el fondo, vagamente, continuaba la esencia de la composición, pero había quedado tan atrás, tan lejos, que difícilmente la reconocía su propio autor.

Adrián observó a la concurrencia. El tío roncaba, sin mucho reparo. La tía mascaba chicle para no caer en la somnolencia. Adrián se tronó los dedos. El profesor había alterado la pieza. Evocó su conversación telefónica. El profesor mencionó ciertos cambios, algunas mejoras, detalles sutiles. ¿Detalles? Había roto la columna vertebral de la composición. Nada de lo que escuchaba evocaba a su dulce madre. Ningún compás transmitía la serenidad de Tlalpujahua o el fuego lento en la chimenea. Adrián le pidió goma de mascar a su tía. Se metió tres trozos en la boca. Necesitaba calmarse.

No lo consiguió. La música lo torturaba. No importaría si viniera de otro compositor de la nueva ola, sin embargo, traía su nombre impreso en el papel. Su orgullo quedaba herido. Su alma padecía en silencio la mutilación de su creación. Nuevamente contempló a los escuchas. Aburrimiento. Incomprensión. Desinterés. Él no había escrito esa pieza para tales sentimientos. La había preparado, exclusivamente, para arrancar lágrimas de consuelo, de nostalgia, de pérdida. Pero nada de eso aparecía en las expresiones del auditorio. Todo lo contrario.

Cuando el profesor Salazar terminó, Adrián aplaudió, pero no de gusto, sino de alivio y compromiso. Soportó con valor el número de Stravinsky, luego aprovechó el intermedio para tomar aire fresco. No deseaba toparse con el profesor Salazar. Huiría en ese instante, pero deseaba concluir el concierto por respeto a sus tíos. Aún así, evadió cualquier mirada curiosa. No quería ser reconocido como el autor de esa aberración.

Las lágrimas se agolparon en su garganta pero las controló. El enojo le había hecho sudar copiosamente. Se apartó a una columna solitaria. Rozó el mármol y se impidió golpearlo con el puño cerrado. Entonces, una mano se colocó sobre su hombro. Adrián tembló y giró el rostro.

—¡Tía Beatriz!

—Hijo, ¿por qué tan triste? —ella le susurró y le tendió su hombro.

—La destrozó —murmuró.

—Me pareció diferente a la que tú tocaste, pero ¿destruirla?

Ella le convidó un café que había comprado para él.

—La cambió; le puso un ritmo diferente y alteró algunos acordes. No es mi pieza. No debía sonar así.

—Tú sabes más de esto, Adrián. Pero no sonó horrible.

—Pero no es mía. Solo un autor sabe cómo debe funcionar algo. Supongo que hice mal en emocionarme tanto. Tejí sueños que han sido vilmente pisoteados, y eso lastima.

Al sentir el hombro de su tía Beatriz, Adrián se serenó.

—Pensé que no vendrías. No hablaste, ni dijiste nada.

—Queríamos darte la sorpresa. Ya estaba todo listo para que tu tío y tus primos viajáramos a la ciudad, pero a última hora el auto se averió. El mecánico dijo que tardaría varios días, así que tu tío me envió en autobús. No podía perderme de esta gran ocasión.

—Que ha resultado una tragedia.

Los dos extinguieron las risas. Su tía Beatriz se parecía a Elvira. Aunque cinco años mayor, las dos semejaban mucho a la abuela. La tía Beatriz dejó primero el pueblo en Nayarit. Perdió el contacto con su familia, hasta que Elvira llegó a Tlalpujahua y se acordó que Beatriz estaba en Morelia. No bien se reencontraron, sus familias se unieron de corazón. Cuando Elvira murió, don Rubén habló con Beatriz. No podía hacerse cargo de un muchacho. Él necesitaba una figura materna. Beatriz aceptó al chico de inmediato.

—Tu madre estaría orgullosa de ti. Siempre lo estuvo, Adrián. Has llegado muy lejos.

—Destruyó mi pieza.

—Deja que Dios arregle las cosas. Algún día apreciarán tu música. ¿No fuiste tú quien me contó que la mayoría de los grandes compositores fallecieron sin acariciar el éxito?

La tía Efigenia los distinguió entre la muchedumbre. Tocaron una campanilla, en señal de tercera llamada. Adrián se despidió de su tía, no sin antes quedar de acuerdo para ir a cenar juntos.

Don Rubén pensaba en Adrián mientras contemplaba el cuadro de Elvira sobre su cama. Había pasado un sofá reclinable a su recámara para descansar mejor. Descubrió que la cama le fastidiaba después de unas horas. Echó para atrás el respaldo y descansó los pies. ¿Qué haría Adrián en ese instante? ¿Cómo aceptaría el público su propuesta musical?

Debió haber ido. No era tonto. Tampoco insensible. Solamente ignoraba cómo lograr la buena voluntad de su hijo sin comprometer sus principios. ¿Sus principios? Sí. Aquellas conclusiones a las que había llegado por el sendero llamado vida. Y no podía concebir que su hijo, su único, se negara a trabajar. Un heredero con herencia, pero sin ganas de disfrutarla. ¿Para eso había trabajado tantos años? ¿Para eso había levantado una empresa de la nada que exportaba a Europa y a Norteamérica? No había comentado con nadie su última hazaña. Ni siquiera Emiliano se había enterado, pero don Rubén había enviado fotos de los Cascanueces a sus clientes extranjeros.

¡Les fascinaron! Habían hecho pedidos que escandalizarían a los Ortiz. Por supuesto que la temporada había pasado, pero pretendían lanzarlos para el próximo año. Incluso habían sugerido añadir algunos personajes. Don Rubén ya había hecho cálculos. El negocio prosperaría con o sin él unos cinco años tan solo si lograba concretar los pedidos que habían surgido en las últimas semanas. Mientras Adrián conservara a Emiliano en el taller y a Ángela en la tienda, no tendrían problemas.

Aún así, le entristecía que su hijo no viera las finanzas con sus mismos ojos. De hecho, casi nada en la vida lo veían de la misma manera. Para Adrián todo era música y Jesús. Para Rubén, dinero y estabilidad. ¿Se habría equivocado? Contempló la pintura de Elvira y se sonrojó. Su mujer se lo había advertido unos días antes de morir.

«Esto no es lo que me prometiste» le había reclamado ella. Rubén estalló como de costumbre: «¿No querías tu propio baño? Ahora tienes

¡tres! Y uno en tu recámara. Cama con colchón. Una cocina que muchas desearían. He mejorado tu vida mil veces más que lo que tenías en ese pueblito en Nayarit».

Pero Elvira no se rindió: «Más dinero, pero menos tiempo para mí y para tu hijo».

Don Rubén meditó en dicha acusación. Escalaron posiciones sociales y económicas. De ser un par de desconocidos, adquirieron un lugar en Tlalpujahua. Se codearon con la historia de éxito de los Ortiz, y quizá ampliarían sus horizontes con los Cascanueces de Adrián. Pero en cierto modo, Elvira tenía razón.

Mejorar su posición económica equivalió a perder el sentido de comunidad. En ocasiones, don Rubén echaba de menos las comidas en casa de sus compañeros de la fábrica. En aquellos tiempos, los trabajadores se reunían los fines de semana para intercambiar anécdotas. Los sábados temprano jugaban fútbol. Los domingos salían a días de campo o a pasear por la campiña. A la par del éxito económico, don Rubén cambió de amistades, lo que Elvira resintió. Ella no se sintió cómoda entre las mujeres que perdían el tiempo en desayunos entre semana, o que simulaban organizar obras de caridad que en realidad escondían sus pretextos para hacer compras. Él empezó a frecuentar a los hombres importantes de Tlalpujahua, políticos y funcionarios públicos, gente adinerada. No más fútbol, sino dominó por las tardes. No más paseos, sino desayunos de alto costo los domingos.

Así conoció la envidia. La sospecha tejió sus redes alrededor de su corazón. ¿Acaso aquel no maquinaba en cómo robarle sus ideas? ¿No sería el otro un soplón? Cuando secuestraron al hijo de los Ortiz, don Rubén se encerró tres meses. No salió de Tlalpujahua, ni por error. También se lo prohibió a Elvira. Ella no podía ir ni al mercado sin la presencia de Emiliano. Y la preocupación. Sueños que incluían números, pérdidas y ganancias, aumentos y disminuciones.

Todo esto llevó a menos ocasiones para relajarse. Olvidó el signifi-cado de vacaciones. Tenía dinero para salir lejos, pero pocas ganas de hacerlo. Pasó menos tiempo con su hermosa Elvira, con quien de por sí ya tenía una relación más deteriorada debido a los problemas antes del nacimiento de Adrián. Al niño poco lo vio. Confió que Elvira lo criaría correctamente. Se equivocó. Quizá debió forzarlo a ir con él al taller. A enamorarse del vidrio y las esferas. Lo dejó en manos de Elvira, quien lo adoctrinó a su conveniencia.

De ese modo, don Rubén regresó a Adrián. El éxito aislaba a las personas. Las privaba de disfrutar las pequeñas cosas de la vida. En el fondo, no deseaba eso para su hijo. ¿Pero acaso la música no contaba con sus propios peligros? Fama, dinero, éxito. Por extraño que parecie-ra, en ese instante, don Rubén rogó al cielo que las cosas no funciona-ran para Adrián. No estaba listo para enfrentar la fama. Quizá nadie lo estaba. Adrián merecía disfrutar la vida, amar a una mujer, formar una familia. El éxito podría robarle eso, y mucho más.

«El último número del programa», repitió la tía Efigenia. El tío comen-zó a despertar. Quizá en tributo a la Navidad, el profesor Salazar había elegido una pieza de Bach, *Jesús, el gozo de los hombres*. Adrián se retre-pó en el asiento. La música lo elevó. Bach siempre lograba ese efecto.

Una cantante lo entonó en alemán. Su voz combinaba con los arre-glos orquestales. En definitiva, lo mejor de la noche. El profesor Salazar se había excedido con «las ligeras variantes». Adrián tradujo el himno en su mente, pues lo conocía bien. «Qué bien que tengo a Jesús, qué fuerte me aferro a él para que refresque mi corazón, cuando estoy enfermo o triste, tengo a Jesús. Por eso no dejaré a Jesús, aunque mi corazón se esté quebrando. Él permanece como mi gozo, el consuelo y la esencia de mi corazón. Él es la fortaleza de mi vida, el deseo de mis ojos y mi sol, el amor y el gozo de mi alma...»

Giró el rostro en busca de su tía Beatriz. A ella le fascinaba esa melodía. No dio con ella, pero aseguró que su tía derramaría más de una lágrima.

Bach lo hizo olvidar el mal trago por su propia composición despedazada por el profesor Salazar. Por lo visto, el maestro no trataba a Bach de la misma manera que a un estudiante. Bach merecía respeto. Bach era único. Adrián admiraba a muchos compositores, pero comprendía lo especial de Bach. Goethe, un famoso escritor, dijo que escuchar a Bach equivalía a oír la eterna armonía que debió contener el seno de Dios poco antes de la creación. Nietzsche, el filósofo, reconoció que cierta semana había ido a escuchar la «Pasión según San Mateo» tres veces. Y en cada una de ellas, experimentó la misma admiración. «Una persona como yo», admitió, «que ha olvidado completamente el cristianismo, no puede evitar oírla como si se tratase de uno de los evangelios».

Adrián no se parecía a Bach. Su pequeña composición no abarcaba ni siquiera una cuarta parte de la genialidad del músico. Además, el profesor se había encargado de aniquilar su creación a través de sus arreglos. Las lágrimas brotaron. Pero nadie las percibió, pues todos estaban hipnotizados por la magia de Bach. La piel se erizó. El pecho se infló. Los ojos se nublaron. Bach. Bach. Bach.

Adrián oró en sus adentros. Le pidió perdón a Dios pues había sido egoísta y soberbio. Bach había triunfado pues jamás titubeó de sus deberes. Vivió de acuerdo a su máxima: «El único propósito y razón final de toda la música debería ser la gloria de Dios y el alivio del espíritu». Ese faro lo guió en las noches de tormenta, por lo que Bach continuaba en los repertorios más cotizados.

El espíritu herido de Adrián se rebelaba, no a que su pieza fuera masacrada por el profesor, sino a que su reputación se viera manchada. Pero ¿y Dios? Adrián no lo había tomado en cuenta en varias semanas. Debía aceptar que su fervor se había enfriado a la par del clima de

Tlalpujahua. Había querido luchar solo contra la incredulidad de su padre, contra sus propios temores sobre el futuro. Poco había charlado con Jesús. Poco había abierto la Biblia. Pero Bach le ayudó a centrar nuevamente su atención en la cruz, y aplaudió al final con regocijo. No al profesor, no a los músicos, ni siquiera a Bach, sino a su Señor.

Abandonó la sala sin más reclamos. Vio a su tía Beatriz en la puerta. Los aguardaba. La tía Efigenia se desvió al tocador. El tío la escoltó. La tía Beatriz le daba la espalda, pero Adrián aceleró el paso. Entonces la figura alta y fornida del profesor Salazar se interpuso. El corazón de Adrián se volvió hielo. ¿Mostrar indignación? ¿Reclamarle su poco tacto? Pero el profesor, como de costumbre, traía prisa y lo envolvió con sus palabras.

—¿Te gustó? Debemos pulirla, pero la pieza tiene potencial. La he mostrado a mis superiores, y por eso, cuando te vi en la primera parte ahí sentado, subí durante el intermedio a mis oficinas, para traerte esto.

Le extendió un folder que Adrián abrió de inmediato. Panfletos, unas formas de aplicación y pago.

—Te he propuesto para una beca. Ya casi estás aceptado, solo debes enviar estos papeles con tus datos, pero el concurso es serio, y ya casi estás del otro lado. Me lo ha dicho el encargado del comité hace unos momentos, porque también ha venido a la función. No le gustó el Stravinsky. Pero ¿a quién? En fin. Se trata de un intercambio cultural en un país europeo. Puedes elegir entre Alemania y Austria, pero yo te recomiendo Austria. Como te digo, ya es casi un hecho. Llenas todo el perfil, firmas, las envías, y listo. En enero estás del otro lado del océano. Debo irme.

Se marchó así, sin más. Los tíos miraron a Adrián con perplejidad. La tía Beatriz se aproximó con curiosidad. Adrián sujetó el fólder y no supo si reír o llorar. Ir a Europa, su sueño de toda la vida. Aprender a componer de los mejores. Pasear por las tierras que inspiraron a Bach, a Mozart, a Beethoven.

—¿Todo bien?

—Sí, vamos a cenar.

Adrián ocultó el fólder y no lo mostró a nadie. Hasta esa noche, en su recámara abrió el sobre y revisó los documentos. Su tía Beatriz se había quedado con un familiar de su esposo; sus tíos roncaban en la habitación contigua. Adrián se sentía solo, pero no tanto porque faltara una presencia física en su vida, sino porque añoraba un poco de consejo. ¿Qué hacer con esa beca? ¿Aceptarla en tanto su padre sufría por causa de las quimioterapias? A Clara le dijo que daría sus dos manos porque su padre conociera a Cristo. ¿Daría también uno de sus más grandes sueños: vivir y estudiar en Europa?

12

Por eso y muchas cosas más
ven a mi casa esta Navidad.

—Luis Aguilé, «Ven a mi casa esta Navidad»

Adrián estacionó la camioneta en el lugar de siempre. Comenzaba a identificar a las personas que laboraban en el hospital; la chica de recepción, la enfermera de turno, el hombre que vendía tamales en la puerta, la señora con el cabello recogido que trabajaba en la cafetería.

Su padre había venido callado, más de lo normal. ¿Se encontraría bien? No había querido compartir sus recuerdos. La primera vez se trató de cómo inició su negocio, la segunda —con Clara de pasajera— les narró su encuentro con Elvira. Ahora nada. Silencio. Ese agudo silencio que lastimaba.

Debido al nulo interés de su padre Adrián le había contado poco del concierto. Se preguntó si la tía Efigenia se había encargado de narrarle tantos detalles que don Rubén no necesitaba más. Ni siquiera había preguntado por la tía Beatriz.

Su padre ingresó a la sala de siempre. La enfermera se encargó de él. Adrián decidió ir por algo de beber. No le apetecía incomodar a su padre con su presencia. A don Rubén le gustaba cerrar los ojos y olvidar que el resto de la gente continuaba su rutina.

Adrián se ubicó en una de las mesas desocupadas. De hecho, a esa hora había poca gente por ahí. Sorbió un jugo de naranja mientras leía el Nuevo Testamento que había traído en la mochila. Se había convencido que no crearía más música a menos que ésta fuera para dar la gloria a Dios, pero reconoció que se había alejado de la Palabra de Dios lo que le provocaba una sed desquiciante del alma. No más. Se empaparía de esa fuente de vida, se repetía en tanto iniciaba el recorrido en el primer libro, el de Mateo.

No bien había avanzado unas líneas, cuando una voz gruesa lo interrumpió.

—¿Puedo?

Adrián alzó la vista. Se trataba del médico de su padre. Traía una taza de café en la mano. Adrián apuntó a una de las sillas desocupadas. El médico tomó asiento y sorbió su bebida. Contempló a Adrián con cierta tristeza.

—¿Cómo va tu padre?

—Días buenos y días malos.

El médico se cruzó de brazos.

—Tu padre tiene dinero, ¿cierto? Me ha dicho que cuenta con una pequeña empresa de esferas.

—Pequeña, pero funcional, explicó Adrián.

¿Cuánto tendría en el banco? Un misterio sin resolver, pero Adrián supuso que su padre se encontraba en términos acomodados, por lo menos en la sociedad a la que pertenecía.

—Te diré la verdad. No veo mucho avance con la quimioterapia, pero en estos hospitales seguimos un protocolo.

Se acercó a Adrián y bajó la voz. Adrián se inclinó para atenderle mejor.

—No podemos, por así decirlo, sugerir cosas más elaboradas a pacientes mayores de cierta edad. Debes comprender que estamos sobresaturados. Nuestra prioridad son niños y jóvenes. Pero ya que tu padre cuenta con ciertos beneficios económicos, me atrevo a sugerir que visite este hospital. Mi amigo y colega trabaja ahí.

Le pasó una tarjeta con el nombre de un médico y la dirección de un hospital. Estaba en Morelia, la capital.

—Mi sugerencia es la radioterapia. Pero él debe dar su visto bueno.

—¿Es muy caro ese tratamiento?

—Lo es. Y más porque me parece que tu padre requeriría unas quince sesiones. Pero nada es obligatorio; se trata de una posibilidad.

Adrián contempló la tarjeta con pesar.

—Y si mi padre se negara, ¿qué procede?

—Tal vez pueda darle más quimioterapia. Pero no veo avances. Los últimos análisis no me han dejado tranquilo. En pocas palabras, podemos alargar su vida, pero no la calidad de la misma. Y tarde o temprano, todo acaba.

Se puso en pie y se despidió. Adrián permaneció allí, con la tarjeta en la mano derecha, y el vaso de jugo en la izquierda. El Nuevo Testamento había quedado en medio, pero Adrián solo enfocaba la misma palabra. Mateo. Mateo. Mateo.

Clara limpiaba el mostrador cuando sonó la campanilla de la puerta. Un cliente había llegado. Jimena estaba con Ángela en la oficina, revisando un pedido. Clara levantó la vista pero no vio a nadie. ¿Un fantasma?

Se tachó de loca. Tantas películas de terror la habían vuelto paranoica. Entonces observó una cabecita asomarse entre los anaqueles. Lo reconoció de inmediato. Memo, el niño del coro de Adrián. Qué extraño. El coro practicaba por la tarde, y además, no era día de ensayo. Memo parecía buscar algo, pero dudaba que se tratara de mercancía.

—¿Te puedo ayudar?

El niño se limpió la nariz. Había estado llorando. El estómago de Clara se contrajo.

—Necesito hablar con el profesor Adrián. Es urgente.

Clara titubeó. ¿Qué hacer? El chico lucía descompuesto.

—Él no está.

—Entonces, lo espero.

El niño aparentó decisión, pero sus ojitos se nublaron de lágrimas. Clara se incomodó. No sabía qué hacer, pero dentro de ella surgió una fuente de angustia. Ese pequeño sufría; ella lo quería ayudar.

—Escucha, Memo, él llegará tarde. ¿Te puedo ayudar en algo?

Él meneó la cabeza, pero casi al instante cambió de opinión.

—Se trata de mi mamá. Está mal. No sé qué hacer.

En ese momento, la voz de Ángela irrumpió por detrás. Clara agradeció que entrara en su rescate.

—¿Qué sucede? ¿Se ha enfermado?

El niño asintió, pero algo en él declaraba que mentía, lo que provocó más urgencia frente a Clara. Casi al mismo tiempo, ambas tomaron sus bolsos.

—Vamos a tu casa.

Jimena se quedó a cargo, así que madre e hija, guiadas por Memo, se encaminaron a su casa. Clara traía los pies hinchados, pero se esforzó por no jadear o su madre le ordenaría que regresara a la tienda. Pasaron por el taller, y en un momento de inspiración, Ángela invitó a Emiliano para que se uniera a su pequeña comitiva. De algún modo, a Clara le tranquilizó contar con la presencia de un hombre. ¿Qué encontrarían en casa de Memo?

Él abrió una puerta de lámina que los condujo por un pasillo dentro de una vecindad, un patio repleto de pequeñas casas maltrechas. Al fondo se veía una puerta negra. Memo la señaló con el dedo. Clara percibió los olores a descomposición y orines en el pasillo. Niños andrajosos, vecinas curiosas que reflejaban apatía, incluso tristeza.

Memo entró a su casa. Clara siguió a Ángela. Tardó en adaptarse a la oscuridad dentro. El aire frío se coló de inmediato. Una mesa con trastes encima. Una silla en el suelo. Una estufa. Solo dos habitaciones. Memo se encaminó a la del fondo. Clara se sujetó a la pared debido a un mareo. ¿La combinación de los olores? Más bien la visión frente a sus ojos. María, sobre el catre, con sangre en el rostro. Un ojo amoratado. Un labio partido. Un cuerpo herido.

Ángela se agachó a su lado. La revisó poco a poco. Le habló en susurros. Que todo estaría bien. Que la ayudarían. Mandó a Clara a hervir agua. Necesitaban lavarle las heridas. Memo la ayudó y le consiguió un recipiente de peltre. Clara abrió la llave del fregadero. Llenó el traste. Buscó cerillos. Agradeció que hubiera gas. Analizó la alacena. María tenía un poco de todo, pues se dedicaba a cocinar. Pero su puesto en el mercado se encontraría vacío. ¿Y el marido? Clara no se atrevió a preguntar, pues sospechaba que era parte del problema.

Emiliano había estado recogiendo las sillas y poniendo orden en la minúscula casa. Se sacudió los pantalones y asomó la cabeza al cuarto donde María reposaba.

—Me llevo a Memo un rato —le avisó a Ángela.

—Me parece bien.

—Memo, ¿usted ha visto cómo se hacen las esferas?

Memo abrió los ojos de par en par. Quizá le había impresionado que alguien se refiriera a él de «usted», pero Emiliano era formal y cortés hasta con los perros. O eso se le figuraba a Clara. Emiliano le tendió la mano. Memo la sujetó. Los dos se marcharon. Clara los vio partir. Su madre la apremió. ¿Y el agua?

Ángela y Clara limpiaron la casita de María, después de darle analgésicos para el dolor. Ángela preparó un caldo de pollo, y cuando todo estuvo en orden, se sentaron a la mesa. Clara no soportó contemplar el ojo amoratado de María. Lucía horrible, aunque María juraba que no le dolía tanto. Entonces les contó la historia.

Su marido se había marchado. La golpiza había sido su regalo de despedida.

—¿Se ha ido a trabajar a Morelia?

María asintió:

—Quería que me fuera con él.

—Pues debiste haber ido. Tu hijo necesita un padre.

María agachó la vista.

—No podía ir con él, seño. Verá, mi marido se ha ido para ser parte de la Familia.

Clara y Ángela intercambiaron miradas. La Familia era un cartel de droga, un grupo criminal que repartía sustancias nocivas y, que además, utilizaba la violencia para lograr sus propósitos. Ambas comprendían a María. No podía ser parte de algo así. Memo no merecía crecer entre criminales.

Ángela le preguntó cómo conoció a su marido. María sonrió un poco. Lo vio por primera vez en el mercado. Ella ayudaba a su madre con el puesto de antojitos. Él se fijó en ella, y se la llevó. Se casaron cuando Memo nació. Pero María debió ser más precavida. Sus ojos se humedecieron.

—No es la primera vez que te golpea, ¿verdad?

María negó con la cabeza. Hubo muchas más. Algunos que habían incluido a Memo. Clara se enfadó. En la universidad se hablaba mucho sobre los derechos de las mujeres. Se invitaba a que denunciaran a sus agresores. Se les recordaba que eran dueñas de su propio destino. ¿Por qué mujeres como María permanecían cerca de los que las dañaban? Ángela sujetó la mano de María y la apretó con cariño.

—Te comprendo. Las mujeres somos un nido de contradicción. Nos quedamos, soportamos la agresión, aceptamos al hombre equivocado por el miedo de estar solas.

Clara se tensó. Pensó en Adrián. Estaba dispuesta a dar a su hijo en adopción con tal de ganarlo, de seguir con su vida, de lograr una carrera. Clara se tronó los dedos debajo de la mesa. Su madre continuó.

—Queremos poner sobre los hombres una carga que no pueden llevar, y en ocasiones, por eso ellos nos abandonan.

¿Se referiría a Ignacio? Clara escuchó con atención.

—María, el vacío que tenemos aquí adentro es tan grande que solo Dios lo puede llenar. Ningún hombre lo hará jamás. No por eso digo que evitemos casarnos o tratar de rescatar nuestros matrimonios, pero yo fallé, y ahora lo entiendo. Cuando me casé con Ignacio —y observó a Clara—, le prometí amor y fidelidad. Sin embargo, había quedado marcada por una decepción amorosa, y mis sospechas crecían a la par de Clara. Revisaba la ropa de mi marido, lo vigilaba de cerca. Por otro lado, permitía que él me hablara de modo grosero, que me humillara, todo por temor a que me dejara.

Clara recordó sus pleitos. El rostro enrojecido de Ignacio cuando se enfadaba, que sucedía con frecuencia.

—Mi paranoia se combinó con mi obsesión. No me imaginaba sola, cuidando de Clara. Aún más, sentía que solo Ignacio llenaría el vacío y saciaría mi sed. Mi peor pesadilla se volvió realidad el día que Ignacio se marchó a los Estados Unidos. Supe que no volvería. No lo ha hecho. Pero cuando conocí a Cristo, todo cambió. Él ha llenado el vacío.

Mientras Clara estudiaba en la universidad, Adrián había hablado con su madre sobre el amor de Dios. La Biblia le quitó la venda de los ojos. Pero Clara no había prestado mucha atención. Por ese entonces, ella tenía sus propios dilemas.

—Quiero recitarte un salmo que a mí me encanta: «El Señor es mi pastor; tengo todo lo que necesito». ¿Lo ves? Con él, nada nos falta.

Clara contempló a su madre.

«Aún cuando pase por el valle más oscuro, no temeré, porque tú estás a mi lado».

María lloró a rienda suelta. Ella vivía en valles oscuros. No había experimentado la paz en años. Ángela le preguntó si quería pertenecer al rebaño del Señor. Clara conocía poco la vida de un pastor, pero le gustaba la figura. En la tienda vendían pastores y corderitos que componían los nacimientos navideños. Las ovejas eran débiles y vulnerables. Requerían un pastor. No eran como otros animales que se defendían por sí mismos. Así se sentía Clara. Así ocurría con María.

—Te quiero recitar otra porción de la Biblia. Dice: «Mis ovejas escuchan mi voz; yo las conozco y ellas me siguen. Les doy vida eterna, y nunca perecerán. Nadie puede quitármelas, porque mi Padre me las ha dado, y él es más poderoso que todos. Nadie puede quitarlas de la mano del Padre». ¿Quieres estar allí, en las manos del Padre?

María asintió. Ángela la guió con unas palabras para que se dirigiera a Dios. María le pidió a Jesús que la perdonara, que la escuchara, que la tomara en sus manos. Le repitió que él era todo lo que ella necesitaba.

Había quedado agotada. Ángela la devolvió a su cama. Irían por Memo y lo traerían de regreso. Ellas debían volver a la tienda. María las despidió, pero en su rostro había una nueva expresión. Una paz y una quietud que la tornaban bella, aún con el ojo amoratado. Clara guardó toda la escena en su corazón, pero no la comentó con su madre. Quería meditar en lo que había visto y oído.

Don Rubén escuchó a Adrián. Quince sesiones de radioterapia. ¿Y eso cómo se comía? Es decir, ¿de qué se trataba? Más medicamento en el cuerpo. Le sonaba a algo más agresivo. Adrián mencionó el tema del dinero, cosa que a don Rubén no le preocupaba. En el banco tendría para pagar. Pero ¿más dolor?

No le había ido tan mal en esa tercera sesión, pero se le figuró más larga que de costumbre, tal vez porque debieron esperar turno. Llegaron a las once, y regresaban ya tarde. El reloj leía cinco treinta. Todo había salido bien, a excepción de una de las infusiones de medicamento que le dolió hasta la médula. De hecho, cuando ingresó por la vena, saltó ante el malestar. La enfermera le dijo que si la picazón aumentaba, se lo removería, pero don Rubén soportó el ardor.

Ahora comprendía que cada parte del cuerpo padecía de una manera similar a las demás. Jamás habría imaginado que el cuero cabelludo podía doler como una cortada o una herida. Tampoco pensó que una vena le provocaría semejantes contracciones. En fin. Adrián quería someterlo a más tortura, pero él no lo permitiría. Llegaría a casa y que Jesusa lo consintiera. Una vez arriba, le pidió a Adrián un poco de música antes que bajara a revisar las cuentas del día. Adrián se colocó frente al piano. Tocó una dulce melodía. Don Rubén la reconoció. Se trataba de la composición a Elvira. Efigenia le comentó que había sonado terrible en el concierto. Don Rubén arrugó las cejas. A él le agradaba el tono. ¿Qué habría sucedido? Podría preguntar, pero ¿para qué?

—Es bonita —comentó cuando Adrián finalizó.

—Gracias.

Él lo encaró.

—¿Entonces?

—No habrá radioterapia.

Adrián se inclinó al frente con visible preocupación.

—Pero, papá... es una buena opción.

—No más. Es mi cuerpo, mi dinero, y yo decido.

—Entonces sí te alcanza.

—Soy un empresario, no un pobre...

A punto de decir músico, se detuvo. Pero Adrián adivinó la palabra pues sus ojos se nublaron.

—Papá, debemos intentarlo. De lo contrario...

—Me moriré, ya lo sé. Pero puede suceder mañana o en un mes o en cinco años.

—Entonces, no te importa....

—Es mi vida. A cada quien su propia existencia.

Se cruzó de brazos y contempló el techo. Adrián suspiró.

Adrián y Clara se acomodaron en su lugar favorito, frente a la vidriera. Ya casi cerraban, pero mientras Ángela se ocupaba de las cuentas, ellos continuaron la conversación.

—No aceptará la radioterapia.

—Lo siento. Y también lamento que tu profesor descompusiera tu pieza. Hace un rato la tocaste, se escuchó hermosa.

Él sonrió y rozó uno de los Cascanueces.

—A veces no sé qué hacer, Clara. ¿Cómo ayudar a mi padre?

—Yo también tengo miedos. Criar un hijo. Tener una buena relación con mi madre....

—¿Cómo van las cosas?

—Mejor. Ella es buena conmigo. No me guarda rencor. Ni siquiera porque la he decepcionado.

Adrián se rascó la mano:

—Quizá no has hecho eso.

Clara se sonrojó. ¡Por supuesto que sí! Su madre había trabajado horas extra para enviar a Clara a la universidad. ¿Y ella qué hizo? ¡Embarazarse! Adrián la contempló con ternura.

—Gracias por ayudar a Memo.

—Es un buen chico.

—Tu madre me dijo que María ha confiado en Dios. Eso ayudará. Con Dios de nuestra parte, todo mejora. ¿Sabes? Eres mi mejor amiga, Clara. Con nadie platico como contigo.

Ella se emocionó. ¿Vería las cosas como ella? ¿Se habría dado cuenta Adrián que esa amistad de niños se había transformado en amor? ¿O solo ocurría eso en su propio corazón? A punto de que sus dedos se rozaran, su madre salió de la oficina y el encanto desapareció.

—¿Lista para irnos?

Ella asintió.

Antes de trasponer la puerta, Adrián se despidió.

—Clara, solo hay algo que me inquieta. Mencionas la relación con tu madre, con tu hijo, pero ¿cómo está tu relación con Dios?

Algo ardió con cierto recelo. A Ángela y a Adrián les funcionaba todo eso de buscar a Dios, pero ¿Clara? Había ido demasiado lejos como para regresar. Por otro lado, ella era una futura psicóloga, que confiaba más en la razón que en las creencias. Prefirió no responder.

13

Es un monstruo, señor Grinch. Su corazón es un
hoyo hueco. Su cerebro está lleno de arañas, y tiene
ajo en su alma.

—Dr. Seuss, *El Grinch*

Su hermano el Güero y Efigenia habían organizado una cena para festejar que su hijo Josué cumplía años. Se reunieron en la casa de su hermano donde reinaba la algarabía. Niños corriendo y riñendo, Efigenia y las demás mujeres en la cocina yendo y viniendo con la comida. Su hermano fumando con placer. Sus hijos y Adrián compartiendo anécdotas. ¿Y don Rubén? Sintiéndose miserable desde el sofá. No había podido probar el mole que Efigenia había preparado, lo que lo entristecía. Efigenia cocinaba un mole al estilo poblano como para chuparse los dedos. ¡Cómo solía disfrutar esa salsa color marrón, condimentada y picante que bañaba el pollo y el arroz!

La vena donde lo inyectaron se había inflamado. Todo por causa de ese medicamento que le dolió al momento. Su boca continuaba reseca. El frío había aumentado. Cierto que en esas fechas el frío afectaba a todos, pero don Rubén lo sentía más profundo. Había tenido que encender la chimenea para calentarse. Pero eso no le había traído buenos recuerdos.

Se llevó la mano a la barba. Un poco de cabello había empezado a crecer. Agradeció no haber perdido el vello en sus piernas y sus cejas. También había conservado sus pestañas, una bendición. Pero los nietos del Güero lo miraban con recelo. De por sí siempre lo habían temido por enojón. Ahora lo contemplaban con terquedad debido a su palidez y su calvicie. Escuchó que, por lo bajo, lo llamaban el monstruo o el Grinch. Él no sabía qué era el Grinch, pero dedujo por sus comentarios que se trataba de algún dibujo animado que detestaba la Navidad. Pues él la aborrecía desde hacía varios años. Quizá jamás le había gustado.

A Elvira le solía fascinar. Disfrutaron varias Navidades juntos, en Chicago primero y luego en Tlalpujahua, con la pobreza en sus frentes, pero con el amor en sus corazones. Se acurrucaban muy juntitos y se deseaban Feliz Navidad, aún cuando no había regalos para compartir. Pero todo cambió. El negocio demandó más de don Rubén. Decidió abrir la tienda en Nochebuena, a pesar de los ruegos de Elvira. Y después surgió aquel tema silencioso pero doloroso.

Se puso en pie y se encaminó al baño. Adrián lo vigilaba, pero no intervino. Sin embargo, don Rubén tomó otro pasillo y salió al patio. Qué daría por encender un cigarro. Pero eso había quedado prohibido para él. Encontró un banco de plástico y recargó su espalda contra la pared. Contempló la noche estrellada. El frío lo atacó, pero prefirió resistirlo como una especie de penitencia. A lo lejos se oían voces de niños y de adultos. Don Rubén los ignoró.

¿Cómo empezó todo? Elvira y él se alejaron. Él inmiscuido en los negocios; ella ayudando en lo que podía, pero también dedicada a sus buenas obras. Y después aquel tema que evitaban, pero que los tenía a ambos en profunda desilusión. No llegaban los hijos. ¿De quién era la culpa? Tal vez de él. Quizá de ella. En aquellos tiempos no existían tantos estudios o clínicas especializadas en fertilidad. Pero ese problema latente, oculto pero presente, callado pero hiriente, fue minando el amor.

Los matrimonios rara vez terminan por una crisis. Más bien se van desgastando con los problemas no resueltos, las discusiones no perdonadas, los detalles no dialogados. El silencio crea una pared, una barrera, un muro. Las culpas se vaan echando al otro sin aceptar la propia participación. Y eso hizo don Rubén. Culpó a Elvira. Empezó a irritarse ante sus grandes ideas por ayudar al pobre y al necesitado. Se fastidió ante sus esfuerzos por crear Navidades inigualables. Se hartó de sus compras, de sus horas haciendo manualidades para decorar la casa. Y los años y las Navidades pasaron.

Los regalos sustituyeron la intimidad. Don Rubén llegaba con sendos presentes envueltos que le costaban una fortuna. Una lavadora. Un horno. Una chimenea. Elvira, por su parte, le tejía bufandas, le hacía cuadros con punto de cruz. Ambos detestaban sus obsequios, pero ninguno lo mencionaba. En el fondo, ambos hubieran preferido acurrucarse y desearse Feliz Navidad. Pero la proximidad de sus cuerpos evocaba su tragedia. ¿Para qué unirse si no podían producir un fruto de su amor?

Entonces su hermano, el Güero, anunció que Efigenia estaba embarazada. Don Rubén no se inmutó. ¿Para qué tener hijos a final de cuentas? Para heredarles el negocio, se repetía. Pero por otro lado, cuando nació Daniel, vio lo tremendo que resultaba criar a un hijo. Pañales, insomnio, y la madre dividida. Efigenia dejó de cocinar con tanto esmero, pues siempre estaba Daniel en primer lugar. Don Rubén se preguntó si sucedería lo mismo con Elvira. Y concluyó que no lo podría perdonar. Él debía ocupar el único lugar en el corazón de su mujer.

Ella, sin embargo, pedía a Dios por un hijo todas las noches. Y Dios se lo concedió, según sus cuentas, precisamente en Navidad. Adrián nació nueve meses después. Meses de tortura e incertidumbre. Elvira tejía con un rostro alegre. Don Rubén se encelaba de esa criatura que de repente se volvía el centro de sus vidas. Todo era para el bebé. Y aún no llegaba.

Jamás olvidaría el rostro de Elvira cuando el doctor lo depositó entre sus brazos en la clínica privada. La ternura, la compasión, el amor. Todo en una expresión inigualable de gozo. Dios era bueno, repetía, mientras arrullaba al pequeño Adrián. Don Rubén miró a su hijo, pero le costó trabajo abrazarlo. Tenía miedo de esa criatura rojiza y arrugada que venía a tomar su lugar. Le robaría la atención de Elvira. Y así sucedió. Adrián le infundió vida y alegría a la casa. Adrián le devolvió las ganas de vivir a su madre.

Don Rubén, a pesar de las contraindicaciones, encendió un cigarrillo. Echaba de menos a Elvira. Lloraba por Elvira. Amaba a Elvira. Y en el fondo, amaba a su muchacho. Simplemente, no sabía cómo demostrarlo, cómo arrancarse esa sensación de envidia que lo sofocó durante años.

—A veces tu padre se parece al Grinch —rió su primo Daniel.

Adrián bebió un poco más de ponche mientras que Daniel llevaba ya varias cervezas. La prima Estela atendía a los niños, los tíos seguían devorando pastel, el primo Josué se había ido para festejar con otros amigos. Adrián debía ir a buscar a su padre, pero se quedó un poco más. Quizá su padre requería privacidad.

—¿Sabes quién es el Grinch?

—Un muñeco inventado por el Dr. Seuss, escritor norteamericano, que odia la Navidad y hace lo posible para impedirla.

Daniel arrugó la nariz:

—Olvidé que hablo con Don Sabelotodo.

Adrián se ruborizó. Desde niño, Daniel no lo consideraba su primo preferido, a pesar de ser el único del lado de la familia del tío Güero. La rivalidad creció con los años, pues ambos se llevaban poco entre ellos, y sus padres solían comparar sus logros, hasta que don Rubén perdió toda especie de apuestas ya que Adrián eligió la música como su destino.

Sin embargo, Adrián había detectado la expresión seria y oscura de Daniel cada vez que la tía Efigenia pinchaba sus mejillas y le llamaba el más guapo de sus sobrinos.

Daniel abrió una cerveza más. Adrián trató de distraerlo con más pastel, pero él se empinó la bebida. Sus padres, a unos metros de distancia, lo contemplaron con preocupación. Daniel no se emborrachaba seguido, pero según el primo Josué, cada vez lo hacía con mayor frecuencia. Al parecer, traía problemas con su esposa.

—Entonces, ¿no vas a comprar un auto último modelo? Vamos, primo, no te entiendo. Tienes todo lo que yo soñaría. Mi padre me va a heredar una ferretería, pero tú, podrías contar con un negocio exitoso, y te empeñas en no tomarlo en serio.

—No todo en la vida es dinero, Daniel.

—Por supuesto que lo es. Ser alguien en la vida es lo más importante. Y el dinero te da estatus, además de otras cosas. Mira a Azucena, cada día quiere más y más; yo me mato en el trabajo, pero soy solo el dueño de un taller mecánico. Tú, en cambio, heredarás un negocio.

Uno que Adrián le regalaría de inmediato, si eso no provocara más ofensas hacia su padre.

—¿Qué de especial tiene ser músico? No lo entiendo.

Adrián se mordió el labio. De repente, un volcán explotó dentro. Los recuerdos de infancia y adolescencia, con Daniel haciéndolo sentir menos por no tener novias ni aventuras peligrosas, por no jugar fútbol o domar bien una patineta, se combinaron e hicieron brotar las palabras sin su consentimiento.

—Me han ofrecido una beca para estudiar en el extranjero.

La tía Efigenia y el tío lo encararon de inmediato. Daniel abrió los ojos con asombro.

—¿En dónde?

—En Europa.

—¡Qué bien! —lo felicitó el tío y le dio una palmada en la espalda.

—Pero no aceptarás, ¿verdad, hijo? —preguntó la tía con inquietud—. Con tu padre así, enfermo...

—Seguro que el tío no se opondría —interrumpió Daniel—. No sería tan tonto como para echarle a perder la vida a su hijo. Europa...

Adrián lamentó haberlo dicho. No solo porque había prometido guardarlo para sí, sino porque percibió en Daniel cierta nostalgia que le entristeció.

—Aún no sé si iré.

—Ni lo pienses. Debes hacerlo. No te puedes encerrar en este pueblo de mala muerte. Digo, Adrián, el negocio puede esperar. Pero Europa.... ¿qué parte?

—Alemania o Austria.

El tío volvió a congratularlo. La tía se mordió el labio.

—Pues te iremos a visitar —rió Daniel.

—¿A dónde iremos? —inquirió Estela quien entraba en ese momento.

Daniel repitió la gran noticia. Adrián estaba becado y viajaría a Europa. Estela sonrió y le convidó más ponche. Comenzó a comentar lo hermoso que sería visitar un castillo.

—Adrián en Europa —cantaba.

—¿En dónde?

Entonces, como si cayera un trueno en medio de la tormenta sin un rayo para avisar que el sonido se aproximaba, Adrián palideció. Tal como si se tratara de una mala telenovela mexicana, don Rubén había cruzado la puerta de la cocina.

—¿Qué pasa?

—Que Adrián se marcha a Europa a estudiar más música.

Ángela le pidió a Clara que apagara el televisor. Clara se marchó a su habitación y la cerró con llave. A Ángela se le había ido el sueño. ¿Qué clase de programa habían visto? Clara se lo había descrito. Una serie exitosa en Estados Unidos y América Latina sobre cuatro mujeres: esposas y madres. Y ahí estaba cada una de ellas, luciendo como modelo de revista aún cuando sus hijas ya andaban por la adolescencia o la juventud. Ángela se miró en el reflejo del cristal.

Ella no quería verse como la hermana de su hija ¿Para qué gastar dinero en lucir joven y radiante como Vicky, la de la agencia de viajes? Ángela había llegado a la conclusión de que vivía el momento más intenso de su vida. Había pasado de la dependencia de la niñez a la confusión de la adolescencia, luego atravesó los retos de la juventud como madre. Ahora, finalmente, sin muletas ni bastones, debía enfrentar la vida por sí misma, y había encontrado fuerza, no en la astrología ni en lo oculto, sino en Dios mismo, aquel que encerraba el mayor misterio de todos.

Evocó cómo, en un momento de su vida, se sintió atraída por el Tarot y las cartas. Le apasionó su signo zodiacal y consultaba con frecuencia el horóscopo mientras Clara crecía. De algún modo, pensar que su fecha de nacimiento contenía promesas futuras le daba valor. Pero ya no lo creía así. Su sentido de balance provenía de una verdad vital: Dios había destinado su hora de nacimiento. Él había estado presente. ¿Qué más pedir?

Ángela se sacudió la falda repleta de migajas, y se encaminó a su habitación. Se desvistió sin prisa. Repasó lo que Clara le había contado de ese programa. Una de las protagonistas iba para su cuarto matrimonio. Cuidaba a un bebé, su nieto, pero lo había adoptado como su propio hijo. Ángela se preguntó si Clara había insinuado algo al respecto.

Resultaría tan sencillo aceptar las mentiras de ese programa televisivo y vivir como ellas proponían. Un sin fin de parejas y encuentros sexuales; una amistad superficial que solapaba pero no ayudaba. Sexo y dinero: el fin de todo ser humano. Pero su contexto era otro. El dinero se ganaba; el sexo sin control destruía.

Ahí estaba ella. Ahí estaba Clara. Ángela apretó los puños. ¿Por qué los guionistas no contaban toda la verdad? Exaltaban a dichas mujeres y provocaban la risa del público; se justificaban detrás de la palabra sátira y el concepto de crítica social. Pero ciertamente envenenaban las mentes. Porque ahí estaba Clara para probarlo. Deseaba ser como ellas, lo había dicho. ¿Quién le explicaría que esas mujeres supuestamente felices en la televisión vivían con un vacío insaciable e interminable que ningún hombre llenaba?

Si alguna de ellas tuviera un encuentro personal con Jesús, la farsa terminaría. A nadie le interesa un cambio de vida, pero es lo que la sociedad pide a gritos. Ángela pensó en Clara y sus miles de discusiones y pleitos. Había comprendido, en fechas recientes, que Clara no se quejaba de la disciplina que Ángela le imponía, sino de la falta de disciplina en la propia Ángela. No se negaba a seguir una vida moral, sino que protestaba ante la poca moralidad de su madre, quien prefería el trabajo a su hija, quien expiaba sus culpas dándole dinero, el que por cierto, tampoco era suficiente.

El teléfono sonó. Ángela respondió. Su corazón dejó de latir. ¡Cecilia! Su cuñada. La hermana de Ignacio; la hija de Hortensia; la madre de Rosa.

—Disculpa que te moleste a esta hora.

Ángela adivinó el motivo de la llamada. Clara le había contado sobre los planes de Ignacio.

—Los papeles están aquí. Debes venir a firmarlos.

—¿No pueden enviarlos a mi dirección y yo devolverlos por paquetería? Estamos en fechas de mucho trabajo.

—Lo siento. Sigo instrucciones de Ignacio. Además, tengo una caja con algunas cosas que dejaste. Pesaría más el paquete.

Y no quería pagar un peso más. Ángela le dijo que iría lo antes posible. Luego colgó.

Repasó el programa televisivo. Otra de las protagonistas, recién divorciada, coqueteaba con el jardinero, un chico menor de edad. ¡Qué sencillo lucía en la pantalla! ¡Qué trivial e incluso divertido! Pero un divorcio no tenía nada de romántico ni deseable. Ángela cerró los ojos. Una verdad más que dar a Clara. Un anuncio más que rompería sus ilusiones. Sus padres se divorciaban. Ignacio necesitaba librarse de Ángela para conseguir la legalidad norteamericana.

No habían vivido como pareja en años. Ángela supo desde el principio que Ignacio no volvería. Pero dolía. Y mucho. Un fracaso más a su lista. Una cláusula más que le susurraba que no valía la pena. Timoteo la había abandonado. Ignacio no luchó por ella. Ángela no merecía el amor. Ángela no vivía como esas mujeres guapas y atractivas que enlistaban una serie de admiradores y amantes.

Ángela se metió a la cama y se echó a llorar.

—Entonces, ¿no pensabas contarme sobre la beca?

Adrián se mostraba distante, incluso avergonzado, pero don Rubén deseaba conversar. Se habían despedido de la familia después de un embarazoso silencio. Su sobrino Daniel se había pasado de copas, así que el tío Güero decidió que la fiesta concluía en ese instante. Don Rubén y su hijo no cruzaron palabra hasta sentarse alrededor de la chimenea que Adrián encendió por insistencia de su padre. Le tranquilizaba observar las llamas. El sonido de la leña tronando también le infundía cierta paz.

—No voy a ir a Europa. Tú estás enfermo.

—Y me voy a morir, tarde o temprano. Ya te dije que no más radiaciones ni esas cosas. Cuéntame de qué se trata.

— Trabajaría en una orquesta local y tomaría clases; es una especie de Maestría.

¿Maestría en Música? Eso sí sonaba desquiciado. Sin embargo, don Rubén leyó en su hijo una profunda seriedad que lo ruborizó.

—¿Dónde vivirías? ¿Cuánto necesitarías?

—Me hospedaría en una pensión. La beca cubre casi todos los gastos. Además, tengo mis ahorros.

—Hablas de Alemania y Austria. ¿Cuál prefieres?

—Austria, pero...

Los dos contemplaron el fuego. Don Rubén se acordó de la insistencia de Elvira por poner esa chimenea. La hubiera disfrutado más con su mujer. Tantos hubieras le caían mal, así que volvió al presente.

—Todos dirán que eché a perder tu futuro.

—Qué importa el qué dirán.

—Aunque no lo quieras aceptar, es parte de la vida. Además, aciertan. Es una oportunidad de oro. No pienso prohibírtela.

—¿Y el negocio?

Don Rubén se aclaró la garganta:

—A ti no te interesa la empresa, eso es obvio.

Adrián echó un poco más de leña al fuego.

—¿Y si yo no quiero ir?

Don Rubén lanzó una carcajada seca. Conocía a su hijo lo suficiente como para adivinar que se moría de ganas por pisar esas salas de concierto.

—Aplica hoy mismo.

—Papá....

—Eres un hijo obediente, Adrián. Te admiro por eso. Continúa así. Obedece a tu padre y vete a Europa.

Adrián agachó la vista. Don Rubén se preguntó qué tramaría, pero temió preguntar. En eso, Adrián suspiró.

—Está bien.

Se dio media vuelta y don Rubén se quedó allí hasta que el fuego se extinguió.

14

¡Qué frío tan atroz! Caía la nieve, y la noche se venía
encima. Era el día de Nochebuena. En medio del frío
y de la oscuridad, una pobre niña pasó por la calle con
la cabeza y los pies desnuditos.

—Hans Christian Andersen, «La niña de los fósforos»

Ángela descendió del autobús en Angangueo. Tomó un taxi
rumbo a la casa de su suegra. Exsuegra. Un nudo en el estómago. Cuántos recuerdos. Cuántas situaciones incorregibles.
Había charlado con Clara esa mañana. Ella no se había mostrado alterada, sino más bien comprensiva. La tomó de la mano unos segundos,
luego le dijo que todo ayudaba a bien.

¡Palabras de la Biblia! ¿La había leído? Había preferido no indagar
debido a la premura del tiempo. Aún así, no dejaba de repasar las posibilidades. Quizá, de toda esa maraña de mentiras, ahora podría transitar por la verdad. Y la verdad, como predicaba la Biblia, liberaba. Podría
vivir en paz, con la confianza de que Dios ayudaba a los que amaba.

El taxi se detuvo. Ángela pagó. Su sobrina Rosa estaba en el patio,
lavando ropa. Su niño pequeño se encontraba cerca, cubierto de tierra.
Ángela abrió el portón.

—¡Tía Ángela!

Al parecer, algo había hecho bien en esos años del pasado, pues Rosa la recibió con entusiasmo. Ángela indagó por el pequeño; Rosa la condujo a la cocina. El frío aminoró dentro. Rosa le ofreció un poco de atole de la mañana. Le comentó que su madre no tardaba.

—¿Y cómo está Clara?

—Enorme, pero bien, gracias a Dios. Ya falta poco para la llegada del bebé.

—¡Qué lindo! ¿Te emociona ser abuela?

Asintió con una sonrisa. ¡Abuela! Entre tantas penas y confusiones, había olvidado que pronto obtendría un nuevo estatus. Sería abuela. No había una abuela en casa por lo que ignoraba cómo se comportaban. Aún más, pocas abuelas conocía. Doña Hortensia no se le figuraba, en ninguna manera, un ejemplo a seguir.

Cecilia arribó con bolsas de mandado. Rosa la auxilió. Cecilia la llevó a la sala, o más bien a la habitación con unos sillones. Allí dormía uno de sus sobrinos, anunció. Sacó un sobre y le entregó unos papeles. Ángela se preguntaba si debía leerlos, pero imaginaba el contenido. Un divorcio, sin más. Ignacio no le pasaría un centavo a Clara, pues no era su hija. Ángela no pelearía. ¿Para qué? Firmó en las líneas correspondientes.

—Lo lamento —le susurró Cecilia.

Ángela se preguntó si en verdad lo lamentaba.

—Yo también.

Cecilia la miró. Habían pasado los años. Ambas traían en el rostro las marcas del trabajo, de los años que no pasaban sin dejar su huella. ¿Era Cecilia feliz? Porque Ángela, a pesar de todo, se sentía en paz. Quizá había errado muchos años por añorar la «felicidad», que nunca logró definir. ¿Se trataba de jamás llorar? ¿De vivir sin preocupaciones? Sin embargo, la paz era algo tangible que había experimentado desde que se acercó a Dios. Muchas personas la podrían criticar y lastimar; podrían burlarse de sus creencias, pero ella sabía que, por mucho que alegaran, la paz que experimentaba no era fingida. Surgía de lo más profundo de su ser. Tantos años en esa casa luchando por ser alguien; compitiendo con las hijas, las tías, las primas; intentando ganar el amor de Ignacio del modo incorrecto; siempre preocupada, distraída, ensimismada. Y ahora, en paz.

—Luces diferente —Cecilia comentó con supuesta indiferencia.

—Me siento diferente —Ángela sonrió.

—¿Un nuevo amor?

—No lo que imaginas. Dios ha llenado mi vida.

Los ojos de Cecilia se abrieron con cierta ilusión. Entonces a Ángela se le ocurría una idea. Ignoraba si de eso se trataba el ser abuela, pero lo intentaría. Cecilia la escuchó con atención, luego Ángela se dispuso a hablarle sobre Dios, pero una voz las congeló. Doña Hortensia había llegado.

Clara sacudía el polvo de los Cascanueces en la vitrina. El día había ido lento, lo que a don Rubén no le agradaría. Las ventas, simplemente, no levantaban esa mañana. Pero supuso que al día siguiente mejorarían.

—¿Ya oíste? —le comentó Jimena saliendo del baño—. Adrián se marcha a Austria en enero para estudiar una Maestría.

La punzada en su vientre no fue una patada del bebé, sino algo más profundo e intenso. ¿Qué decía Jimena?

—¿Cómo lo sabes?

—Me lo dijo Jesusa hace un rato, cuando bajó a tirar la basura. Lo han becado. Ya lo aceptaron. Apenas envió la solicitud anoche, y hoy por la mañana ya tenía respuesta. Parece que el maestro ese, el que descompuso su obra, lo recomendó ampliamente. Qué pena que se va tan rápido. Pensé que se quedaría más tiempo en Tlalpujahua. Con eso que su papá está enfermo...

Clara se sentó en el descanso de la vidriera. Se le había ido el aire. De hecho, últimamente sentía que se fatigaba demasiado. Se preguntó si el bebé llegaría pronto. Por las noches, rogaba que así fuera. Ya no conseguía acomodarse bien para dormir. El bebé se movía como si trajera pulgas en la piel.

Sin embargo, la noticia la había dejado sin aliento. Recordó las palabras de Adrián. Clara era su amiga. Los amigos se contaban secretos, se compartían sus temores y sus éxitos. Jimena se había enterado primero de su partida. Y eso dolía peor que una cortada en el dedo. ¡Adrián se marchaba! Cuando por fin retomaban su amistad, cuando algo parecía surgir entre ellos, algo especial y sincero, él se iba. ¿Pero qué esperaba Clara? Ella estaba embarazada de un casi desconocido. Adrián no se fijaría en una chica como ella.

—Clara...

La voz de Adrián la sobresaltó.

—¿Te vas?

Él pareció consternado de que ya supiera la noticia. Pero quizá Clara lo juzgaba mal. Tal vez se había equivocado en todo. No eran amigos, sino un par de desconocidos.

—Apenas lo decidí ayer. Verás, es una gran oportunidad.

Por supuesto. Europa. Chicas inteligentes y cultas. Música de primer nivel.

—Solo será por dos años.

¡Dos años! Cuando volviera, su hijo ya caminaría. Y probablemente Adrián regresaría con una novia o una esposa. Se rumoraba que las europeas apreciaban a los latinos.

—Lo he estado meditando, si no lo hago ahora... Se trata de una orquesta importante.

—Por supuesto —dijo ella, con rapidez. No quería que Adrián adivinara su pena. No deseaba herirlo. Y comprendía la importancia de la situación. Ocultaría su decepción y arrojaría fuera su egoísmo. Adrián merecía lo mejor. Si ella estuviera en su lugar, no lo pensaría dos veces. Nada la detendría. Ni siquiera un hijo. Mucho menos un amor platónico. Ella era una mariposa, él una estrella.

—¿Y tu madre?

—Salió.

El miró su reloj.

Habría querido contarle su pena por el divorcio de sus padres. ¿Pero para qué? Él llevaba prisa.

—Debo ir a ver lo de unos papeles. No tardo.

Ella lo vio partir por la vidriera. Adrián se iba, ella se quedaba. La estrella y la mariposa se separarían para siempre.

Por otra parte, su madre se estaba divorciando. Ignacio quedaría en el olvido, y Clara solo deseaba descubrir si Timoteo había amado a su madre. Quisiera creer que había sido concebida por amor.

Finalmente, ella esperaba un hijo. Saber que el parto se aproximaba la angustiaba. Había padecido de estreñimiento esos días y unas agruras extremas. ¿Dolería tanto como se insinuaba? De repente, Clara se sintió sola, como si un hoyo dentro se agrandara a la par de ese niño que empezaba a hacerla más pesada.

En eso, la campanilla de la tienda repicó. Emiliano entró con una caja. Traía más Cascanueces. Clara lo saludó con cortesía. Tal vez él era el único que aún se dedicaba al negocio. Pero lo dudó. Cuando revisó el pedido, se dio cuenta que Emiliano había traído todo mal. ¿Qué ocurría? Emiliano suspiró y se sentó a su lado. Entonces de la bolsa de su chamarra extrajo dos barras de chocolate. Le convidó una a Clara. El sabor mejoró el humor de la chica.

—¿Sabes algo de tu madre?

Ella negó con la cabeza, pero se le escapó un gemido.

—¿Estás bien?

—Solo un poco triste.

—¿Por lo de tu madre?

Ambos guardaron silencio. Clara titubeó. Debía sacar lo que traía en el pecho para que no le hiciera daño. Necesitaba contarlo a alguien, pero ¿a Emiliano? Persona más discreta no encontraría en los alrededores. ¿Por qué no intentarlo?

—¿Existen los matrimonios perfectos? Supongo que no. Pero por lo menos me gustaría escuchar de una pareja que haya tenido éxito. Mi madre se divorcia. Mi padre la dejó. No conozco matrimonios exitosos. ¿Y tú?

Emiliano le dio otra mordida a su chocolate. Tardó en responder.

—José y María —dijo y apuntó con el mentón a un par de figurines para nacimientos. Los dos rieron, no en sentido irrespetuoso, sino quizá porque tampoco ellos habían tenido una vida sin dificultades.

—¿Nunca te has casado?

Quizá había sido atrevida en preguntar de esa forma, pero en realidad estaba interesada.

—Dios me quitó a la mujer con quien me iba a casar.

Clara guardó silencio. Eso no lo sabía. O lo había olvidado.

—Lo siento.

—Yo también. Porque hay noches en que desearía tener a una mujer a mi lado, pero todo en esta vida se construye, Clara. Usted debe saberlo para ser buen ejemplo de ese niño que viene en camino. Nos han vendido la idea de que todo en esta vida es fácil. Que una sonrisa nos gana el empleo. Que un cambio de apariencia nos mejora el sueldo. Que el amor es cosa del destino o de la suerte. Mentiras, Clara. Todo cuesta un esfuerzo. El que quiere mejor sueldo, que produzca más esferas. El que desea un matrimonio estable, debe invertir tiempo en la relación. El que anhela un hijo sano y alegre, requiere estar ahí. Y eso es trabajo. Lo digo por mis vecinas, no por usted.

Clara se asombró. Jamás había oído que Emiliano hablara tantas palabras seguidas sin titubear.

—¿Qué ocurre con tus vecinas?

—Trabajan. Han elegido el dinero por encima de sus hijos. Verá, Clarita, algunas madres no tienen opción, como Angelita. La madre de usted tuvo que trabajar porque carecía de hombre que proveyera. Otras quedan viudas. Pero mis vecinas no necesitan tanto dinero. Yo lo sé mejor que nadie. Sus maridos ganan un sueldo estable. Poco, quizá, pero suficiente. Ellas desean mejor ropa, escuelas de paga. Pero por no estar en casa gastan más. Comida preparada o comprada, niñeras, doctores. Porque esos niños enferman ya que piden a gritos a sus madres. Clarita, dele a su hijo lo más importante: a usted misma.

Clara tragó saliva. ¿Qué pensaría si supiera que pensaba darlo en adopción? Los dos se terminaron el chocolate. Emiliano se despidió. Iría por las esferas correctas.

—¿Y ésta qué hace aquí? —gritó doña Hortensia.

—Vino a firmar los papeles de Ignacio.

—Pues si ya lo hizo, ¡que se largue!

Ángela no lo tomó como una ofensa. De lejos se percibía que doña Hortensia no era la misma, no controlaba sus movimientos, su mirada de pronto parecía perdida, una mancha en su ropa demostró su falta de control en ciertas actividades físicas. Cecilia se sonrojó y le entregó a Ángela la caja con sus pertenencias. Ella no miró atrás.

Se vio tentada a visitar su antigua casa, donde había vivido con su tía Flor. Cambió de opinión. ¿Para qué añadir más penas a su día? Más bien, se refugió bajo la sombra de un árbol, en la plaza principal, y abrió la caja.

Papeles antiguos del trabajo, del kinder al que asistió Clara. Una tarjeta del Día de las Madres. Una foto de Ignacio que le regalaría a Clara, si ella la quisiera conservar. Elevó la vista. Cuántas veces atravesó esa plaza con su tía rumbo a la iglesia. No salían mucho, pero le agradaba ir a misa. Le gustaba pensar en Dios.

Y luego tomaba esa misma ruta para casa del profesor Timoteo. Muchas veces lo vio cojeando de un lado a otro, con su bastón en una mano y un libro en la otra. Suspiró de nueva cuenta.

Regresó la vista a la caja. Halló un cuento. Uno de los únicos que le quedaban. Lo compró de niña; tal vez se lo regaló su tía Flor. No se acordaba bien. Se titulaba: "Cuatro cuentos infantiles". Repasó las ilustraciones.

El primero hablaba de un traje invisible y un Emperador. El segundo narraba la triste historia de un cisne que vivía entre gansos. El tercero le robó una sonrisa. El flautista que desaparecía una plaga de ratas. Finalmente, la niña de los fósforos. Se detuvo en él. Le encantaba ese cuento, aunque le entristecía de un modo profundo.

Una niña muerta de frío. Una niña que vendía fósforos. Una niña con miedo de regresar a su casa donde su padre la golpearía por no vender suficientes cerillos. La niña encendió el primero. Miró un hermoso árbol de Navidad. Le echó lumbre al segundo. Observó un manjar que no disfrutaría. Entonces observó una estrella fugaz. Su abuela le decía que esas estrellas mostraban que alguien moriría esa noche e iría al cielo. Al encender un fósforo más, contempló a su abuela, la única persona que la trató con amor y amabilidad. Prendió y prendió más cerillos para que la visión no desapareciera. Entonces murió y su abuela la llevó al cielo en brazos.

Ángela sollozó en silencio. No sabía bien quién era esa niña. ¿Ella misma? ¿Quién la había amado en este mundo? ¿Su tía Flor? ¿Timoteo? ¿Entonces por qué se fue? Y aún más, se preguntó si de eso se trataba ser una abuela, de amar a su nieto en medio de la pobreza, de la enfermedad, de la muerte.

No había triunfado mucho como madre, ¿lo haría como abuela?

15

¡Oh aldehuela de Belén!
Afortunada tú,
Pues en tus campos brilla hoy
la sempiterna luz.
El Hijo tan deseado
Con santa expectación,
El anunciado Salvador
En ti, Belén, nació.

—PHILLIPS BROOKS, «OH, ALDEHUELA DE BELÉN»

Don Guillermo se aproximó a Adrián. Faltaban unos minutos para el último ensayo. Adrián se encontraba agitado. Debía ver bien lo de los boletos de avión ya que necesitaba llegar a Viena a principios de enero. El coro se presentaría en unos días, lo que le daría más tiempo para dedicarse a los preparativos. Un enjambre de emociones no lo dejaba dormir por las noches, pero Adrián no podía detener sus planes.

—He hecho lo que pude —le había dicho a Dios el día anterior—. Mi padre no quiere escuchar. ¿Qué más debo hacer?

—Adrián...

Don Guillermo se limpió la cara con la bufanda.

—Hemos pospuesto el concierto. Verás, la fecha programada ya estaba en la agenda para un evento cívico. No se me comunicó nada, razón por la cual no preví el inconveniente. Pero no podemos ir contra el gobierno.

El estómago de Adrián se contrajo. ¿Y sus planes?

—¿Para cuándo?

Don Guillermo se sonrojó.

—Para el veinticinco de diciembre.

—¿Qué? ¡Nadie asistirá! La gente no sale en Navidad. Además, no puedo extender los ensayos pues los niños ya se han hastiado.

Don Guillermo lucía descompuesto. Adrián adivinó que si el concierto se cancelaba sería un fracaso para el departamento de cultura, el que de por sí luchaba tanto por hallar un espacio en la sociedad.

—Pero está bien, don Guillermo. El veinticinco de diciembre mis chicos cantarán.

Don Guillermo suspiró con alivio y se despidió de inmediato.

La tropa de niños entró al teatro seguido por sus madres. Las mujeres ocuparon sus butacas como de costumbre, alguna sacó su tejido, la otra una revista, las más observaban con atención. Adrián se dirigió a ellas con la noticia. La madre de Memo parpadeó más de lo común.

—Escuchen, en verdad lo siento. Si algunas de ustedes tienen problemas o incluso cancelan su participación, lo comprenderé.

Ninguna habló. Los niños se miraban unos a otros con intriga. Adrián trató de serenarse.

—Me avisan al finalizar el ensayo.

Se sentó al piano y los chicos vocalizaron. Luego ensayaron cada pieza. Realmente habían mejorado desde aquel primer ensayo semanas atrás. De repente, Adrián observó con el rabillo del ojo a las mujeres cuchicheando. ¿Boicot? Adrián no se quejó. Él mismo se sentía frustrado ante el cambio de planes. Había pensado en viajar a una ciudad grande para adquirir un guardarropa apropiado para el clima europeo en dichas fechas. ¿Por qué todo salía mal?

Una vez que concluyó el ensayo, encaró a las madres. La madre de Memo tomó la batuta.

—Profesor, no se preocupe. El veinticinco aquí estaremos. Realmente lo que nos preocupa es qué vestirán los niños.

Adrián aclaró su garganta. ¿Vestir? Pues ropa, ¿qué más?

Otra añadió:

—Me han dicho que los coros usan toga. ¿Cómo ve si les cosemos unas del mismo color a todos para que luzcan uniformados? Nos gustaría de color rojo.

Las miradas se posaron en él. Los ojos parecían inquietos, como si estuvieran pidiendo permiso al maestro para salir a recreo. Adrián sonrió. Por supuesto que el color rojo luciría genial. Todas suspiraron con alivio y se pusieron a medir a los niños. Adrián preparó sus cosas y se marchó.

Contempló ese pueblo que lo había visto nacer.

Tlalpujahua no era un lugar que apreciara su talento. En Austria se rodearía de verdaderos músicos. Alabarían sus composiciones y sus interpretaciones. Nadie volvería a destruir una de sus obras, como había hecho el maestro Salazar. Entrelazaría notas para la gloria de Dios, al estilo de Bach, y sus partituras estarían al acceso de los cultos y amantes de la buena música.

Entonces ¿por qué se sentía tan triste?

Clara se encontraba deprimida. Profundamente deprimida. ¿Cómo más explicarlo? Adrián se iría a Europa. Ella había perdido toda oportunidad con él. ¿De qué le servía estudiar si él se marchaba? Volcó su coraje contra su hijo, aún cuando se escuchara extraño. Si no fuera por él, ella estaría libre de conversar con Adrián y confesarle que lo amaba.

Se consideraba normal que las mujeres también hablaran con apertura de sus sentimientos. ¿Por qué ella no?

La realidad: se encontraba confundida. El bebé no tardaba en llegar y ella carecía de motivos para festejar. Su madre la había enviado al taller ese domingo por la tarde. Por la mañana habían tenido mucho trabajo. Pero por la tarde el pueblo bajaba la marcha, así que Ángela le avisó que cerraría temprano, pero había olvidado unos papeles con Emiliano. Clara arrugó la frente. ¿Y la enviaba a ella, el elefante lento que no podía andar más de dos cuadras sin detenerse para respirar? Pero Ángela había insistido en el ejercicio como preparación para el parto, así que Clara avanzó a regañadientes.

Las luces del taller estaban apagadas. Los obreros no acudían al taller en domingo, pero Emiliano siempre encontraba algo que hacer por falta de vida social. Quizá su madre y Emiliano deberían juntarse para no estar solos. Se acordó lo que dijo su madre. Solo Dios podía llenar el vacío. Y Clara percibía ese vacío cada día más grande y profundo. Mucho más ahora que Adrián se marchaba a Europa. El vacío a veces dolía, más que las patadas de ese niño que se movía como futbolista en acción o luchador de la triple A.

Se tocó el vientre, pues en ese instante el niño decidió cambiar de posición.

—Estate quieto —lo reprendió.

Abrió la puerta corrediza. El lugar estaba oscuro, como la noche. ¿Y Emiliano? Cerró la puerta pues en ese instante comenzó a llover. ¡Para su mala fortuna! ¿Ahora cómo volvería a casa? ¡Se empaparía!

En eso, la luz se encendió y escuchó:

—¡Sorpresa!

El corazón se le aceleró. Repasó los rostros frente a ella. Sus amigas de la escuela, Rocío y Lupe. Rocío venía con su madre Genoveva. Lupe traía a sus dos hijitos. Jimena, la que atendía junto con su madre, le sonrió. Mujeres de la fábrica que rápidamente reconoció la saludaron.

De pronto, un hueco en su estómago se agrandó. Su tía Cecilia y la prima Rosa. ¿Quién las había invitado? ¿Su madre?

Ángela le sonreía. ¡Una fiesta sorpresa! Un letrero leía: ¡Bienvenido, bebé! Clara se dejó llevar. La sentaron en medio y comenzaron los juegos. Rocío se encargó de organizar tres sencillos y típicos pasatiempos en que Clara debía vestir un muñeco, darle biberón a Lupe mientras competían contra otras tres parejas, y escribir una especie de poema para el bebé.

Después, Clara escuchó consejos de las presentes. Las mujeres de la fábrica eran las que más aportaban. La tía Cecilia y la prima Rosa se mantenían distantes. ¿Para qué vinieron si odiaban a Ángela? Consejos para el reflujo, para cambiarle el pañal, para darle pecho, para aumentar su leche. Consejos que Clara olvidaría en segundos, pero que enternecieron su corazón.

El niño organizaba pleno revuelo en su vientre. ¿Se daría cuenta que celebraban una fiesta en su honor?

Entonces vinieron los regalos. Clara luchó con sus emociones. Abrió un sinfín de cajas y bolsas de cartón que contenían hermosos secretos: biberones, pantaloncitos, calcetines miniatura, mamelucos, cobijitas. Todo azul, verde y amarillo. Detalles y detalles que la emocionaron. Al abrir cada paquete debía adivinar quién se lo había dado. Agradeció a Rocío por un juego de sábanas para cuna. Lupe le dio un tierno mameluco. Jimena le había obsequiado una colección de productos: shampoo, aceite, loción. La tía Cecilia le tejió un suetercito. Rosa le escogió un lindo set de gorro, mameluco y guantes. Ángela le dio cuatro camisetas con broche, o pañaleros, como se les llamaba. Incluso Emiliano había enviado su obsequio, unas esferas con un bebé. Y Ángela, al final de esa sesión, le mostró una tarjeta. En la esquina estaba el regalo de Adrián y don Rubén. Una cuna. El corazón de Clara palpitó.

Solo faltaba el refrigerio. Y luego a casa. Quería descansar, pero al mismo tiempo, deseaba huir de las miradas de alegría de las presentes.

¿Qué harían de adivinar los planes de Clara sobre dar a su hijo en adopción?

Antes del refrigerio, Ángela tomó la palabra. Deseaba decirle tantas cosas a Clara. Cómo criar a su hijo. Cómo abrazarlo por las noches. Tal vez debería pedir perdón por sus mentiras del pasado. Por ello invitó a la familia de Ignacio, aún cuando le costó sudor y lágrimas. Pero lo hizo por ella, por Clara.

—Hija, solo quiero decir...

Captó en Clara cierta dureza que no había podido raspar en esas semanas. ¿Qué guardaba su corazón?

—Tal vez tengas miedo sobre lo que viene, pero no olvides que Dios está contigo, si tú se lo permites. Un poema de Amado Nervo lo dice mejor que yo: «Pastor, te bendigo por lo que me das. Si nada me das, también te bendigo. Te sigo riendo si entre rosas vas. Si vas entre cardos y zarzas, te sigo. ¡Contigo en lo menos, contigo en lo más, y siempre contigo!»

Clara guardó silencio. Las miradas se posaron en Ángela. Hora de comer. Se repartieron los tamales y el atole caliente. Se partió el pastel. Ángela se tragó las lágrimas. Tanto esfuerzo para nada. Tanto trabajo para que Clara continuara igual. ¿Que no le emocionaba tener un hijo?

Tantos regalos. Tanto amor. Y Clara apartada. Rocío y Lupe se acercaron, pero Clara apenas y conversó. Más bien Lupe y Rocío reían a carcajadas ante las excentricidades de los jefes europeos de Lupe. Qué muchacha más desagradecida, se repetía Ángela. Pero ella la había educado. ¿En qué se equivocó?

Comprendía sus pesares. Quizá desearía tener una pareja. Pero ¿para qué caer con alguien como el esposo de María, un golpeador y abusador? Por cierto, la había invitado pero ella no apareció. Quizá por pena. En fin. Sus horas de trabajo no habían dado fruto. A Clara no le había importado que su madre estuviera invitando en secreto a sus conocidos. Añadió a las mujeres de la fábrica para que Clara tuviera más regalitos. Se humilló ante la familia de Ignacio, y ellos respondieron. Incluso le contó a don Rubén sus planes, y él mandó a Adrián a la tienda. Aunque reconocía que Adrián tuvo la idea de la cuna. Además de buen gusto. Se trataba de una linda creación en madera.

Basta, se obligó. No más quejas. Las invitadas empezaban a despedirse. Ángela se colgó una sonrisa. Casi al final, se aproximó Cecilia. Le entregó un sobre.

—No quise darlo frente a las demás. Pero lo manda mi madre e Ignacio.

Ángela las acompañó a la puerta. Adivinó el contenido del sobre. Dinero. Clara se pondría feliz. ¿No era lo que quería? ¿Dinero para cosas del bebé? ¿Qué más podía hacer Ángela para mantenerla feliz? Lo ignoraba. Quizá siempre lo había hecho. Ángela no conocía a su hija.

Clara se presentó en la agencia de viajes con un nudo en la garganta. Pero tenía que hacerlo, de lo contrario, su vida se vería truncada y nunca saldría adelante. Si bien Adrián no era para ella, alguien de su talla se fijaría en ella. Pero no con un hijo a cuestas. Además, ese niño no merecía una madre sola. ¿Para qué hacerlo sufrir?

Vicky le sonrió y le pidió un segundo mediante una seña con la mano. Clara se sentó para esperar. Hojeó algunas revistas y folletos turísticos. Observó un viaje a Europa. Austria. El futuro destino de Adrián. Contempló las montañas nevadas. Los castillos. Haría frío, pero Adrián tocaría el piano en lugares de renombre. Su fama se extendería por el mundo. Lamentó haberse perdido su concierto en Bellas Artes, pero ella sabía que Adrián sobrepasaba a muchos en talento. No era una experta, pero tampoco tonta. Sus melodías tocaban el corazón. Lo hicieron desde niña.

Sus pies se hincharon. Regresaba del banco donde trabajaba Rocío, allí abrió una nueva cuenta para ella y su hijo con el dinero que doña

Hortensia e Ignacio enviaron. Clara se había enternecido con el gesto, por lo que pretendía escribir una nota al padre que no era su padre, y que en realidad nunca lo fue.

La puerta de cristal se descorrió. Vicky la invitó a pasar. Clara se colocó frente a ella.

—¿Estás segura? Porque supongo que para eso has venido.

Clara asintió.

—Firmaré ante el notario.

—Perfecto —Vicky suspiró—. Habrá que hacer la cita, pero yo te confirmo la fecha y la hora. Solo necesitas leer lo estipulado, pero escucha, hemos hablado mi esposo y yo. Lo mejor sería que Gabriel no supiera que eres la madre.

¿Gabriel? ¿Ya le había puesto nombre? Clara sintió un ligero mareo.

—Podrás visitarlo como una amiga, una tía, pero jamás deberá conocer la verdad.

Gabriel. Como el arcángel que anunció las noticias a María. Clara lo había visto en algunos adornos navideños de la tienda. Un ligero tremor se apoderó de su barbilla. No le agradó el nombre. Su hijo, simplemente, no se le figuraba un Gabriel.

—Entonces, ¿así quedamos?

Se dieron un apretón de manos.

Clara salía a la calle cuando se topó con Adrián.

—¡Clara! ¿Qué haces aquí?

—Yo...

No tenía por qué dar explicaciones.

—Gracias por la cuna.

—Me alegra que te gustara. Luego me cuentas cómo estuvo la fiesta.

Ella aceptó por cortesía, pero en el fondo no planeaba charlar con Adrián. ¿Y él que hacía allí? Segura de sus intenciones, prefirió huir. Clara avanzó con prisa rumbo a la tienda. Gabriel. No le gustaba el nombre. ¿Acaso no podía sugerir sobre el tema? Era la madre, a fin de cuentas. Una madre que proyectaba darlo en adopción. Una madre que no había sido lo suficientemente fuerte para aceptar su condición. Rocío estaba en la esquina, sorbiendo un poco de café mientras finalizaba su tiempo libre.

—Clara —la sujetó del brazo—, ¿lo hiciste?

Ella asintió.

—No te arrepentirás. Ya verás.

Clara asintió; sin embargo, algo andaba mal dentro de ella, fuera de ella. Su hijo no era un Gabriel. Nunca Gabriel.

Adrián sujetó sus papeles con firmeza. Vicky meneó la cabeza de nueva cuenta.

—No hay nada más económico, Adrián. Las tarifas han subido.

—¿No es temporada baja para esas fechas?

—Tal vez, pero aquí todo marca el precio que te indiqué.

Adrián sintió que su cartera ardía en el pantalón. No le alcanzaba para los boletos de avión. ¿Pedirle a su padre? Le darían dinero de parte de la beca, pero mientras no lo tuviera en mano, no deseaba endeudarse.

—Mira, hagamos lo siguiente. No te precipites. Yo andaré buscando tarifas, promociones, todo lo que encuentre. Y si algo aparece, te aviso de inmediato.

El teléfono repiqueteó. Vicky le pidió un segundo. Adrián no lo podía creer. ¿Por qué las cosas se complicaban de ese modo? Tampoco contaba con pasaporte, pero ya había hecho la cita unos días antes de Año Nuevo, todo porque su padre conocía a uno de los que trabajaban ahí y lo había reconocido, de lo contrario, Adrián habría tenido que aguardar hasta principios de enero.

—Solo prepare los papeles, Salvador. Ella firmará.

Vicky colgó con aire triunfante.

—Lo siento, se me han juntado muchas cosas, y estoy tan emocionada con esto del niño.

—¿Niño?

Adrián miró el vientre de Vicky, tan plano como un trozo de papel.

—¿No te lo ha contado Clara? Pensé que eran buenos amigos. Adoptaré a su hijo recién nazca.

La punzada en la frente de Adrián lo hizo entrecerrar los ojos. ¿Escuchaba correctamente? ¿Clara daría a su hijo en adopción? ¿En qué estaba pensando?

—Ella es una buena chica, pero merece disfrutar su juventud.

Adrián no se atrevió a comentar nada. Le agradeció su tiempo y salió al aire frío para que lo ubicara nuevamente.

En una tienda cercana se escuchaba un villancico. Belén, campanas de Belén. Belén, el pueblo donde había nacido Jesús. ¿Qué habría sucedido si María hubiera dado a su hijo en adopción? Cierto que en muchas ocasiones no se hallaba otra alternativa. Muchos padres adoptivos le proveían a sus hijos lo mejor: cariño, amor, oportunidades. Pero Clara no tenía pretexto. Contaba con los medios de subsistencia; aunque no había padre, era una chica inteligente que podía criar a un hijo. Ángela la ayudaría. Su padre, don Rubén, le daría trabajo. De hecho, pensaba pagarle por sus horas en la tienda durante las semanas pasadas. ¿Por qué dárselo a Vicky?

Adrián se sacudió los hombros, como si se quitara una capa mágica. Él no podía pensar en Clara todo el tiempo. Ella era una mujer adulta. Por lo pronto, se concentraría en Viena. Viajaría lejos, a lugares de gran cultura. Pero el villancico lo perseguía. Belén. Belén. Entonces otro pensamiento cruzó su mente. Lo que importaba, rara vez ocurría en público. Jesús había elegido nacer en una ciudad insignificante. Quizá hoy formaría parte de villancicos y el acervo cultural del mundo, pero en tiempos de Jesús, apenas y era una ciudad recordada por la mayoría.

Atenas, Roma, Alejandría. Esas ciudades valían la pena. Incluso Jerusalén. ¿Pero Belén? ¿Esa pequeña ciudad en Judea?

Nazaret. La ciudad donde creció Jesús. Había un dicho popular. ¿Podía algo bueno salir de ahí? Poco ubicado en un mapa. Poco reconocido. Antioquía. Tesalónica. Corinto. Ciudades con más prestigio. Ciudades cosmopolitas. Pero ¿esa aldea de judíos?

«Lo valioso y sagrado mientras es desconocido se torna vulgar y barato cuando es expuesto al público a través de los medios». En algún lugar había leído dicha frase. Pensó en su composición a su madre. Tan perfecta en lo secreto, tan descompuesta para el público.

Belén. Nazaret. ¿Tlalpujahua? ¡No! Él debía ir a Viena. ¿Qué de malo había en ello?, debatía en su interior. Y sin embargo, algo faltaba en Adrián. Las cosas no marchaban bien. Sin boletos, sin pasaporte. Él había cambiado. No era el mismo Adrián que dejó Morelia unos meses atrás. Su tía Beatriz lo descubriría de inmediato. El gozo se había ido. La paz se había marchitado. Todo por culpa de su padre. No quería volverse como él. Tal vez escapaba de Tlalpujahua para evitar convertirse en un Grinch navideño, en un don Rubén que solo lastimaba a los que le rodeaban. Qué terrible.

Clara se había sentido mal. No sabía cómo describirlo, pero era como si el vientre le pesara tanto que le impidiera caminar. El bebé pateaba mucho. ¿Estaría enojado? ¿Presentiría que Clara no lo amaba? El solo imaginarlo la descomponía. Mala madre, le susurraba su consciencia.

Esa mañana, desde la madrugada, experimentó ligeros dolores en el abdomen. No comió. Ángela se marchó a la tienda. Ella permaneció en casa debido al cansancio. Rogó que Vicky no la llamara. No podía firmar aún. No se debía llamar Gabriel. Sin embargo, algo más la inquietaba: esas punzadas que la atravesaban sin aviso. ¿Serían contracciones? A medio día, aumentaron en intensidad. Se metió a un cyber café. Investigó en Internet todo sobre el parto. Aún no. Los síntomas no compaginaban.

Pero una hora después, sudó copiosamente. Tardó mucho en retomar el aire. Debía ir a la tienda y buscar a su madre. Avanzó con dificultad. Todo su cuerpo reclamaba. Otra punzada, y luego otra. Las lágrimas se agolparon en sus ojos. No lloraría. No hasta que estuviera en la tienda. Deseaba ir al hospital. Que la revisaran. Que le dijeran que todo estaba bien. Una eternidad después, se aproximó a la esquina. Jimena la saludó. ¿Se encontraba bien? No aguardó su respuesta, sino que corrió por Ángela.

—¿Estás bien?

Su madre tocó su frente por instinto, luego sujetó su bolsa.

—Debo irme —le avisó a Jimena. Descolgó el auricular y llamó al piso de arriba, a casa de don Rubén. No se marcharía sin pedir autorización de su jefe. Conversó con don Rubén. Clara no entendía la conversación, pero aguardó con paciencia. De repente, Ángela la encaminó a la parte trasera, a donde don Rubén guardaba su camioneta.

Adrián bajó las escaleras de inmediato.

Clara quería quejarse. No necesitaba favores de Adrián. Aún se encontraba dolida porque él se iba a Europa, sin embargo, las punzadas la forzaron a callar. No traía la bolsa para el hospital que todos recomendaban, con sus cosas personales y las del bebé. Pero quizá se trataba de una emergencia. ¿Y si el niño había muerto? Algo así le había ocurrido a Vicky con su hija Brenda. Por primera vez, al enfrentar esa posibilidad de una manera real, la descompuso. ¡No! Ella deseaba a su hijo. No podía dárselo a Vicky. No podía verlo morir.

Clara se trepó en el asiento trasero de la camioneta. No aguantó sostener el miedo en su garganta y gimió. Adrián aceleró. Nadie conversaba. Todos parecían contener la respiración.

Finalmente, observó el edificio del hospital. Se dirigieron de inmediato a Urgencias. Ángela la ayudó a bajar. La tomó del brazo y caminaron. Clara se sentía como una pelota, redonda y pesada. Observó a otra muchacha en su misma condición, aunque de clase más humilde pues vestía su traje regional. En Urgencias les indicaron otra sección exclusiva para mujeres parturientas. Clara le extendió a Ángela los papeles en un sobre que contenían su póliza de afiliación. Fue lo único que se le ocurrió cargar. Ángela los entregó a una señorita que mascaba chicle en su escritorio, detrás de la pantalla de una computadora.

La señorita revisó el papel.

—¿Primera visita a Urgencias? —preguntó.

Ángela dijo que sí.

—Siéntense.

Dos sillas de plástico estaban libres. Ángela y Clara las ocuparon. Adrián se quedó en pie. Otras tres chicas encinta estaban ahí, una casi llorando del dolor. Las otras la miraban preocupadas, al igual que Clara. Mamás de las parturientas, padres y abuelos, tres o cuatro esposos, se ubicaban en la pequeña sala.

La señorita del chicle abrió una puerta. Llevaba los papeles de Clara en la mano. La chica que lloraba se dobló en dos. Su madre se preocupó y se aproximó a la señorita.

—Oiga, mi niña ya va a tener al crío. ¿No puede pasar?

—Espere su turno.

Clara quiso unirse al llanto de esa chica incomprendida. Llamaron a la chica que lloraba, luego a otra más. Clara se removía. Su cuerpo no se comportaba con normalidad. Ángela la llevó a caminar al estacionamiento. Adrián les avisaría si las llamaban.

—No tengas miedo. Todo estará bien.

—¿Dolerá?

Ángela acarició su mano.

—¿Por qué he de mentirte? Sí duele, pero vale la pena, Clara. Ya lo verás. Sé fuerte.

Ella lanzó un chillido agudo, pero silencioso.

—Hija, sé que han pasado muchas cosas en estos meses. Pero he querido decirte algo. Estoy orgullosa de ti. Estoy orgullosa porque decidiste tener a tu hijo, a pesar de que hubiera resultado tan sencillo abortar. Sé que en la ciudad existen muchas clínicas, que incluso la ley te protege. Pero has sido valiente, Clara. Estás enfrentando el reto mejor que yo lo hice. Yo me desesperé y busqué un hombre. Tú...

Ángela la besó en la mejilla.

—Te amo, Clara.

Sus ojos se nublaron. Clara se arrepintió de haber ido a hablar con Vicky. No firmaría. Se retractaría. ¿Qué se le había metido en la cabeza? Su madre sugirió volver a la sala. Adrián se sentó a su lado.

—¿Estás bien?

—Creo que sí.

—Estoy orando por ti.

Ella asintió. Supuso que debía darle las gracias, pero no se atrevió. Entonces una enfermera llamó su nombre y Clara atravesó la puerta del misterio. Un médico joven la interrogó. Clara detectó a dos enfermeras y dos camas con cortinas que apenas y resguardaban la privacidad de las pacientes. En la cama del fondo preparaban a una chica, la que lloraba. Ya no sollozaba tanto, pero se quejaba de vez en cuando. Las otras muchachas se habían ido a casa.

El médico tecleó en una máquina de escribir antigua. Nombre. Edad. Dirección. Última regla. Complicaciones durante el embarazo. Síntomas. Le pidió que se acostara en la cama disponible. Que se quitara la ropa y se colocara una bata. Clara obedeció. La enfermera le pasó una bata limpia aunque vieja, usada, raída. Clara se quitó la ropa con vergüenza. Fuera pudor, se ordenó cuando otro golpe en el vientre la atacó. Se recostó. El médico se puso unos guantes. Palpó su vientre. Puso un gel frío sobre su abdomen y revisó al bebé mediante un ultrasonido. Buen líquido, el niño lucía estable. Analizó la frecuencia cardíaca de la criatura. Todo en orden. Luego ella colocó las piernas separadas. Él metió la mano. Ella apretó los labios. Qué dolor. Qué humillación. Él meneó la cabeza. Le faltaba dilatar. No podían recibirla aún. Que se vistiera.

Clara se indignó. No pensaba regresar con esas punzadas asfixiantes. Pero el médico le dio la espalda. Ella se colocó la ropa, sonrojada y frustrada. ¿Qué le diría a su madre y a Adrián? Falsa alarma. Que volvieran a casa. No pasaba nada. El doctor continuó golpeando las teclas de la máquina de escribir. Que caminara mucho, que se relajara. Ya mero.

Ángela y Adrián la recibieron con sincero interés. Ella repitió las palabras del doctor de modo mecánico. Ángela la consoló.

—En este tipo de hospitales carecen de camas para tener a las mujeres esperando. Las reciben casi a punto de dar a luz. Sé fuerte, hija.

¿Fuerte? Clara cerró los ojos en la camioneta y fingió dormir. No quería que Adrián la viera. Llegando a casa, se escabulló y se metió entre las sábanas. Su madre se quedó allí, velando por ella.

Las punzadas no cesaron. Cada media hora, sin falta, la estremecieron. No pasaría bien la noche. A la una de la madrugada, las lágrimas fluyeron libremente. ¿Qué más hacer? No ayudaba sentarse, ni acostarse. Las contracciones se aproximaban, pero no lo suficiente, como dijo el médico. Él mencionó cada diez minutos o menos. Seguían con espacio de veinte minutos, luego quince. Desesperada, fue al baño.

Ángela la condujo a la pequeña sala. Que se sentara en el sofá. La posición la benefició. Ángela permaneció a su lado, hora tras hora, contracción tras contracción. Le sujetó la mano; le pasó agua para que bebiera; le murmuró cancioncitas. Clara se quebró por dentro. Tanto amor y ella una ingrata. Tanta compasión de madre a madre. Tanta ternura.

—Gracias, mamá —le susurró cuando ya no aguantó más—. Yo también te quiero, y estoy orgullosa de ser tu hija.

Las lágrimas en los ojos de su madre la conmovieron, luego Clara lanzó un grito agudo de dolor.

Adrián traía insomnio. Pensaba en Clara. En su palidez, en su incomodidad, en su miedo. Había visto su rostro al salir, casi llorando. No podían recibirla hasta que estuviera casi a punto de dar a luz. Qué daría por llevarla a una clínica privada, pero no podía costearlo. Ni siquiera le alcanzaba para su boleto de avión. Peor aún, necesitaba hablar con Clara. Convencerla de no dar a su hijo en adopción.

El reloj avanzaba. Adrián se echó un sarape y se recostó sobre el sofá de la sala. Encendió el televisor. Jesusa se quejó de la obsesión de don Rubén por dicho aparato. Adrián no veía tanta televisión, pero tampoco le desagradaba. Al contrario. Era un medio de escape. A veces ni siquiera le prestaba atención, y supuso que tampoco su padre.

La televisión funcionaba como sedante. Y esperaba que esa noche funcionara. Saltó de canal en canal en busca de una película decente. En eso, sonó el teléfono. Le había rogado a Ángela que le avisara si necesitaban su ayuda. Número equivocado.

Se quedó dormido, con la televisión encendida. Despertó a las nueve. Su padre desayunaba en la cocina, y lo miraba con cierta burla. Adrián siempre se había ufanado de madrugar. Adrián mordió un trozo de pan, pero el teléfono repiqueteó. ¿Otro número equivocado? Ángela. Clara estaba muy mal. Adrián se metió al baño y se arregló en unos instantes. Tomó las llaves y se despidió de su padre. Subió al departamento de Ángela. Vio a Clara en una silla, doblada del dolor. ¡Debían irse ya! El grito que surgió de la garganta de Clara lo aceleró. Prácticamente la cargó escaleras abajo. Manejó con rapidez.

No encontró lugar en el estacionamiento. De día había más autos que por la noche. Dejó a Clara con su madre en la puerta de Urgencias y buscó un hueco. Lo encontró un poco lejos, así que regresó corriendo.

Clara estaba parada, en la sala de maternidad, en espera de su turno. ¡Su turno! Adrián comprimió los puños. El día que se casara y tuviera esposa, le pagaría un hospital privado donde la atendieran enseguida. Pobre Clara. Lucía más descompuesta que el día anterior. Lo miró y sus ojos se anegaron de lágrimas.

—¿Y si me regresan? —le susurró a su madre.

—No lo harán. Ahora sí estás a punto de dar a luz.

Adrián vio cómo madre e hija se tomaban de las manos. Algo bueno había ocurrido entre ellas, y eso le alegró. Rogó que él y su padre también lograran hacer las paces. El doctor llamó a Clara por sus apellidos: «Hernández Rodríguez». Clara los contempló a ambos. Ángela la abrazó. Adrián se acercó.

—Ánimo —le susurró al oído.

Cuando Clara desapareció detrás de la puerta, Adrián pidió a Dios que la ayudara. Que todo saliera bien. Que el niño llegara sano y salvo. Luego guió a Ángela a una silla. Les tocaría esperar.

Ángela había traído su tejido. Lo empacó con las cosas de Clara desde el primero de diciembre. No se lo dijo, pero preparó una pequeña maleta para cualquier eventualidad. Una muda de ropa para Clara, otra para el bebé. Compró un lindo atuendo azul, pues era niño. Tejía para calmar sus nervios mientras aguardaban noticias sobre Clara. ¿Daría pronto a luz? ¿Le dirían que esperara más? Su hija no lo soportaría.

Revisó el reloj. Había transcurrido media hora. ¿Qué pasaba con Clara? Una enfermera se asomó por la puerta. ¿El familiar de Clara? Ángela se puso en pie. Le dieron permiso de ingresar a ese lugar de secretos. Observó rápidamente el escritorio donde un médico tecleaba una vieja máquina de escribir. A la derecha dos camas, donde se asomaban, entre maltrechas cortinas, las piernas y los vientres abultados de dos muchachas. La enfermera la condujo a un pasillo a su izquierda. Sobre una camilla estaba Clara. Le habían puesto suero.

—Pronto nacerá. Tengo miedo.

—Lo sé, hija. Pero todo saldrá bien. Dios está contigo.

Los ojos de Clara se humedecieron, su voz quebrada la conmovió. Apretó los dedos de su mano con cariño.

—¿Y si algo sale mal?

—Dios está en control. Dice la Biblia que él llevará en su seno a los corderos, y que apacentará suavemente a las recién paridas. Él cuida de ti, Clara.

Ella fijó su vista en el techo. La enfermera y el camillero se aproximaron. Debían partir con la muchacha. Clara se despidió. Ángela volvió a la sala de espera.

—Adrián, puedes volver a casa. Esto puede tardar horas.

—Me quedaré contigo. Clara o tú pueden necesitar algo.

—¿Y el negocio?

—Sobrevivirá con o sin mí.

Los dos sonrieron ante la broma. Adrián sacó su celular y se entretuvo con algún tipo de juego. Ella se concentró en su tejido.

Le habían informado que cuando Clara diera a luz, llamarían a sus familiares por micrófono. Ángela memorizó los rostros de los otros familiares para así llevar la cuenta del turno de Clara. Arribaron a eso de las diez de la mañana. Las doce del día. Los padres de una chica que ingresó antes que Clara subieron al tercer piso. Ángela aguardó. El esposo de otra muchacha corrió contento cuando oyó su nombre. Los apellidos de Clara no se hacían oír en el aparato de sonido.

—¿Quieres algo de comer? —le preguntó Adrián.

—Unas frituras. Gracias.

Adrián se retiró con las manos en los bolsillos. Ángela observó a la gente que aguardaba noticias sobre sus seres queridos. Gente humilde, de la sierra, de poblados remotos. Gente sin dinero, sin recursos. Sus pies en humildes sandalias. Niños harapientos y sucios. Familias enteras durmiendo en la parte trasera de camionetas, turnándose para vigilar a su ser querido. Ángela tragó saliva.

—¿Aún nada?

Adrián se sentó a su lado y le pasó una bolsa con frituras. La enfermera la contempló con censura. Ambos salieron al patiecito para comer.

—Ya son las dos.

—Lo sé, pero confiemos que todo saldrá bien.

Ya habían nombrado a todas las chicas que compartieron la sala de espera, incluso algunas que arribaron después. ¿Estaría bien Clara? Preguntó a la secretaria. Una que se limaba las uñas.

—No tengo modo de saber, señora. Aguarde.

Ángela trató de no mostrar la angustia que oprimía su pecho. Percibió en Adrián una profunda preocupación y no quería empeorar la situación, pero ella misma no controlaba sus temores. ¿Qué ocurría con su hija? Para distraerse, pensó en su propio parto, años atrás.

En Angangueo se acostumbraba usar partera. La familia de Ignacio contactó a una conocida. La señora Hortensia estaba enfadada con ella. Ni primas ni tías la acompañaron. Ignacio se había ido esa noche, precisamente, a celebrar con sus amigos con un poco de cerveza un evento deportivo. Ambos vivían en casa de la tía de Ángela, pues no pagaban renta. Así que en ese mismo lugar donde creció sola, dio a luz sola. La partera llegó casi al final, cuando el grito de dolor de Ángela rompió el silencio de la noche. Sujetó a la niña y cortó el cordón umbilical. Pero Ángela se encontraba agotada, destrozada, deshecha. Pues en el momento más crítico, cuando creyó que se le iba la vida, gritó un nombre. Pero no el de Ignacio, su marido, sino el de Timoteo, el padre de la niña.

Las lágrimas bañaron las mejillas de Ángela. Trató de ocultarlas. Sintió un dolor en el estómago. No otra vez, le rogó a Dios. No había comido nada, salvo las frituras. Las seis de la tarde. No le interesaba la comida, solo escuchar sobre Clara. ¿Habría muerto? ¡Qué ocurrencia!

—Dios es nuestro amparo y fortaleza. Nuestro pronto auxilio en las tribulaciones —recitó Adrián.

Ella asintió.

—Me da gusto que estés aquí. Gracias.

Él le dio una palmadita en el hombro.

—¿Quieres que oremos?

Ella inclinó la cabeza.

«Señor, protege a Clara. Protege al niño. Y a nosotros danos paciencia».

Seis treinta. Seis cuarenta. Seis cincuenta. El tiempo la torturaba. Apretaba su garganta con tal lentitud que hacía más complicada la espera. Clara, Clara. Evocaba su nariz, sus ojos, su boca. Recordó la carita de esa bebé que llegó a iluminar sus días. Clara heredó tantas cosas de Timoteo. La forma de los ojos, el contorno de los labios, las expresiones de seriedad. También pensaba en Timoteo cada vez que Clara reía. Esa risa contagiosa, bulliciosa, aguda, simulaba a la de Timoteo. Tal vez por eso Ángela prefería el silencio, pues todo eso dolía. Dolía el pecho. Dolía el alma. ¿Por qué Timoteo no regresó por ella? ¿Por qué la engañó? ¿Por qué mintió sobre su amor?

Justo entonces, en el altavoz se escuchó: «Familiares de Clara Hernández Rodríguez».

Ángela y Adrián se levantaron como flechas. Por fin. Por fin.

16

Y dio a luz a su hijo primogénito, y lo envolvió en
pañales, y lo acostó en un pesebre, porque no había
lugar para ellos en el mesón.

—Santa Biblia

Cuando se despidió de Ángela, una parte de Clara se rehusó a
dejarla ir. En las clínicas privadas, la paciente podía ser acompañada por su esposo o su madre. Pero no en el sector salud. A falta
de espacio, debido a la cantidad de mujeres en trabajo de parto, debían
atenderlas solas. Las otras chicas también se habían ido sin acompañan-
tes, por lo que Clara se armó de valor. No se quejaría contra el gobierno.
Más bien agradecía que le prestaran dichos servicios de forma gratuita.

La chica de quince años se llamaba Martina. La de dieciocho, Tania.
Ambas primerizas como Clara, la mayor en edad. El camillero recorría
los pasillos. Clara solo contemplaba las lámparas. Una, dos, tres.
Subieron un elevador. ¿Cuántos pisos? Quizá dos. Se abrieron las puer-
tas y el camillero saludó a una doctora. Que no había camas, le indicó.
Que la colocaran entre dos sobre la camilla.

Clara oyó gritos y gemidos. Martina no cesaba de lamentarse. Una
enfermera la regañó. Que se aguantara, que no chillara. Que no

tardaba en venir el niño. Clara se quedó inmóvil en su sitio. A su lado, una muchacha de tez blanca daba de mamar a su criatura. A su izquierda, otra mujer mayor con una trenza enorme, dormía con su recién nacido. Las dos habían parido, pero no había camas en ginecología para trasladarlas. Clara clavó la vista en el techo. No habían pasado ni diez minutos. El reloj de pared se encontraba justo frente a ella. Entonces Martina lanzó un gemido atroz. Uno de los médicos se acercó y agilizó la situación. ¡El bebé ya venía!

En el salón se hallaban ocho camas, pero debido a la sobresaturación, otras seis mujeres reposaban en las camillas. Al fondo se ubicaban dos salas de parto. Metieron en una a Martina. No alcanzaba a ver, pero escuchaba. Que pujara un poco más. Los gritos desgarradores de Martina la ponían nerviosa. Ella seguía experimentando contracciones, pero no tan agudas, no tan constantes. De pronto, el chillido de un bebé alegró a los doctores. Una niña. Felicitaron a Martina. Tardaron un poco en sacarla. Cuando lo hicieron, la colocaron cerca de Clara. Martina abrazaba a su bebé. Que se lo pegara al pecho, le ordenó una enfermera.

Tania, su otra compañera de dolores, murmuraba y chillaba a unas dos camas. Que le dolía. Que se lo sacaran. Que ya no aguantaba. El médico la revisó. Le faltaba dilatación. Que dejara de gritar pues inquietaba a sus compañeras. El médico revisó a Clara. Le tomó sus datos. Clara inquirió por su situación.

—Aún te falta.

Ella se sacudió del miedo. ¿No le podían realizar una cesárea? Otra mujer dio a luz. Dos más ingresaron en camillas. Los doctores se ponían y quitaban mascarillas y guantes. El pediatra paseaba por allí, acudiendo en cada parto para prestar sus servicios. Las once y media de la mañana. Más niños, más mujeres. Empezaron a trasladar a las recién paridas a la sección de ginecología. Clara se quejaba. Las contracciones arreciaron, la sacudieron, la pusieron mal. Pero se obligó a no gritar. No deseaba ser reprendida por esas enfermeras regañonas.

Llevaron a Martina al primer piso. Clara la contemplaba con celos, con envidia, con esperanza. La una de la tarde. ¡Cómo había pasado el tiempo! ¿Y ella a qué hora? Por lo menos Tania seguía gritando y encolerizando a las enfermeras. Pero en esas horas, más de diez mujeres habían parido, menos Clara. Y el miedo, ese frío miedo calaba sus huesos. Y la soledad, esa terrible soledad la asfixiaba.

Su madre estaría preocupada. ¿Y Adrián? Tres de la tarde. Le pidió al doctor ayuda. Estaba cansada por las contracciones. ¿No podían abrirla? El médico dijo que no. Clara supuso que si no auxiliaban a Tania que no cesaba de maldecir en voz alta, menos a ella que no decía nada. Más niños, más niñas recibidos por esos médicos. Y Clara ahí. Las contracciones aumentaron, ahora sí dolían y la sacudían. El médico sonrió. Ya faltaba menos. Pero los dolores la debilitaron, la marearon, la descompusieron. Tania exigió que la partieran en dos.

Cinco y media. El médico se acercó. La ayudarían. El niño parecía dar patadas y golpear contra su vientre. Pusieron la camilla frente a una lámpara. Una doctora malhumorada colocó sus pies en unas barras.

—Empuja, muchacha.

Clara luchaba con todas sus fuerzas por sacar a ese pequeño.

—¡No estás pujando! —la reprendió de nueva cuenta.

¡Cómo no! El médico la miró con compasión. Le explicó que fingiera que estaba defecando. Clara lo intentó.

—¡No estás cooperando!

¡Cómo no! La doctora no entendía. Ella, más que nadie, quería ver a ese niño fuera de ella, pues la estaba matando con esos dolores. Una enfermera entró y les informó que dos bebés venían en camino. La doctora y el médico se marcharon. Que pujara, le ordenó la doctora de salida. La dejaron ahí sola. Tania aullaba como loca, peor que antes. Pero Clara no soportaba el dolor, y se había quedado sola. ¿Y si el niño llegaba? Empujar. Empujar. Empujar. Una enferma la revisó, luego la regañó. Que pujara. Clara se puso a llorar. No podía más. Los dolores la vencían. La impotencia la embargaba. Ya habían nacido los dos niños. Dieron las seis y media. ¿Por qué tantos relojes? Llevaba minutos ahí sin lograr nada. Escuchó el veneno de la doctora.

—Esa nada más nos estorba. La metimos y no puja, y nos quita espacio.

En ese instante, Clara saboreó la amargura de la completa soledad, ese vacío que siempre había estado ahí, pero que se había ido acrecentando desde que se marchó a la universidad y que explotó cuando Mauricio le dijo que no se haría responsable de la criatura. Se vio a sí misma en un hoyo negro, como el que le explicaron en el planetario. Ese vacío se la tragaba, se la comía, la secuestraba. Clara jamás había experimentado tan profunda decepción. Deseaba la muerte, más que nunca. Las contracciones no cesaban. Nadie la ayudaba. El niño moriría.

Entonces Clara pensó en Dios. Adrián le había dicho que lo hiciera. Su madre lo mostró con el ejemplo. Pero ¿la aceptaría Dios? Ángela no estaba con ella, tampoco Adrián, pero Dios sí. Jesús era la única cuerda que impediría que cayera en ese hoyo negro. Pero ¿cómo presentarse delante de él si había roto todos sus mandamientos? En ella hubo mentira, enojo, fornicación. Engañó a su madre durante meses. Se embarazó sin estar casada. ¡Y había deseado la muerte de su hijo!

Le faltó la respiración, el dolor la cegó. Las lágrimas fluyeron. Elevó un grito atroz. ¡El vacío! ¡Caía en el precipicio! Y de su garganta, de su estómago, de sus intestinos, de aquello más interno, clamó:

«¡Dios mío! ¡Ayúdame!»

La doctora volvió corriendo. Le tomó el pulso. Colocó un aparato sobre su vientre para medir la frecuencia cardíaca del bebé. Con un alarido informó que debían abrirla de inmediato. Una enfermera le informó que el quirófano estaba ocupado. Que pidiera otro. Las enfermeras se agilizaron. Vendaron sus pies. La cosieron de allá abajo. Le vistieron con una bata limpia. Cubrieron su cabello. Clara no resistía el dolor. La habían cosido. El niño parecía volverse loco al no encontrar por dónde escapar. Clara se consumía.

«Señor, yo no importo. Pero salva al niño» oraba en su interior. «Perdóname, Jesús, perdóname. Tú eres Dios, el único. Sálvame. Salva a mi hijo».

El camillero la trasladó casi corriendo. Los médicos la acompañaban. Al salir de la sala de parto, Clara observó a Tania abrazando a su bebé. Una niña. ¿Qué hora era? Que le avisaran a su madre. Pero no salió palabra de su boca. Bajaron por una rampa. Entró a quirófano. Un médico la puso de lado. Que se pusiera floja. Que no hiciera fuerza. Le insertaron una aguja en la espalda. Ella no se opuso. No luchó. No le quedaban fuerzas. Solo sintió esa aguijoneada del niño luchando en su vientre.

—¡Ayúdenlo a salir! ¡Sáquenlo de ahí! ¡Mátenme a mí pero sálvenlo a él!

«Dios mío», repetía y repetía en su mente. No sabía qué más decir. No sabía cómo orar. Que salvara al niño. Su cuerpo se durmió. Carecía de sensación en las manos y en los brazos. Cubrieron su cuello de modo que no veía lo que le hacían. Extendieron sus brazos como en una cruz. La cruz de Cristo. El lugar donde pagó el precio por los pecados de ella. Tantos pecados. Tanta maldad. Y ahora ella acudía a él. Y él la recibía con los brazos extendidos.

La luz del quirófano la embelesó. Una estrella. Una estrella como la que había en casa de Adrián. Una estrella como la de la leyenda. Clara había encontrado su estrella, y no era Adrián.

Ella lloraba. Malhumorada, la doctora exigía sus instrumentos. Si la abrieron, no se enteró. No sintió nada debido a la anestesia. ¿Qué hacían? ¿Por qué no escuchaba el llanto de su bebé? ¿Cuánto tiempo había transcurrido?

«Ayuda a mi niño, Señor».

¿A quién le oraba? A Jesús. Porque desde que había clamado en su nombre, el vacío se redujo un poco. Se halló sostenida por una presencia. Ajena a las enfermas y a los médicos, ajena a sí misma. Una presencia. Una persona. Un compañero. Pero ¿por qué no lloraba el bebé? Sus labios parchados suplicaron compasión. Y entonces oyó un chillidito, tan diminuto, tan suave, que se perdió entre las voces de los médicos que ordenaron que la cosieran. El pediatra murmuró algo en el área donde se acostaba a los bebés para revisar sus signos.

«Mi bebé...»

Clara sollozó.

La enfermera le murmuró algo al médico. El pediatra negó con la cabeza, pero luego se encogió de hombros. La enfermera envolvió al chico. Y entonces acercó la carita del niño a Clara. Ella se obligó a memorizar sus facciones. Había oído de casos en que los niños eran confundidos y entregados a los padres equivocados. Una carita blanca. Ojitos cerrados. Naricita respingada. Labios en una media sonrisa. Cachetes infladitos. Su hijo. Su niño. Timoteo. La enferma lo aproximó, Clara le dio un beso en la frente. Se lo llevaron. Ella, antes de desconectarse del mundo, susurró:

—Gracias. Muchas gracias.

Y no se dirigía a la doctora malhumorada ni a las enfermeras. Se lo decía a Dios.

Clara reaccionó minutos después. Movieron su camilla a un cuarto al fondo. La ubicaron entre otros dos que habían sido operados. La sala se percibía fría. Clara tembló debajo de las vendas y la bata que apenas y la cubría. Sintió los labios parchados. No podía mover las piernas. La pesadez la pegó a la camilla. Se preguntaba por su hijo. ¿A dónde lo llevaron? Seguramente lo pondrían en alguna camita mientras ella llegaba. Entonces lo abrazaría y le daría pecho, como hizo Martina con su crío.

El hombre a la derecha gimió. Lo habían operado. Se le veía mal. La enfermera pasó para revisar sus signos vitales. Cambió el suero de Clara. Ella quería hablar y preguntar, pero su lengua no respondía. Se encontraba demasiado cansada. Dormir y dormir. No se le antojaba nada más. Pero la angustia por avisar a su madre y a Adrián que todo había salido bien la mantenía alerta. Había hablado con Dios. Lo recordaba. ¿Continuaría él dispuesto a conversar?

El hoyo negro no se había esfumado del todo. Aún la merodeaba. Bastaba cerrar los ojos para ver sus fauces abiertas dispuestas a devorarla. Pero se percibía más lejano que antes. Un sin fin de preguntas zumbaron a su alrededor. ¿Dónde viviría con su hijo? ¿A qué se dedicaría? ¿Cómo lo mantendría? Pero se forzó a mantener los pensamientos fijos en Jesús.

«Gracias», le volvió a decir.

¿En qué momento supo Clara que el bebé se llamaría Timoteo? ¿Cuando le dio el beso? ¿Cuando se enteró de quién era su verdadero padre? Las mariposas. Cómo le gustó ese momento en el bosque. Una mariposa y una estrella. Tal vez una estrella imposible de alcanzar, pero un niño había nacido. Una nueva mariposa poblaba el bosque. El Creador se alegraba de su vuelo. Clara estaba segura.

La enfermera regresó para revisarla. Llamó a Ginecología. Le prepararían una cama. Un camillero arribó. Las ruedas rechinaron. Clara había dado a luz y seguía viva. Sus pesadillas no se habían hecho realidad. El bebé no era un monstruo. Ella aún respiraba. Había terminado la odisea. El agotamiento la mantenía en un estado de semi conciencia, pero las palabras de su madre la alentaban. Solo Dios llenaba ese profundo vacío.

El vacío. El profundo vacío. Su madre lo dijo. Nadie llenaba ese vacío, solo Dios. Ni siquiera un hombre podía hacerlo.

Mientras recorrían el pasillo, una voz la trajo de vuelta. ¡Adrián! Él caminaba a su lado, aunque el camillero lo miraba con cejas fruncidas.

—¿Quién le ha dado permiso de estar aquí? —el camillero preguntó y se detuvo.

—La señorita.

Adrián apuntó a una doctora que asintió levemente.

—Solo tiene un minuto —le advirtió el camillero y se apartó un poco.

—Conozco a la doctora por medio de mi padre. Hemos pasado un buen rato en este hospital. Tengo mis contactos —le dijo con complicidad a Clara—. ¿Estás bien?

—Sí, creo que sí. ¿Y mi madre?

—Te está esperando en Ginecología donde preparan tu cama. Se quedará contigo esta noche.

Clara sonrió. Qué bien le hacía ver a Adrián. Qué guapo era. Un corte de cabello no le vendría mal, pero qué ojos tan expresivos, qué sonrisa tan sincera, qué brazos tan fuertes.

—Gracias por todo. Timoteo y yo te lo agradecemos.

—¿Timoteo? Bonito nombre.

—Gracias por estar aquí.

—Para eso somos los amigos.

Aún cuando él no le había contado sobre sus planes de ir al extranjero, Clara no se detuvo a pensar en eso.

—Me da gusto que el bebé naciera. Debió ser una experiencia complicada.

—Más de lo que imaginé. Me siento tan cansada.

—Todo saldrá bien. Dios nos ayudará a salir de esto.

Él apretó su mano y el camillero se acercó.

—Me la debo llevar. Con permiso.

Guió a Clara por un laberinto de pasillos. Ella ya no pudo despedirse, pero Adrián agitó la mano con ternura. Clara se encontraba confundida. ¿A qué se había referido Adrián? No sonaba confiado, como si lo peor hubiera sucedido, sino todo lo contrario. Una enfermera le indicó al camillero el número dos. Él atravesó una puerta y la colocó junto a una cama. Ángela saludó a su hija. Clara se serenó. Qué bien le hacía ver a su madre. La enfermera entró y a la cuenta de tres pusieron a Clara en la cama. Clara ya recuperaba la sensación en las piernas, pero aún se hallaba mareada.

La enfermera revisó sus signos vitales y anotó todo en una carpeta. En una hora regresaría para aplicarle el medicamento. Le habían mandado antibiótico y otras cosas. La habían operado. Necesitaba descansar. La enfermera y el camillero se marcharon. Ángela apagó la luz de la habitación, pero aún veían debido a la luz del pasillo. A Clara le tranquilizó la semioscuridad. Cerca se escuchaban otras voces. Ángela apuntó a una cortina que las separaba de otra cama, donde una muchacha estaba con su bebé y su tía. Clara reconoció la voz. Se trataba de Tania. Ella arrullaba a su bebé y platicaba con la otra mujer.

—¿Cuándo traerán a mi bebé? —indagó Clara.

Ángela la contempló con preocupación.

—¿No te lo han dicho?

El vacío se abrió de nueva cuenta. El hoyo negro se agrandó.

—¿Qué pasa con mi bebé?

—Hija, tu niño está en Neonatología. Allí lo atienden.

—¿Lo viste?

—No dejaron pasar a nadie. Políticas del hospital.

—¿Qué pasó? —preguntó Clara con el alma desfalleciendo.

—No estamos seguros. Solo nos dijeron que sufrió al nacer y necesita ayuda para respirar.

—Pues vayan y pregunten... —dijo, sollozando.

—Hasta mañana dan informes. Pero está en buenas manos, pequeña. Adrián ha dicho que se quedará aquí toda la noche por si necesitan algo los doctores para comunicarse contigo.

Clara tragó saliva. El hoyo negro la ahogaba. Aún no terminaba la pesadilla. Escuchó a Tania reír con su pequeño que lloraba y dormía a su lado. Para su fortuna, una vez que la enfermera le inyectó el medicamento, se rindió ante el cansancio y no supo más de sí.

Adrián llamó a su padre y le avisó que se quedaría en el hospital. Su padre no saltó de gusto, pero tampoco se opuso. Adrián conversó con uno de los vigilantes sobre cómo funcionaba el hospital de noche. Se solicitaba que un pariente se quedara vigilando solo en caso de crisis. A Adrián no se le indicó eso, pero por tratarse de la primera noche, lo consideró necesario.

Las mujeres podían permanecer en el pabellón, pero los hombres dormían afuera. Adrián agradeció la información y un hombre de sombrero le convidó un tamal y un poco de atole.

—Soy Juan.

—Adrián.

—¿Tienes a tu hijo aquí?

—Su madre dio a luz esta tarde —dijo, para no mentir.

Juan asintió. Lo llevó a un área del hospital, fuera del edificio, protegido por un techo. Ahí los varones tendían cartones y sarapes para dormir.

—¿Y si me necesitan?

—Te lo harán saber por el altavoz.

Los dos se tumbaron sobre un pedazo de cartón. Juan se amarró un sarape alrededor del cuerpo. Un hombre de la sierra, moreno y con pies curtidos por la intemperie. Después de un rato, le pasó un trozo de tela, un especie de rebozo.

—Es de mi mujer, pero te ayudará.

Adrián dio las gracias. Entonces Juan le compartió su historia. Toñito, su sexto hijo, había nacido bien, en la clínica del pueblo. Pero debido al frío enfermó de los pulmones. Lo trajeron de emergencia al hospital y esperaban que el medicamento surtiera efecto. Le aplicaban nebulizaciones para limpiar sus pulmones.

—¿Y dónde queda tu pueblo?

—A cuatro horas. Por eso mi esposa y yo nos quedamos aquí. Dormimos, comemos, vivimos y rezamos en este hospital. No conocemos a nadie por el rumbo. Ya sabes, ni familia ni amigos. Tenemos otros cinco hijos, pero esos se quedan con mis familiares bien atendidos. Y a tu niño, ¿qué le pasó?

Adrián tragó saliva:

—Sufrió al nacer. Parece que le faltó el aire.

—Eso pasa a muchos por aquí. Me han contado muchas historias los otros padres. Como los doctores no atienden bien a las mujeres y las dejan ahí como animales; los pobres niños nacen mal.

Adrián se inquietó. Tal vez debió insistir que Clara asistiera a un hospital privado. Su padre pudo haber cooperado con los gastos. Pero ya no había más qué hacer. Juan cerró los ojos; Adrián se cubrió lo mejor que pudo con el sarape. Debería estar en casa, bajo sus cobijas, protegido del viento y lejos de problemas tristes como los de Juan. Pero algo lo ataba a Clara. No conseguía olvidar sus ojos, su miedo, su sonrisa. Pensó en el bebé. Un ser inocente y pequeño, un varón. Timoteo. Qué bello nombre. ¿Qué significaría?

Adrián entonces descubrió un hueco debajo de una escalera. Eso le ayudaría a no tiritar. Se ocultó debajo de ese hueco y pensó en la historia de la Navidad ya que en la lejanía se percibían unos villancicos. Se acordó de José, un hombre bueno que no deseaba avergonzar a su prometida en público; por lo tanto, optó por romper el compromiso en secreto. Mientras consideraba dicha posibilidad, un ángel se le apareció. Le dijo que no tuviera miedo. Dios estaba con él. Todo estaba bajo su control. Y José se convirtió en el padre adoptivo de Jesús.

Padres adoptivos. Se acordó de su tía Beatriz. Una madre adoptiva maravillosa; la mejor. Le obsequió lo que Elvira le había dado de modo natural: amor incondicional. El sueño lo venció unos momentos, hasta que por la mañana, con sus ruidos característicos de voces entre los hombres, lo despertó. Sacó dinero y le invitó unos tamales a Juan. Era su turno de compartir. Luego los dos se escabulleron a un baño para lavarse. Cuando subieron, Débora, la esposa de Juan, los saludó con una sonrisa. No habían llamado a ningún familiar. Cero urgencias esa noche.

Otros padres ya aguardaban noticias, así que se sentaron en la sala de espera. A las nueve en punto, el doctor daba el reporte. Pero pasaron diez minutos antes que la puerta se abriera y los familiares formaran una fila. Adrián ocupó su lugar detrás de Juan. Juan pasó primero. El doctor, desde la puerta doble que llevaba a la sección de máxima seguridad, examinó una carpeta. Juan asintió con una sonrisa. Le habían dado buenas noticias. Turno de Adrián. Se colocó frente al médico. ¿Nombre? Hernández Rodríguez. ¿Era el padre? Adrián mencionó que era un familiar.

—El bebé sufrió asfixia perinatal. Le faltó oxígeno al nacer. Estamos revisándolo, pero por ahora trae tubos para ayudarlo. Podrá verlo, pero solo a través del cristal.

Adrián asintió. El dolor semejaba a una víbora alrededor de su tórax. Lento, muy lento subía como un elevador un grito de dolor a su garganta. Pero no salió por su boca, sino que permaneció dentro, peor que una indigestión. Adrián se sujetó la cabeza. Juan le dio una palmada.

—Así empezamos todos, pero las medicinas le ayudarán.

Una enfermera indicó otra puerta. Los padres se volvieron a formar. Juan le explicó que los que tenían permiso podían entrar y cargar a sus hijos. Los demás se conformaban con observarlos por el cristal. Adrián avanzó como un zombi. Cruzó un pasillo y giró a la izquierda. La primera sección mostraba cinco incubadoras. Las madres, vestidas con batas y gorros, daban de comer a sus hijos. La segunda sección formaba un semicírculo. Ahí estaban las incubadoras de los bebés más enfermitos.

Adrián desde el vidrio revisaba cada cartel que indicaba los apellidos de la madre de cada crío. Una pequeñita con síndrome de Down, prematura. Un niño de seis meses, arrugadito como una rata. Un niño con gigantismo. Una niña baja en peso. Un bebito casi azul por lo prematuro de su llegada. A la mitad se congeló. Hernández Rodríguez. Midió cincuenta centímetros. Pesó tres kilos cien gramos. Adrián pegó su rostro al cristal. Timoteo dormía plácidamente. Tubos en su nariz y garganta, rodeando su cuerpecito frágil y delgado. Blanco, casi amarillo. Sus ojitos cerrados. Unos labiecitos en una media sonrisa. Poquito cabello, a comparación de otros. Bonito, precioso. Adrián agradeció estar solo pues unas lágrimas que no esperaba surcaron por sus mejillas. Timoteo. Timoteo. Timoteo.

¿Así habría sentido José el carpintero al mirar a Jesús, un hijo que no era suyo, pero que prometía tanto? ¿Podría Adrián llegar a ser el padre adoptivo de Timoteo? ¿Sería un mejor padre que su padre biológico, a quien desconocía?

Adrián se sobó las sienes. Comenzaba a delirar. La falta de sueño lo había perturbado. Adrián no amaba a Clara de modo romántico. Eran amigos. Solamente amigos. Pero Timoteo le inspiró algo más. Ternura. Compasión. ¿Amor? Colocó sus dedos en el cristal y susurró su nombre. El chiquito se movió un poco. ¿Lo habría escuchado? La visita concluyó. Adrián se despidió del bebé. Adrián se retiró, pero una parte de él se había quedado para siempre del otro lado del vidrio.

Ángela no había dormido bien por cuidar de Clara. Su hija cayó rendida, pero Ángela estuvo pendiente de cada movimiento. A las cinco de la mañana, la enfermera en turno pasó para aplicar sus medicinas. Clara despertó. Cuando la enfermera se marchó, Clara buscó la mano de su madre.

—¿Dormiste bien?

—Sí. ¿Me puedes repetir esa parte que habla de los corderos en la Biblia?

Ángela sacó su Biblia y la recorrió hasta Isaías. Dios llevaría en sus brazos a los corderos; los mantendría cerca de su corazón. A las recién paridas, las guiaría con delicadeza. Clara volvió a dormitar.

A las seis, Ángela bajó al primer piso. Clara se había quedado durmiendo. Se amarró bien la chamarra y compró un tamal con un vaso caliente de atole. Los comió en la entrada, con la esperanza de ver a Adrián, pero él no apareció por ningún lado. Cruzó la avenida y compró lo que la enfermera le había encargado. Pañales de adulto para Clara, pañales para el bebé. Los precios se le figuraron baratos. Aún así, revisaría si en la tienda de seguridad social le rebajaban unos pesos. Regresó al hospital. Al mostrar su pase, el guardia la dejó entrar.

La enfermera recibió el encargo. A las ocho, Clara despertó con hambre. La enfermera ayudó a Ángela a cambiar a su hija de posición y de ropa. Les indicó que podían bañarse, pero no habían traído ropa ni toalla. Ángela apuntó en una libreta lo que necesitaban. Llamaría más tarde a Jimena o a Rocío para ver si podían traerles lo necesario.

El desayuno lo sirvieron hasta las diez. Clara sujetó la charola, pero solo logró comer un poco. Ángela la compadeció. La comida lucía tétrica. Debido a la hora, Ángela la dejó sola unos minutos. Dos edificios se unían mediante un pasillo. Ángela atravesó dos puntos de revisión para ingresar a Neonatología. Apuntó en la libreta su nombre y su parentesco con Timoteo: abuela. Un tremor recorrió su espalda. ¡Abuela!

No podía ver al niño. El padre había entrado, y solo se permitía una visita al día. Ángela arrugó la frente. ¿El padre? ¡Adrián! Por tratarse de él no se enfadó, sino que más bien lo aguardó en una silla de plástico frente al elevador. Adrián salió con expresión distraída. Tardó en reconocer a Ángela cuando ella se acercó y tocó su codo.

—¡Adrián! ¿Lo has visto?

—Sí. Es hermoso. Los doctores han dicho que debemos esperar. Trae tubos para respirar. Pero hay otros bebés más delicados.

Ángela se preguntó si lo dijo para tranquilizarla.

—Por la tarde habrá otra visita. Si Clara lo desea, puedes venir. Incluso entrar. Me han dicho que es importante que el bebé escuche voces y sienta el tacto, principalmente de los padres.

Ella asintió. Si tan solo existiera un padre para esa criatura. Pero tenía una abuela que vería por él hasta el final de sus días.

—Gracias, Adrián. Has actuado como un verdadero amigo. Se nota que Dios está contigo.

—Voy a casa para ver a mi padre. ¿Necesitas algo?

—Rocío irá a la casa por algunas cosas. Ten las llaves para que pueda abrir. Aquí está una lista.

Le entregó un papel arrugado.

—Hablé con mi padre. Enviará a Jesusa esta noche para que se quede con Clara.

Ella arrugó la frente.

—Debes descansar, Ángela.

No lo contradijo. Se encontraba cansada, no solo en lo físico, sino en su estado anímico también.

Regresó con Clara y le dio la noticia. Clara se emocionó. Vería a su hijo. Después de la comida, Ángela la ayudó a incorporarse y dieron unos pequeños pasos. Clara se esforzó. Su emoción la dominaba. Ángela admiró a su hija. Una luchadora. Seguramente su nieto también heredaría esa tenacidad. Y todo saldría bien. Eso rogaba a Dios.

Hora de visitas. Tania, del otro lado de la cortina, recibió a su novio, un muchacho de unos dieciocho años, igual de escandaloso que ella. Rieron y abrazaron al bebé. En unas horas la darían de alta y se irían a casa. Clara no soñaba con su casa aún. De hecho, no quería marcharse mientras su hijo no lo hiciera con ella.

Jesusa había venido. Ángela y ella platicaban en el pasillo. Clara observó el reloj. Adrián no tardaba en llegar. Clara tocó el vidrio para que su madre regresara. Ángela la auxilió para ponerse en pie. Clara se dio cuenta de las condiciones en las que estaba. No se había bañado, pues como no tenía su ropa lista, y se había acabado la hora de usar las regaderas, se le impidió ese lujo. Su madre la lavó con agua tibia lo mejor que pudo, pero no era lo mismo. Clara traía esa horrible bata que se abría por todos lados y dejaba ver sus piernas y su espalda. Se la amarró de otra forma para cubrirse mejor. Por lo menos ocultaría la herida de la cesárea. Usaba pañal y traía una venda que abarcaba todo su torso. Qué horror. Para colmo, su cabello era un desastre, al igual que su rostro. Nadie había pensado en traerle maquillaje o un nuevo pasador. Se recogió el cabello y se lavó los dientes.

Se armó de valor y caminó con un dolor terrible, rumbo a la puerta donde Adrián aguardaba. Cada paso resultó un martirio, como si la herida se le abriera de nuevo. Guardó silencio. Si se quejaba, ¿qué tal si la recluían en cama nuevamente? ¡Debía ver a su hijo!

Giró hacia la izquierda. Una puerta de cristal. Adrián ahí. Tan apuesto, tan agradable. Adrián avanzó en su dirección de inmediato y la ayudó a caminar. Atravesaron el pasillo hasta el escritorio del vigilante, quien les pidió escribir su nombre y firma para ingresar al área protegida. Ángela se marchó. Iría a tomar un café con Jesusa. Solo se permitían dos personas por niño en el pabellón.

Otros padres aguardaban la hora de entrada. Adrián se encaminó a una pareja, de más de treinta y cinco años según calculó Clara; una pareja de condición humilde, dado su ropa y su acento.

—Ella es Clara. Clara, Juan y Débora. Unos amigos.

Ella apretó las manos de ambos. No se encontraba dispuesta a socializar, pero Débora se sentía consternada por Timoteo.

—Verás que mejorará. Los niños son luchadores por naturaleza.

—Dios no nos dejará —repitió Juan.

Adrián apretó el brazo de Clara con cariño.

—Ella lo sabe. Dios la ama, más que nadie en el mundo.

Clara se tragó las lágrimas. De repente, se le antojaba que esas palabras se las dirigiera Adrián a ella, pero la puerta se abrió y todos se incorporaron. La enfermera indicó que se lavaran las manos y se formaran.

Adrián le explicó cómo funcionaba el pabellón. Un familiar, padre o madre solamente, podían entrar a los cuneros y acariciar o hablar con el bebé. Otros familiares, o el padre o madre que se quedara fuera, podía observar al bebé desde un pasillo, con un vidrio de por medio.

—El médico indicó que los bebés que escuchan una voz familiar o reciben el toque físico de sus padres presentan una mejoría más notable. ¿Quieres entrar?

—Aún me duele la herida. Apenas y puedo caminar. No podría cargarlo; además, me siento débil.

Pero al meditar que el niño no recibiría a nadie, que estaría solo, provocó un mar de lágrimas. Adrián la sujetó de la mano, como aquella vez frente a las mariposas. Entonces Clara lo supo.

—Entra tú, Adrián.

—Pero no soy el padre.

—Pediré un permiso especial con la vigilante, incluso con el médico.

Clara se acercó a la encargada. Adrián se sonrojó. Clara explicó brevemente la situación, y la vigilante, bajó la voz:

—¿El bebé tiene padre?

Clara negó con la cabeza.

—Entonces está bien. Pero él debe traer una bata especial, un gorro y un cubre boca.

—Los venden allá afuera.

Adrián se emocionó. Corrió abajo por sus implementos. Clara se quedó en pie; si se sentaba, creía no poder levantarse otra vez. El cansancio la recorría de pies a cabeza. La herida le punzaba. Pero no cedería. En un santiamén Adrián se hallaba a su lado. Ya no había nadie en la sala. Todos habían ingresado con sus bebés.

Adrián se lavó las manos y se colocó su traje espacial. Así se le figuró a Clara esa tela delgada y azul. Él indicó por dónde debía recorrer el pasillo. Él iría por dentro. Se despidieron. Clara se apoyó en la pared. Paso a paso. Poco a poco. Algunos padres estaban pegados al vidrio observando lo que ocurría dentro. Adrián le había dicho que su hijo estaba por el medio. Entonces contempló el letrero con sus apellidos. Timoteo.

Se pegó al cristal. Adrián aún no llegaba. Los ojos se le inundaron de lágrimas. Timoteo. Blanquito, lleno de tubos ¡y con un antifaz sobre sus ojos! ¿Qué ocurría? ¿Por qué le habían cubierto los ojos? Un foco le daba calor. ¡Como un pollito! Pero era su niño, su hijito, su pequeño. Sus dedos temblaron ante la impotencia de no poder tocarlo. Su corazón se achicó y se volcó en la culpa. Por su ineptitud en el parto, su bebé sufrió. Se debatió con la muerte por causa de ella. Las lágrimas fluyeron, pero las reprimió cuando Adrián, del otro lado del vidrio, se plantó frente a la incubadora de Timoteo.

La enfermera le dijo a Adrián que aún no podía cargarlo, pero que lo tocara con el dedo y le hablara en voz baja. Adrián miró a Clara. Ella lo animó con la mirada. Adrián colocó su índice sobre el bracito. Lo recorrió lentamente. Siguió por su vientre, sus piernitas, su carita. Le susurró. ¿Qué tanto le diría? Parecía cantarle. ¿Qué le cantaba? Clara se contrajo. Su interior semejaba una gelatina. Su hijo. Allí. Por su culpa. Su cuerpo se agotó. Tocó el vidrio. Le informó a Adrián que iría a sentarse. Se deslizó a la salida. Se tumbó sobre una silla. Sintió la sangre abandonando su cuerpo.

Adrián no tardó mucho. La tomó del brazo y la condujo de regreso al ala de Ginecología.

—¿Qué opinas de Timoteo?

—Es hermoso. Pero soy su madre.

—Clara, hay algo que debo decirte...

Ella se tensó. Adivinó que no se trataba de una declaración de amor.

—Pero habrá tiempo después. Debes descansar.

Se pararon en el acceso a Ginecología. Debían despedirse. Clara entonces decidió no quedarse con la duda.

—¿Qué le cantabas, Adrián?

—Una canción navideña. Una oración.

—¿La conozco?

—Es nueva.

—¿Tú la compusiste? Me gustaría escucharla.

—Recién salgas del hospital.

Ángela se acercó. A Clara se le doblaban las rodillas del esfuerzo. Deseaba dormir. Su madre la colocó en la cama, luego regresó para despedir a Adrián.

Clara se quedó sola y contempló el techo. Tania se había marchado. En un momento traerían otra compañera de habitación. Una con su crío. Pero su hijo continuaba lejos de ella. Entonces su corazón se partió en dos y lloró a Dios:

«Cuida de mi corderito, Señor. Te lo ruego».

17

En el corazón de todo hombre existe un vacío que tiene la forma de Dios. Este vacío no puede ser llenado por ninguna cosa creada. Él puede ser llenado únicamente por Dios, hecho conocido mediante Cristo Jesús.

—Blaise Pascal

Don Rubén aguardaba a Adrián. Jesusa se había ido a pasar la noche con Clara para que Ángela descansara, por lo que se encontraba solo. Contemplaba la ciudad desde su ventana. Qué linda lucía la iglesia iluminada. Qué paz se percibía en la noche. Pero don Rubén se encontraba inquieto. El niño de Clara estaba en incubadora. No era buena señal. Cuando Adrián nació, acudieron a un hospital privado. Elvira andaba en sus treinta y cinco años. No quisieron correr riesgos. Aún así, don Rubén se preocupó.

Debía admitir que le inquietaba más el bienestar de su mujer que el del niño, pero no conocía a Adrián. Además, él no había pedido un heredero. Cierto que le dejaría la fábrica de esferas, pero temía que le robara la atención de su mujer. Lo que a final de cuentas, en su opinión, ocurrió.

Pero ¿acaso no exageraba? Las madres, por naturaleza, se daban de lleno a sus críos. Bastaba observar a Ángela, a su cuñada Efigenia. Las mujeres poseían esa habilidad de sacrificio que don Rubén admiraba. Se cubrió la boca y regresó a su sillón. Una especie de resfriado lo atacaba. No había querido decir nada. ¿Para qué? Jesusa se pondría toda histérica y lo llenaría de tés y de infusiones que sabían mal. Adrián buscaría al médico, y don Rubén no quería incomodar. Observó su brazo, aún hinchado. Su boca andaba ulcerada. Padecía una tos que comenzaba a molestar. El frío, seguramente, la había propiciado. Pero prefería guardar silencio sobre sus tragedias personales. Un niño estaba en peligro. Solo eso contaba.

¿Qué sentiría Clara en esos momentos? Una niña criando a un niño. Pero no era tan joven. Tenía veinte años. Edad en que Elvira y él comenzaban su aventura juntos en Tlalpujahua, recién llegados de Chicago. Sacó los papeles que guardaba en un sobre. Allí guardaba todo su futuro. Los pedidos internacionales para el año siguiente. También incluía allí su testamento. Lo observaba con detenimiento. Todo se lo dejaría a Adrián. ¿Pero él lo querría?

Se tumbó en el sillón. Qué cansancio. No había dormido bien. La enfermedad no perdonaba. Las desgracias tampoco. ¿De qué le servía a Adrián su religión? Querría decir tantas cosas. Creer en Dios era perder el tiempo; implicaba no enfrentar la realidad como hombre, con la cara firme. Don Rubén consideraba que la fe era para mujeres, a las que les gustaba protegerse en una iglesia, besar santos y figuras, aferrarse a algo.

¿Pero un hombre? Uno debía luchar por sus convicciones. Hallar el camino correcto. ¿Y Elvira? Ella no se había ocultado en la fe. Al contrario, su fe la había empujado a ayudar a otros, a cuidar de su hijo, a ver por don Rubén. Unos pasos lo alteraron. Ocultó el sobre con los documentos y esperó. Era Adrián. Venía con un rostro abatido.

—¿Sigue mal el niño?

—Aún trae respirador.

—La vida es dura, ¿verdad, muchacho?

—Así lo dijo Jesús. En el mundo habrá aflicción, la diferencia es que él está con nosotros.

Don Rubén lanzó una risita. Adrián lo contempló con asombro.

—Vamos, Adrián. No estamos para discutir de religión, pero si así lo quieres, adelante. Yo prefiero pensar que Dios no existe. De lo contrario, es muy injusto. ¿Por qué permitir que unos mueran y otros vivan? ¿Por qué castigar a las buenas personas?

Adrián miró por la ventana. Sus ojos se nublaron.

—Los problemas son consecuencia de nuestras malas decisiones.

—Dios no existe, Adrián. La religión es el opio del pueblo.

—Solo repites frases hechas. Dime tus razones para no creer. Sé sincero conmigo, papá.

Se imaginó que estaban en un ring. Cada uno en su esquina, pero con los guantes puestos, a punto de pelear. Si eso era lo que su hijo deseaba, así sería. Quizá le ayudaría a olvidar su pena.

—¿Mis razones?

—¿Qué dice tu conciencia? ¿No será que te conviene pensar que no hay Dios? De lo contrario, entiendes que debes rendir cuentas.

—Yo no tengo por qué darle cuentas a nadie.

Adrián se tronó los dedos.

—Me duele, aquí en lo profundo, reconocer que te equivocas. Supongamos que no hay Dios, entonces, cuando te hundas en la nada eterna, no habrá qué temer. Pero si hay un Dios, él te exigirá una respuesta de por qué lo has rechazado. No me gustaría estar en tu lugar.

Don Rubén refunfuñó.

—Está bien. Basta. Dime, ¿ya tienes tus boletos de avión?

—Aún no. Vicky no ha llamado.

Sacó su celular y revisó llamadas perdidas. Ninguna.

—No te duermas o perderás esta oportunidad. Y no quiero que luego te arrepientas. Digo, está bien que te preocupes por Clara y su hijo, pero piensa en ti mismo.

Adrián asintió. Don Rubén le dio las buenas noches y se dirigió a su cuarto. Antes de cerrar la puerta, miró a Adrián quien contemplaba el vacío.

Jesusa mascaba chicle. Clara decidió no quejarse, aunque el dolor le impedía dormir. A diferencia de la noche anterior, sus emociones la torturaban. Su cuerpo, a pesar del cansancio, cedía a la preocupación. Su hijito en una incubadora. Su hijito repleto de tubos. La culpa la consumía. Si no hubiera deseado su muerte, quizá Dios lo protegería.

En la cama contigua había llegado una nueva inquilina. Otra adolescente. Catorce años. Primer hijo. El padre no figuraba en la conversación. La cuidaba su madrastra. Clara escuchaba las conversaciones. Trató de armar la vida de esa chica. Pero ella no lucía frustrada. Continuaría la secundaria. Su madrastra cuidaría del niño. No parecía una gran tragedia que no hubiera boda de por medio, ni que el niño careciera de padre.

Pero Clara creía lo contrario. Ella había crecido sin padre. Su padre despareció una Navidad muchos años atrás. Pero Clara necesitó un padre. Al ir estudiando psicología, los primeros semestres, descubrió la importancia de los padres en el desarrollo sano de un niño. Quizá la ausencia de su padre provocó en ella tantas inseguridades.

Clara sintió ganas de llorar. ¿Y qué de su hijito? ¿Le daría el mismo regalo? Jesusa fue al baño. Por ahí conseguiría algo de comer pues tenía hambre. Clara le sugirió bajar al primer piso. Ahí había una tienda. Podía adquirir cacahuates o algo que no llamara la atención ya que estaba prohibido para los familiares comer dentro de la sección de ginecología.

Clara volvió a sus pensamientos. ¿Qué regalo le podía dar a su hijo? ¿Entregarlo a Vicky? ¿Y cómo lo educaría ella? Le daría un padre, ciertamente. Pero Clara era la responsable de ese niño. Clara no tenía excusa para darlo en adopción. Quizá otras madres no hallaban salida. Recordó una mujer en la ciudad que, enferma terminal, no lograba hacerse cargo del crío. Otras mujeres estarían solas en el mundo o viviendo en extrema pobreza, ¿pero Clara? Al igual que su madre, ella podía trabajar y sacarlo adelante. Entre las dos se turnarían para cuidarlo.

Las enfermeras encendieron el radio. Por la noche rompían las reglas y escuchaban música en alto volumen. Habían elegido una estación con villancicos. Clara repasó la historia de la Navidad a través de ellos. Una pareja joven. Un bebé. Un establo. Unos pastores. Unos reyes. ¿Qué regalo dieron al recién nacido? Oro, incienso, mirra. Visitas. Pero quizá, esa noche, el mejor regalo lo entregó Dios mismo. Le obsequió a Jesús lo que millones de niños alrededor del mundo ansiaban en ese instante: unos padres. Una madre que se dedicó a cuidarlo. Que comprendió que su misión más sagrada era criar a ese pequeño. Y un padre. Un padre que trabajó para proveer sustento y abrigo. Aún más, un padre que le enseñó su oficio. Para hacerlo, debió pasar tiempo con él. Muchas horas en el taller, rodeados de herramientas y aserrín.

Cuántas madres en esa misma ala del hospital privarían a sus hijos de ese regalo, algunas por necesidad, otras por apatía. Muchas, como ella, saldrían a trabajar. No serían las madres presentes que sus hijos requerían. Los criarían las abuelitas, las tías, las guarderías. Muchos padres no figuraban en la ecuación. Otros se marcharían y abandonarían a sus criaturas, como había hecho el padre de Memo.

Tal vez esos niños recibirían muchas cajas para desenvolver en la futura Nochebuena. Juguetes y más juguetes. Juegos de video, artículos de alto precio. Pero en el fondo, todos se quedarían vacíos, como Clara, cada Navidad. Con muñecas nuevas y Barbies modernas, pero sin un padre. Con ropa fina, pero sin una madre con todo el tiempo del mundo para jugar, soñar, leer.

Clara lo había decidido. No daría su hijo a Vicky. Ella era la responsable de esa criatura. Jesusa regresó con cientos de quejas. Que no había encontrado la tienda a su gusto, y que continuaba con hambre. Jesusa era una mujer sencilla que no había hecho su propia vida. Se había dedicado a servir a don Rubén y a doña Elvira. ¿Sería feliz?

La enfermera arribó con su medicamento. Clara dormitó un poco. Al día siguiente, necesitaba ver a su bebé. Mientras la enfermera le inyectaba el antibiótico, Clara le preguntó cuáles eran sus posibilidades de ser dada de alta. La enfermera le guiñó el ojo. Si se ponía a caminar, quizá al otro día la dejarían ir a casa.

De madrugada, cuando Clara despertó, le pidió a Jesusa dar un paseo. Aprovecharon que casi todo el mundo dormía y dio los pasos suficientes como para atravesar todo el pasillo. La enfermera la observó en silencio. Clara le rogó a Dios salir de allí. Debía recuperar sus fuerzas para ayudar a su hijo.

Don Rubén abrió los ojos. Cinco de la mañana. ¿Qué hacía Adrián tocando a esa inhumana hora? Aunque le agradó la melodía. ¿De qué pieza sería? Al parecer la estaba componiendo, pues se detenía, luego reanudaba la canción. Su hijo el compositor. Ya no le causaba tanta rabia el pensamiento, quizá porque Adrián se iría a Europa. Si lo habían aceptado en Austria, debía ser bueno en eso de la música. De lo contrario, ¿para qué becarlo?

Adrián continuó así dos horas más. A las siete, dejó de tocar y se metió a bañar. Don Rubén se vistió, pero no salió de inmediato. Aguardó a que Adrián desayunara y fuera al taller. No apetecía otra confrontación como la del día anterior.

Sin Jesusa, el desayuno no se encontraba servido en la mesa. Don Rubén puso a calentar agua, y vio que Adrián había dejado un plato con cereal listo. Le enterneció el gesto. Por curiosidad se encaminó al piano. Unas hojas pautadas descansaban sobre él. Se titulaba «A Timoteo». Más abajo, con la letra de su hijo, se leía: Timoteo, significado, «aquel que siente amor o adoración a Dios». Bonito nombre, se dijo don Rubén.

Pero una punzada atravesó su vientre, y no se debía a la gripa. Un escalofrío recorrió su cuerpo. ¿Y si Adrián se conmovía de esa criatura sin padre? Elvira lo profetizó años atrás, pero don Rubén no lo compartió con nadie. Cierta tarde, encontraron a Adrián tocando y a Clara escuchando desde el sillón. Elvira le susurró: «Esos dos terminarán enamorados».

Pero no. Don Rubén no lo podía permitir. Y no porque despreciara a Clara. Todo lo contrario. La muchacha era inteligente y trabajadora, como su madre. Ángela había hecho un buen trabajo. Más bien, ansiaba que Adrián viajara a Europa. Sonaba como algo importante y trascendental que podría ser truncado por un romanticismo juvenil.

Una hora después, don Rubén tomó su bastón y su sombrero. Sin avisar a nadie, se encaminó unas cuadras abajo para visitar la agencia de viajes que atendía Virginia Aguilar. Vicky, como todos le decían, le sonrió y lo hizo pasar a su oficina. A don Rubén se le figuró todo muy profesional.

—¿En qué le puedo servir, don Rubén?

—Vengo a ver lo de los boletos de mi hijo.

—He buscado por todos lados, pero no bajan de precio.

Don Rubén arrugó las cejas. Adrián le había dicho que más bien no encontraba asientos disponibles. ¿Acaso se debía al dinero? Don Rubén podía pagar, pero el muchacho insistía en usar sus ahorros. Seguramente no le alcanzaba.

—¿En cuánto sale el viaje que mi hijo necesita?

Vicky mencionó la cantidad. Don Rubén aclaró su garganta. En definitiva, era más de lo que esperaba, pero quizá si pagaba las cosas se suavizarían con Adrián. De ese modo le haría saber que le agradaba su música, que estaba orgulloso de él.

—Cómprelos, yo pago.

—Pero...

—Adrián mismo me pidió que viniera a liquidar la cuenta. No pudo acudir el mismo porque ya nació el hijo de su amiga Clara y la visita en el hospital.

Los ojos de Vicky se abrieron de par en par.

—¿Ya nació? Nadie me avisó...

¿Y qué esperaba la mujer? ¿Que la noticia se publicara en primera plana? Se trataba de un nacimiento más. Dudaba que Vicky y Clara tuvieran una relación cercana como en el caso de Rocío a quien Jimena corrió con la noticia.

—¿Entonces todo en orden? —preguntó don Rubén y le pasó su tarjeta de crédito.

—Sí, don Rubén. Mañana mismo le entrego los boletos en su casa.

Don Rubén volvió a casa con satisfacción. Adrián se alegraría.

Ángela despertó temprano. Había dormido como cinco horas, suficientes para sobrevivir. Hubiera deseado más, pero había debatido con pensamientos sobre Clara y su primer nieto. Esa mañana vería a Timoteo, por primera vez. Mientras se bañaba y el agua tibia mojaba su cuerpo, pidió a Dios que tuviera compasión de su familia. Reconocía que había hecho muchas cosas mal, pero necesitaba una segunda oportunidad. O quizá se trataba de la tercera, la cuarta, la quinta. Tantas veces había fallado. ¿Podría Dios perdonarla?

Se abrigó bien pues el clima había enfriado. Revisó la maleta que había preparado con ropa para Clara y el bebé. Suplicaba que dieran de alta a Clara por la tarde. No existía razón para retenerla. Ella debía convalecer en casa, pues no estaba enferma, solo recién operada. Una vez que todo quedó en orden bajó para buscar un taxi. Le había dicho a Adrián que velara por el negocio y por su padre. Que los acompañara hasta más tarde, después de su ensayo. Adrián había accedido.

Ángela meditó en las escaleras. Clara no podía subir y bajar a cada instante. En eso, llegó Emiliano.

—La llevo al hospital, Ángela.

¿Pero en qué? Emiliano apuntó a la calle. Don Rubén le había prestado la camioneta. Ángela se conmovió ante la bondad de esos compañeros de trabajo que en cierto modo se habían vuelto su familia, su única familia. Se trepó al asiento delantero. Emiliano no arrancó de inmediato.

—He estado pensando en Clara —comentó con pausas—. Mi vecina dice que cuando tienen cesárea, no deben subir y bajar escaleras. Yo tengo una casa pequeña, pero con dos habitaciones. En una hay una cama grande y otra pequeña. Si usted gusta, ofrezco que se queden ahí. La llevaré para que la revise.

Ángela no había dicho que sí, pero guardó silencio. En verdad le hacía bien el ofrecimiento. Emiliano no vivía tan lejos como imaginaba. De hecho, jamás había indagado por su vivienda o sus arreglos. Se trataba de una casa pequeña, de un piso. Carecía de muchos muebles, pero lucía limpia y amplia. Ángela revisó la habitación. Sábanas limpias, edredones calientes. La cocina se encontraba cerca. El baño también. De hecho, todo estaba en perfectas condiciones. Emiliano le mostró el calentador. Agua caliente todo el día. Una cocina equipada. Emiliano se cocinaba.

Ángela lo miró de reojo. ¿Acaso no recibía visitas en tan hermosa casa? Divisó un juguete en la mesa de centro. Emiliano se sonrojó.

—Pertenece a uno de los niños. A veces cuido a los hijos de mis vecinas.

Otra sorpresa. Un niñero. Ángela miró su reloj. Emiliano comprendió. En el hospital, la depositó en la puerta. Prepararía todo para la noche. Ángela se lo agradeció. Emiliano aguardaría a Jesusa en la planta baja. Ángela mostró su pase y subió por el elevador. Jesusa le informó que Clara había descansado unas cuantas horas. Ángela le dio las gracias, y entró para ver a su hija.

Clara lucía mal. Pálida y demacrada, pero con una fuerza extraña. Aún cuando temía por Timoteo, en ella se percibía una seguridad nueva.

—¿Quieres bañarte? Traje lo necesario.

Clara se emocionó. Le caería bien un baño. Ángela la ayudó rumbo a las regaderas. Le quitó la venda y analizó la cicatriz que no permitiría que su hija usara bikini en una eternidad, pero no lo comentó. Clara echó a correr el agua. Ángela le rogó que no se hiciera la mártir.

—Sujétate del barandal. Para eso está.

Silencio. El sonido del agua la serenó.

—¿Está caliente?

—Sí.

—¿Cómo dormiste?

—Bien. ¿Sabes? No te lo he dicho, pero el día que Timoteo nació, me acerqué a Dios. Le pedí que no me dejara. Me siento bien.

Los ojos de Ángela se humedecieron. ¡Un milagro! Algo que Ángela había anhelado se había materializado en el secreto de la agonía de su hija. Clara le contó los pormenores. Sus miedos, el vacío, el hoyo negro. Su oración, la presencia de Dios, el consuelo de cada frase de la Biblia que venía a sus oídos.

Ángela se conmovió. Clara dejó de hablar y se dedicó a secarse. Se acordó de las muchas veces que bañó a su hijita de bebé. Siempre cuidándola de no resbalar, de no caer, de no tragar agua. Sostenía el cuerpecito húmedo con miedo. Clara chapoteaba, Ángela la vigilaba. La vistió con exceso de ropa durante su niñez. No deseaba que se enfermera, y aún así las fiebres la visitaron. Precisamente por tanta preocupación, Clara fue delicada de salud. Clara no evadió las gripes ni las diarreas. Lloró cuando le salieron los dientes y cuando se raspó las rodillas. Pero Ángela persistió en protegerla.

En Tlalpujahua, le compró lo necesario para no pasar vergüenzas. Gastó sumas increíbles en sus útiles escolares. Nadie se burlaría de su hija. No llegaría a la escuela con zapatos viejos ni con lápices sin punta. Ángela se esmeró y se endeudó. Aceptó los dos turnos en la tienda de don Rubén para ahorrar. Clara requería una enciclopedia, luego una máquina de escribir. Después fue la computadora.

Clara le pidió una toalla. Ángela la auxilió para vestirse. No había podido evitar el trago más amargo de todos para su hija. Un embarazo no deseado. Un hijo sin padre. Por más que lo había procurado, Clara había cometido errores. La había visto sangrar por fuera, pero sabía que lo hacía también por dentro. ¿Y cómo evitarle más dolor? Imposible.

—Mamá, apúrate. Debes ir por el informe de Timoteo.

—¿No quieres ir a verlo?

—Mejor por la tarde. Aún estoy débil.

—Clara, solo quiero decirte que me has hecho muy feliz con lo que me has contado. La vida es dura, pero con Jesús en el corazón, todo vale la pena.

Ella le sonrió, pero la hora se aproximaba, así que Ángela se apuró y la dejó en cama.

Las noticias no eran buenas. Timoteo estaba bajo el tratamiento de la fototerapia. Aún no respiraba por sí mismo. Su ritmo cardíaco era irregular. El doctor le recordó que solo podía verlo por el cristal. Ángela se conformó. No necesitaba más.

Ángela atravesó el pasillo y encontró los apellidos de su hija. Se recargó contra el vidrio y miró al pequeño pedacito de cielo que Dios había enviado al mundo. Lloró sin reparo. Todo era su culpa, se repetía.

Sus pecados la habían alcanzado. Si hubiera sido mejor madre, si hubiera dicho la verdad...

No había podido proteger a Clara. Ella había tenido que probar sus propias lágrimas y experimentar sus propias alegrías. Tampoco lograría encerrar a Timoteo en una burbuja protectora. En ese instante, unos tubos lo rodeaban. Sus pequeñas piernitas se enredaban con ellos. Agujas, medicina. Tan temprano en la vida y el pequeño ya luchaba contra la muerte. Pero rogó en ese instante que Timoteo conociera pronto a Jesús. Que no esperara una tragedia, como en el caso de Clara, para buscar a Dios. Ya que con él de parte de uno, a pesar de los padecimientos, uno hallaba fortaleza, consuelo, amor.

Mucho amor. Pues aunque Ángela no lo creyera posible, amaba a Timoteo, tanto como a Clara. Igual que a Clara. ¿Era posible tener tanto espacio en el corazón para estar dispuesta en dar su vida por ellos en caso necesario? Se respondió afirmativamente. Jesús había tenido suficiente amor para dar su vida por ella, por Clara, por Adrián, por Timoteo, por Emiliano, por don Rubén, por Jesusa, por la madre de Memo, por Memo...

18

No soy ningún ángel, pero he extendido
mis alas un poco.

—Mae West

Clara se preparó para ir a ver a Timoteo. Ángela se hallaba ocupada, firmando papeles y presentando algunos comprobantes para que Clara fuera dada de alta al finalizar la visita. Adrián llegó en punto de las cinco para acompañarla a la sección de neonatología.

—¿Cómo estuvo el ensayo?

—Bien, aunque Memo sigue distraído. Le ha afectado mucho la ausencia de su padre.

—A todos nos duele.

—Por cierto, Clara, he querido preguntarte... No sé ni cómo decirlo. Fui a ver lo de los boletos de avión con Vicky, y ella me dijo que le darás a tu hijo.

Clara tuvo que sujetarse de la pared. Se hallaba perdida. ¿Qué opinaría Adrián de ella? Una madre inhumana. La peor persona del universo. Adrián la guió a una silla. No había mucha gente alrededor. Clara se talló los ojos.

—En un momento lo contemplé como una posibilidad —aceptó muy a su pesar.

Pero la verdad era lo mejor.

—Pensé que si daba a Timoteo, podría estudiar, seguir adelante.

—Pero, Clara, aún puedes estudiar. Existen muchas posibilidades hoy día. Quizá no sea en la universidad más prestigiosa de México, pero hay cursos en línea o sabatinos.

—Lo sé —susurró ella con el bochorno en sus mejillas—. Hace días decidí no hacerlo. Y ahora que he visto a Timoteo, nadie me separará de él. Es solo que...

—¿Qué pasa, Clara?

Él le había dicho que eran amigos. Jamás había sugerido nada romántico, por lo que ella podía confiar en él. Adrián no la engañaría. No la lastimaría. Esos roces de mano también se daban en la amistad. ¿O se equivocaba?

—A veces creo que he perdido toda posibilidad de encontrar un padre para Timoteo.

Un padre. No mencionó una pareja para ella, sino un padre para su hijo. ¿Cobardía? ¿Inseguridad?

—Dios proveerá, Clara. Hoy lo único que importa es que Timoteo recupere la salud, que tú te repongas y que...

—Tú vueles a Austria.

Los dos guardaron silencio. Adrián no le devolvió la mirada, pero ella no insistió.

—Solo quería decirte, que he encontrado mi estrella.

Él comprendió de inmediato.

—No sabes cuánto me alegra.

La vigilante les indicó que la hora de visitas comenzaría. Los padres hicieron fila. Clara se alegraba de traer ropa normal, y no esa bata horrible. Ya no volvería a esa cama de hospital, lo que la alegraba. Pero ¿dejar a Timoteo?

Adrián la condujo hasta el cuartito que daba acceso a los cuneros.

Clara se lavó las manos y se colocó las ropas azules que la hacían parecer un astronauta o un químico.

—¿Verás por el cristal?

Adrián negó con la cabeza. Clara requería de privacidad. Ella se internó en el laberinto de pasillos que la depositó en la zona resguardada por enfermeras y doctores las veinticuatro horas del día. Allí se ubicaban cerca de doce incubadoras, con niños en condiciones diferentes. Clara obedeció la orientación de Adrián. Entonces se plantó frente a su hijo. Timoteo dormía.

Sus ojitos cerrados la conmovieron. Aún traía puesta una sonda y otros sensores que medían su frecuencia cardiaca, pero le habían removido el respirador. De repente, Timoteo giraba o sacudía la cabeza y los sensores se alteraban. Clara tembló. ¿Le estaba dando una convulsión? La enfermera la tranquilizó. Le mostró en la pantalla los parámetros normales. Cuando algo fallara, el chillido de la alarma lo anunciaría a los cuatro vientos. ¿Cómo podía descansar su hijo con tanto bip-bip-bip?

—Anime al pequeño. Ya está respirando solo. Necesita escucharla para que salga adelante —le indicó la joven enfermera.

—¿Conocerá él mi voz?

—La ha escuchado durante nueve meses, señora.

Clara tragó saliva. Con su índice rozó el bracito de su hijo. Pobrecito. Había sufrido para salir de ella. Por su culpa, él estaba allí. Intentó pedir perdón, pero las palabras no surgieron. La enfermera la miró de soslayo con cierta insistencia. Clara pidió una silla. Se sentía un poco mareada. La enfermera la colocó cerca de Timoteo.

Clara acercó sus labios al oído de Timoteo.

—Hola, chiquito. Soy yo. Mamá.

Cuánto le había gustado decir esas palabras. Timoteo arrugó la naricita. Sus labiecitos parecieron esbozar una sonrisa. Eso la impulsó a seguir.

—Te amo, Timoteo. He cometido muchas torpezas, pero te aseguro que te amo. Nada nos separará, pequeño. Nada. Ni nadie.

Y así transcurrió la hora, entre susurros y cancioncitas, promesas y caricias.

Adrián conversaba con Juan mientras esperaba a Clara.

—¿Y cómo va Toñito?

—Mal. Mi Toñito no quiere comer. Mi esposa se lo pega al pecho, pero nada. Luego le pone la sonda y le inyecta la fórmula, pero él se queda dormido. Mientras no coma, no sale. Eso ha dicho el doctor.

Adrián lo lamentó. Observó las manos rugosas del padre. Trabajaba talando árboles y cortando leña. También sembraba un poco, pero le había ido mal en el campo.

—¿Y no extrañas a tus otros hijos?

—Sí, pues, pero ¿qué se le va hacer?

—Debe ser duro estar lejos de casa.

—Se nos acaba el dinero, pero ahí vamos. Lo malo que no nos hemos bañado en dos días. Íbamos a un refugio aquí cerca, pero ayer y antier lo cerraron. Quién sabe por qué. Ni nos avisaron.

—¿Y qué comen?

—Lo que podemos. A veces vienen unas personas que reparten comida, pero se acaba rápido. Si no llega uno a tiempo, nos tocan puras migajas.

Adrián miró al frente. Él había desayunado cereal con frutas. Luego comió carne con arroz. No detectaba amargura en la voz de Juan. Comentaba todo con la simplicidad de un día de campo. No se quejaba, sencillamente, decía la verdad.

—Debo ir al vidrio, o mi mujer se altera que no esté presente. Si quieres, ven para saludar a Toñito.

La zona de bajo riesgo se ubicaba antes que el área de incubadoras.

Débora, la esposa de Juan, cargaba a Toñito. Lo sostenía contra su pecho, pero él no respondía. No comía. No despertaba. Débora observaba a Juan con desesperación. La mujer se veía más cansada que Juan. Seguramente también pensaba en sus otros hijos. Además, aún debía recuperarse del parto. Era una mujer fuerte, de la sierra. Pero con el corazón tierno de cualquier madre que se derrite por su cría.

—A veces siento que Dios nos ha dejado solos —susurró Juan al contemplar la triste escena.

—¿Crees en Dios?

—Como todos.

Adrián lo encaró con simpatía:

—¿Y en Jesús?

Juan se encogió de hombros:

—Dios, Jesús, San José, María, ¿qué más da?

Adrián meneó la cabeza.

—Importa mucho, Juan. A Dios le importas. Él comprende tu dolor, pues un día, su hijo, también estaba así, desamparado, dolido, lastimado, enfermo. ¿Y sabes por qué? Porque cargó en la cruz las maldades de todos nosotros.

—Sí, lo sé —comentó Juan con profundidad—. Me han dicho que Dios es el Dios de los pobres, más que de los ricos.

—No, Juan. Dios es el Dios de todos los que sufrimos. Y los ricos también sufren.

—Sí, así pasa.

Juan se apartó. No mostró gran interés en continuar la conversación, así que Adrián no insistió. Aún así, repasó los hechos. Juan y Débora sin bañarse dos días. Durmiendo sobre el piso. Comiendo aquí y allá. Y en su casa abundaba el agua, la comida, los colchones. Qué contradicción.

Clara dormía en la cama que Emiliano le había preparado. Se había quedado profundamente dormida desde que puso la cabeza sobre la almohada. Ángela le dio sus medicamentos y la vendó. Emiliano ayudó trayendo algo de comida. Ahora los dos se encontraban en el comedor de la casita, bebiendo un poco de café. En unos minutos, ambos se marcharían a descansar. Solo repasaban cuestiones del negocio. Pero Ángela no quería hablar de esferas y adornos navideños. No esa noche.

—Adrián es un buen chico.

—Y Clara también

Ángela asintió:

—Lástima que sus padres no seamos los mejores.

—Clara me contó que se ha divorciado de su marido.

Ella torció la boca:

—Ignacio quiere hacer su vida por allá. Yo le fallé al no darle hijos. Clara no es su hija.

Emiliano asintió como si comprendiera. Pero nadie lo hacía. En ocasiones, Ángela solo deseaba enterarse del por qué Timoteo la había abandonado. La razón ya no la heriría. Cualquier escenario le parecería aceptable. Solo deseaba conocer la verdad. Si tenía otra esposa, ella comprendería. Si había tenido miedo del compromiso, ella no lo juzgaría. Si se había topado con el amor de su juventud y la prefirió, ella lo perdonaría. Tristemente, tal vez nunca sabría.

Se puso a lavar los trastes. Escuchó voces. Alguien cantaba, y no las tonadas de las posadas, sino villancicos tradicionales que hablaban de Jesús. Aún sin instrumentos, las voces sonaban sinceras. ¿Quiénes serían? Abrió la ventana. Se oían cerca. Emiliano habló detrás de ella.

—A dos casas de aquí se reúnen cada martes y jueves, luego los domingos. Estudian la Biblia y oran.

—¿Has ido?

—Me han invitado, pero...

Ángela adivinó. Emiliano era tímido.

—Me gustaría ir.

Emiliano aceptó ir con ella, pero ¿y Clara? Optaron porque Emiliano la vigilara, mientras Ángela acudía a ese lugar. La puerta del zaguán estaba abierta. Atravesó un patio y luego descorrió una cortina. Techo de lámina, paredes macizas, filas de sillas de plástico, ocupadas en su mayoría. Un hombre de edad mediana abría la Biblia. Ángela ocupó una silla vacía en la última hilera. Una mujer le compartió su Biblia.

El hombre habló de cosas hermosas que consolaron su alma, pero sobre todo mencionó un pasaje bíblico que la confortó. Decía que una vez en la mano de Dios, nadie podría arrebatar a sus ovejas de ahí. Al finalizar, el hombre al frente preguntó si alguien traía un motivo por el que pedir ayuda a Dios. Ángela titubeó pero algo poderoso la hizo levantar la mano.

El hombre preguntó su nombre, luego ella habló.

—Mi nieto Timoteo tuvo problemas al nacer. Está hospitalizado.

Otro hombre cerró los ojos y elevó una oración a Dios. Pidió por Timoteo como si le conociera, y Ángela reprimió las lágrimas. Cuánta razón había tenido Adrián al insistirle en buscar un grupo para estudiar la Biblia. ¡Por fin lo había encontrado! A la salida le pidieron sus datos. Varias personas se acercaron a saludarla. Ángela se sintió como en casa.

—Papá, ellos son Juan y Débora.

Don Rubén se quedó sin habla. Frente a él se encontraba una pareja de personas humildes, directos de la sierra. Él con pantalón deslavado, una camisa sin planchar y unos huaraches. Ella con su falda larga autóctona y un rebozo alrededor. ¿Qué hacían allí? Adrián le explicó que dormirían esa noche en casa. Su bebé estaba en el hospital, igual que el de Clara. Adrián hablaba y buscaba toallas. Jesusa juntaba jabón, shampoo, un camisón de Elvira, unos pantalones de Adrián.

La pareja no se movía. Se había sentado en el sofá, pero apenas y pestañeaban. La mujer admiraba cada adorno con la boca abierta.

—Aquí sí parece Navidad —anunció a final de cuentas—. Mira, Juan, cuánto adornito. Esferas, nacimiento, tanta cosita. Qué bonito. ¿Lo arregló su señora? —preguntó, dirigiéndose a don Rubén.

Él asintió. ¿Sabrían que «su señora» había muerto? Adrián regresó. Les explicó cómo usar el baño, pero la expresión confundida de ambos lo forzó a llevarlos al lugar para mostrarles con el ejemplo.

Don Rubén escuchó la conversación. Débora decidió probar primero. Juan regresó y ocupó el mismo lugar. Don Rubén, para no portarse con descortesía, lo interrogó.

—¿Y a qué te dedicas?

—Al campo. A la madera.

—¿Les va bien?

—No mucho.

Adrián volvió con una taza de café que Juan sorbió despacio. Don Rubén se dirigió a su hijo.

—Ya tengo tus boletos.

Él arrugó las cejas. De pronto pareció comprender.

—Pero... están muy caros.

—Pues ya los compré. Los dejé sobre tu tocador. Ahora debes empacar.

—Sí, pero Clara...

—Te vas hasta enero. Aún falta tiempo.

Don Rubén refunfuñó en sus adentros. Primero Adrián quería convertir su casa en hotel. Peor aún, en beneficencia. Segundo, ni siquiera fingió un gracias.

Débora terminó su baño y se cambió en la recámara de Adrián. Juan se metió al baño. Don Rubén, a punto de reclamarle a Adrián, lo vio partir. Él se refugió en la cocina donde auxilió a Jesusa con la cena. ¡Cobarde! Juan terminó y acompañó a su esposa en la habitación para secarse. Don Rubén prestó atención a su conversación.

—El agua sale bien caliente, Juan. No hay que esperar mucho.

—Mira, vieja, la cama tiene hartos sarapes. Esta noche no pasamos frío.

—Gracias a Dios que manda sus ángeles.

¿Ángeles? ¿Qué sabían ellos de ángeles? En primer lugar, no existían. Segundo, Adrián no era ningún ángel. Si al paso que iba, lo llevaría a la tumba. Adrián y Jesusa prepararon la mesa como si ya fuera Nochebuena. Mantel, vajilla, velas. Ese par ni siquiera sabía utilizar los cubiertos. Ni que fueran los reyes de Inglaterra o el presidente municipal y su esposa. Es más, ni por ellos se molestaría tanto don Rubén.

Juan y Débora lucían mejor después de la ducha. Felicitaron a la cocinera en repetidas ocasiones, de modo que Jesusa se infló como pavo real. ¿Ahora cómo quitarle la idea de encima? Cierto que las enchiladas figuraban entre sus especialidades, pero no era para tanto. El doctor le había prohibido el picante, y como Jesusa seguía al pie de la letra sus instrucciones, don Rubén solo probó un poco de caldo.

—Y por cierto, ¿de dónde son? —preguntó Jesusa—. Se me hace conocido su apellido.

Juan y Débora mencionaron el nombre de su comunidad. Don Rubén tragó saliva.

—Y ese como piano, ¿usted lo toca? —Juan encaró a don Rubén.

Ni era «como piano», ni lo tocaba él, sino Adrián. Él propuso deleitarlos con unas melodías. Los dos aplaudieron después de cada pieza. Adrián introducía la sonata de Beethoven, el minueto de Mozart. Luego les compartió dos de sus creaciones, la dedicada a su madre y una oración navideña. Don Rubén no lo soportó. En cuanto empezaron las primeras notas de la canción dedicada a Elvira, se marchó a su habitación.

Se encerró con seguro. Por desconfiado y por alterado. Apagó la luz y se ocultó debajo de las cobijas. Se frotó las manos. Su piel semejaba papel higiénico. Trató de dormir, pero los recuerdos no se lo permitieron. El nombre de la comunidad de esa pareja había desmoronado su compostura. La música de fondo terminó por descomponerlo. Elvira. Elvira. Elvira.

Sucedió una mañana de septiembre. Ella se preparaba para subir a la sierra, a la comunidad de Juan y Débora, para repartir despensas. Involucrada en obras caritativas, le correspondía dejar lo que habían juntado el grupo de damas de sociedad. Le pidió a don Rubén que la acompañara. Les haría bien un tiempo juntos. Incluso podrían pedir el día para Adrián. Que no fuera a la escuela. Los tres necesitaban distraerse.

Don Rubén se negó. ¿Faltar a la escuela? Impensable. ¿Dejar el negocio? El suicidio. Elvira aceptó su derrota como de costumbre, con gracia y sensibilidad. Esa mañana todo ocurrió como de costumbre. Don Rubén sintió cuando ella se paró al baño. Se bañó y se vistió. Salió a la cocina con Jesusa para organizar el desayuno. Don Rubén contó hasta veinte antes de la ducha. Se vistió con toda calma, aunque el aroma del café y unos huevos fritos le abrieron el apetito.

En la cocina, Adrián comía su cereal con fastidio. Jesusa le recriminaba su mal apetito. Don Rubén comió en silencio, revisando el periódico del día. Nada interesante.

Elvira llevó a Adrián a la escuela. Lo dejó en la puerta y volvió. Se terminó de peinar, en tanto don Rubén bajaba a su oficina. Una Ángela joven lo saludó. Él se concentró en las cuentas pendientes por pagar. Elvira entró a la oficina para despedirse. Traía un suéter rojo. Jamás lo olvidaría. Lucía hermosa.

—Entonces me voy.

—Que te vaya bien. ¿Quién dices que conduce?

Sus ojos continuaban pegados en los estados de cuenta del banco.

—La esposa de Víctor.

—Está bien.

Ella se acercó. Él alzó el rostro y ella le plantó un beso en la frente. Él ni siquiera la volvió a mirar. Cuatro horas después, recibió una llamada. Un oficial de policía. Un accidente en la carretera. Las señoras en el hospital. Don Rubén corrió a Urgencias con el corazón en la garganta. Ángela recordó ir por Adrián, de lo contrario, el niño se habría quedado en la escuela.

Cuando don Rubén arribó, lo adivinó enseguida. La esposa de Víctor había sobrevivido; la esposa de Uziel también. Elvira perdió la vida. El camión de carga pegó justo del lado donde ella iba. Todo se tornó oscuro. Los días siguientes caminó por inercia. Los arreglos funerarios. El llanto de Adrián. Vino la hermana de Elvira desde Morelia. Mucha gente presentó sus condolencias. Don Rubén creía verla en cada suéter rojo de la concurrencia. Elvira se había ido. Ya nada tenía sentido, mucho menos la Navidad.

Don Rubén contempló el techo de su recámara. No se despidió como debía. No le devolvió el beso. No apreció a su mujer hasta que ésta se marchó.

Y cuánto la extrañaba. Cuánto la lloraba. Por ella deseaba morir. Ir a su lado. Sin embargo, la noche que murió, en esa misma cama, don Rubén creyó escuchar su voz y las palabras claras y sonantes: «Cuida de Adrián».

Qué mal trabajo había hecho. Nuevamente le había fallado. Pero es que él no sabía cómo hacerlo. Nunca lo supo. Quizá nunca lo sabría.

19

Suenen dulces himnos gratos al Señor
y óiganse en concierto universal.

—W. O. CUSHING, «SUENEN DULCES HIMNOS»

Adrián había prometido que no se le haría tarde, pero todo había salido mal esa mañana. Despertó de madrugada y llevó a Juan y a Débora al hospital. Ella debía dar de comer a Toñito a partir de las siete y detestaba no estar a tiempo. Regresó más tarde de lo previsto por una colisión de autos que detuvo el tráfico. Para colmo, su padre le encargó una medicina que Adrián fue a comprar. Jesusa lo obligó a desayunar. El agua caliente tardó en salir. No encontró el pantalón que deseaba usar. Así que bajó las escaleras rumbo a la camioneta con los minutos encima.

Entonces, a punto de salir por la puerta trasera, su celular repiqueteó.

—¿Adrián?

—¡Tía Beatriz!

—No me has llamado. Ayer hablé a tu casa y me contestó Jesusa. ¿Qué es eso de que te vas a Europa?

Adrián le narró en pocas palabras lo de la beca.

—¿En serio? ¡Qué maravilla! Debemos hablar. Mira, tu tío tiene unos negocios por allá y quizá pasemos a Tlalpujahua uno de estos días. Yo te busco.

—Es que...

La comunicación se cortó. Pero Adrián no trató de regresar la llamada. Percibió las manecillas del reloj de pared y su estómago se contrajo. Clara lo mataría. Peor aún, Clara se pondría enferma por su culpa.

Se trepó a la camioneta. Se estacionó frente a la casa de Emiliano en doble fila. Clara ya lo aguardaba con lágrimas en los ojos. Él le pidió perdón más de diez veces. O eso se le figuró. Ángela venía detrás, con un bolso y el ceño fruncido. Adrián quería que la tierra se abriera y lo tragara.

—Debemos ir a casa, la mía. Sin tu acta de nacimiento, no podremos asegurar al bebé, y se acaba el plazo mañana mismo.

—Pero ya es tarde...

—Lo siento, hija. Te pedí desde el principio que metieras todos los documentos en un fólder. Adrián, ¿nos podrías llevar?

—Sí, señora.

Arribarían tarde al hospital. Adrián condujo, pero cuando Clara se quejó en el primer bache, bajó la velocidad. Clara apretó los puños. ¿De dolor? ¿De frustración? Adrián se estacionó frente a casa de Ángela. Ella descendió del vehículo y subió a su departamento. Adrián se preguntó si Clara consideraría impropio conversar en ese instante. Supuso que sí. Aún así, le agradaría desahogar lo que traía atorado dentro. Tantas preguntas. Tantas situaciones. Su padre enfermo. Su tía Beatriz planeando una visita. Don Rubén y doña Beatriz no eran los mejores amigos. Juan y Débora en la casa. Su pobreza extrema. Timoteo en incubadora. A punto de hablar, algo peor agrió el día.

Clara sentía punzadas en el vientre. El dolor de la herida aún molestaba. En ciertas posiciones se le figuraba imposible moverse. Por ejemplo,

al despertar, requería que Ángela le ayudara o de lo contrario no hallaba una posición cómoda para levantarse. Deseaba explicar a Adrián
que a ello se debía su mutismo, su cansancio, su nerviosismo. Aunque
el agotamiento de la operación funcionaba como sedante, no lograba
olvidar que su hijito estaba en un hospital, ajeno al cariño que ella le
prodigaría de tenerlo en brazos. Por culpa de Clara, Timoteo sufría.
¿Cómo dormir tranquila con eso en mente?

Su madre tardaba más de lo previsto. Quizá no hallaba los papeles.
Miró el reloj en el tablero de la camioneta. ¿Arribarían a tiempo?

En eso, alguien golpeó el cristal junto a ella. Clara se alteró. ¡Vicky!
¿Debía bajar el vidrio o abrir la puerta? Optó por la segunda opción.
Adrián ya se había plantado a su lado. ¿A qué hora bajó del vehículo? La
ayudó a sostenerse, pues Clara no consideró propio permanecer en el
auto. Lo que resultó un error.

Vicky la miró con sorpresa.

—Entonces es cierto. ¡Ya tuviste al niño! Te he estado buscando por
todas partes. Rocío me dijo que habías dado a luz. Que si ella no te ha
visitado es porque vas al hospital para verlo. ¿Está bien? ¿Qué le ocurrió? Fui esta mañana pero no me dejaron pasar. Solo familiares o los
que porten el pase.

Vicky sonaba alterada, aún más, había levantado la voz. Para colmo, Ángela apareció en ese instante con una carpeta en la mano.

—Puedo traer al notario hoy mismo. O dame el pase para ir a ver al
niño. De todos modos, si será mío, conviene que escuche mi voz.

Ángela palideció.

—¿De qué hablan? ¿Clara?

Vicky no lucía como la mujer de negocios serena y compuesta, firme y exitosa. Sus ojos revelaban cierta locura. No se le ocurría otra
palabra para describir su expresión. Además, no traía sus ropas de
marca, al grito de la moda, sino unos pantalones de mezclilla comunes
y un suéter grueso de lana.

—¿No se lo has contado a tu madre? Clara y yo tenemos un trato —se dirigió a Ángela—. Ella me dará al niño. Yo lo adoptaré.

—¿A Timoteo? ¡Por amor del cielo! ¿De qué hablan?

Clara se mordió el labio. Su corazón latía a mil por hora. Lo único que la sostenía se resumía en la presencia de Adrián a su lado.

—Mamá, yo... estaba confundida. Pensé que sería una buena opción.

—¿Regalar a tu hijo? ¡Qué locura!

—Pero ya lo pensé bien...

Vicky estalló:

—¿Pensarlo bien? Clara, tú y yo tenemos un trato. Ese niño es mío. ¡Y no se llama Timoteo! Se llama Gabriel.

—¿Cómo el arcángel? —preguntó su madre con horror.

—Clara, tenemos un trato.

—Por lo que deduzco, Clara no ha firmado nada —intervino Adrián.

—No te metas, Adrián. Te lo advertí, Clara. No te atrevas a desafiar mi juicio. Me juraste que no me fallarías. No soportaré otra desilusión.

—Yo no juré nada... —se defendió.

—Iré por un abogado, te demandaré. Haré lo que sea por mi hijo.

—¡No es tu hijo!

Clara se llevó las manos al vientre. Posó los dedos sobre la gruesa venda que la rodeaba, pero el dolor era agudo. Adrián la sujetó por los hombros. Ángela miró alrededor. Se había armado un espectáculo que los vecinos contemplaban con diversión y miedo. Clara se ruborizó. Habían gritado. Habían peleado. Pero Vicky actuaba con demencia. ¿O sería culpa de Clara?

—¡Basta! —ordenó Ángela—. Vicky, mi hija está débil, indispuesta... Platicaremos de esto más tarde. Todo ha sido una confusión.

—Ninguna confusión. Regresaré por lo mío.

Clara se quedó petrificada. Adrián tiró de su brazo. Debían partir. Pero ella había quedado agotada en el encuentro. Carecía de fuerzas para caminar. Aún peor, sospechaba que el tiempo de la visita había terminado.

Ángela confirmó su presentimiento.

—Iremos por la tarde. Vamos a casa. Esto te ha puesto mal.

Adrián arrugó la frente:

—¿Cuál casa? —inquirió con desconcierto.

Clara, a pesar de la tragedia, esbozó una sonrisa. Aún a la puerta de su casa, Ángela se refería a la de Emiliano. Adrián obedeció.

Memo se acercó a Adrián al finalizar el ensayo.

—Maestro Adrián, ¿es cierto que se va a ir muy lejos?

Adrián lo tomó del hombro y le explicó que iría a estudiar a otro país, en un continente llamado Europa. Eso les había avisado al principar la última práctica del coro infantil. El veinticinco de diciembre se presentarían en el teatro, y los padres estaban emocionados. Adrián se había enternecido con la respuesta de las madres, al principio tan renuentes. Los niños cantaban como angelitos. La oración de Navidad que Adrián había compuesto se había robado algunas lágrimas de parte de las madres que presenciaban cada ensayo con entusiasmo.

Las madres, por su parte, se habían organizado para las togas. Unas cortaron, otras cosieron, unas más colocaron el listón alrededor del cuello. Los niños ensayaron ese día con sus uniformes, y Adrián tuvo que controlarse para no lanzar una carcajada, pues debido a un error, Memo se colocó la toga de Juan Carlos, el niño más grande, y viceversa. De modo que uno parecía brincar charcos, y el otro arrastrar la cola de un vestido antiguo.

—Entonces ya no aprenderé flauta —se lamentó Memo.

Adrián tragó saliva.

—No te preocupes. Don Guillermo piensa abrir algunas clases de música. Encontrarás otro profesor.

Adrián se remontó a su niñez. ¿Qué habría sido de él sin la señorita Heidi? Sus clases vespertinas de piano lo mantenían despierto en la escuela y motivado durante el día. Frente a las teclas del instrumento, olvidaba que su padre poco salía de la oficina y que por lo general contaba con una excusa para no ir al parque o a pasear. ¿Funcionaría la música como sedante para el corazón de Memo también? Su padre había desaparecido. No había vuelto a llamar. Se rumoraba que formaba parte de un grupo criminal.

Memo lo abrazó. Adrián se deslindó emocionalmente. No podía romperse más. Esos días lo habían exprimido hasta la última gota. Su corazón no poseía el espacio suficiente para cargar con las penas de Clara, de Ángela, de Timoteo, de Memo, de María, de su padre. Él debía ocuparse en sí mismo.

El ensayo terminó y la tarde ya caía sobre Tlalpujahua. Adrián se dirigió a casa de Emiliano. Visitaría a Clara quien continuaba indispuesta debido a la escena de la mañana. En la puerta se topó con una vecina.

—Buenas tardes, ¿está Emiliano?

—Anda en el taller. Dice que trae mucho trabajo. Su amiga Ángela se fue en camión para la visita de su nieto y él me dejó a cargo de la chica convaleciente. Dice que necesitan mucha ayuda en esta temporada.

Él tragó saliva. Debería estar en la tienda, no visitando a Clara. Pero Jimena había llevado a dos amigas para cooperar. Consideraba en ese momento la salud de Clara como prioridad. Justo entonces, Emiliano le llamó al celular.

—Adrián, qué bueno que lo encuentro. Ángela se fue en camión para la visita de Timoteo, pero saldrá tarde. No me gustaría que volviera sola en autobús.

—Tienes razón. Las llaves de la camioneta están en la casa. Que Jesusa te las preste. Mi padre comprenderá. ¿Y cómo va todo?

—Demasiado movido. Tus Cascanueces se venden como pan caliente. Pero ni tú ni Ángela deben preocuparse. Hemos contratado gente para la temporada por instrucciones de tu padre.

Adrián descansó. La vecina lo dejó pasar, y Adrián le prometió que él vigilaría a Clara. Así que ella regresó a su casa. Adrián encontró a Clara en la salita, mirando el espacio.

—¿Cómo estás?

—Mejor. Mi madre se enfadó por lo de Vicky, pero ya le expliqué.

—Todo fue un malentendido.

Clara no se consoló gran cosa, pues los ojos se anegaron de lágrimas.

—Clara, debes descansar. Duerme un poco. Yo me ocuparé por aquí.

Ella accedió. Para sorpresa de Adrián, se quedó profundamente dormida. Dos horas después, despertó con mejor ánimo.

—La visita ya terminó. Mi madre no tarda en regresar. ¿Qué hiciste mientras dormía?

—Leí el periódico, pero no encontré nada interesante ni digno de atención. Todo lo contrario. Me deprimió tanta mala noticia. Lástima que Emiliano no tenga una Biblia.

—¿Sabes? Mi madre me contó de este lugar a donde fue para leer la Biblia. ¿Me llevarías? A esta hora tuvieron su reunión el otro día.

—¿Quieres salir? ¿Tienes fuerzas?

—El sueño me ha repuesto. Y hoy no hace tanto frío. Además, mi mamá me dijo que ahí oraron por Timoteo. Ya que no pude ir a visitarlo, por lo menos podría pedir a Dios por él.

Él también deseaba conocer dicho lugar, pero concluyó que Clara tenía un modo sutil de salirse con la suya; por lo menos en cuanto a él se refería. Primero la llevó a Tlalpujahua, ahora a unas dos casas de ahí, pero recién operada. Sin embargo, no se opuso. Caminaron lentamente hasta el zaguán negro, sin letrero. La puerta se encontraba abierta. Avanzó por un patio donde se había estacionado un auto compacto. Al lado se levantaba una casita con techo de lámina.

Dos ancianitas conversaban. Un hombre de edad, con bastón, aguardaba en silencio. Una mujer de complexión delgada, cuidaba a su hijo recién nacido, mientras dos chiquillos en edad preescolar se perseguían. Un hombre con bigote se paró al frente.

—Debemos comenzar. Algunos llegan un poco tarde, pero queremos insistir en la puntualidad. Tendremos un tiempo de cantos, luego las oraciones.

Adrián entonces contempló un viejo piano, de esos que abundaban en los años treinta y cuarenta, pero que sus maestros alababan por su buena madera y resonancia.

Una de las ancianitas les compartió un librito con los cantos.

—Comencemos a cantar. Recuerden que solo pediremos himnos de Navidad.

Una de las ancianitas pidió un canto titulado «Suenen dulces himnos». El hombre del bigote cantaba desafinado. La lentitud del canto hizo que Adrián se removiera en su asiento. Clara trataba de mantener el ritmo, pero al desconocer la tonada, desafinaba con el resto. ¿Dónde estaba ese concierto universal que rezaba la primera estrofa? ¿Dónde la alegría provocada por los latidos del corazón ante la buena noticia del nacimiento? Los pies de Adrián golpeaban el suelo. Sus dedos ardían.

Concluyó el martirio, pero la otra ancianita quiso cantar «Ángeles cantando están». Los «gloria» duraron minutos, horas. Ni siquiera su coro de niños había resultado tan descompasado. Adrián no lo soportó más. Al finalizar, levantó la mano.

—¿Quiere usted pedir un himno?

—¿Ese piano sirve?

El hombre arrugó la frente. Luego reaccionó.

—¡Ah, el piano! Sí, claro. Pero nadie lo sabe tocar.

—Yo puedo acompañarlos, si tienen un himnario con la música escrita.

La mujer que cuidaba al recién nacido, la esposa del hombre del bigote, dejó al crío a cargo de su esposo, y rebuscó en una caja un himnario con música. Adrián se ubicó en el banquillo del piano. El dirigente, llamado Raúl, eligió «Noche de Paz». Adrián se perdió en esas melodías de su infancia, de su adolescencia, de su juventud, en esos villancicos que cada año lo habían acompañado, trayéndole a la memoria a su madre, pero sobre todo, al Salvador.

Poco a poco el local había ido congregando a más personas. Jóvenes, adultos, niños. Todos contemplaban con curiosidad y asombro al invitado al piano. Raúl alargó la sesión y se entonaron más y más canciones.

Finalmente, las oraciones. Muchos rogaron a Dios por Timoteo, el nieto de la señora Ángela, el hijo de Clara, a quien presentaron con cariño. Antes de marcharse, Raúl sujetó el brazo de Adrián y lo detuvo.

—Gracias por proveer la música. Si usted vive en el área, sería un placer contar con su presencia. Mi esposa sabe un poco de música. Me ha dicho que usted es un músico de alto nivel. Nos honra su presencia.

Adrián se sonrojó. Clara se encontraba cansada, así que la guió a casa.

—¡Qué lindos cantos! ¡Qué bellas oraciones por Timoteo! Seguramente que Dios las escuchará.

Adrián asintió. Y mientras recorrían los escasos metros de un zaguán a otro, en esa calle de Tlalpujahua, bajo la hermosa luna de invierno, y con Clara a su lado, Adrián experimentó un poco de ese gozo que se había esfumado unas semanas atrás.

Esa noche, Adrián no hubiera querido estar en ningún otro lugar del planeta, ni siquiera en el Carnegie Hall en Nueva York, sino en ese banquillo de madera, tocando ese piano antiguo, y escuchando las voces alegres de los pobladores de Tlalpujahua.

¡Regalar a su hijo! ¡De todas las locuras! Ángela pensaba en eso mientras el autobús se dirigía al hospital. ¿Qué había llevado a su hija a tomar semejante decisión? ¿Qué la había empujado a siquiera contemplar la posibilidad? Cuántas cosas desconocía de su propia hija. Debían charlar, pero aún no llegaba el momento.

Su único consuelo se resumía en ver a Timoteo. No se atormentaría más por la escena matutina. Mostró su pase al vigilante y subió las escaleras rumbo al segundo piso. Juan y Débora la saludaron. Ángela vagamente los conocía por medio de Adrián. No se detuvo a conversar, pues le dio un poco de pena. Ángela no era la persona más sociable del mundo, a diferencia del buen Adrián quien podía sostener una conversación hasta con una piedra.

En eso, su rostro se descompuso. Ahí, en la puerta de acceso al área de visitas, se encontraba Vicky. ¿Cómo había llegado allí? ¿Quién le había conseguido el pase? Vicky era una persona influyente en Tlalpujahua. ¿Pero en un hospital? Entonces lo recordó. Su tío era uno de los médicos principales de Pediatría. Vicky la encaró.

—Lo entraré a ver. Les guste o no.

Ángela guardó silencio. ¿Cómo discutir en plena sala de espera, con gente que sufría por las enfermedades de los pequeños? Había escuchado a las enfermeras en el área de ginecología comentar el caso de varias madres cuyos hijos se hallaban sumamente graves. No armaría un escándalo. Se recargó sobre la pared y esperó la hora. Su interior ardía con ira hacia Vicky, rencor hacia Clara por propiciar dicha situación, pero ninguno de esos sentimientos la ayudaba, sino todo lo contrario. Por lo que se obligó a orar.

—Dios mío, dame amor por Vicky. Ayúdanos a todos.

La enfermera en turno indicó que la hora de visita iniciaría. Ángela se formó casi al final. Vicky ocupaba la delantera. Por supuesto que se le negaría el acceso a los cuneros; debería ver a través del cristal, pero eso no impedía que la acidez en el estómago de Ángela aumentara.

Después de una eternidad, o así se le figuró, Ángela recorrió el camino hasta la incubadora de Timoteo. Vicky lo observaba en el área designada detrás del vidrio. No se movió un centímetro, por lo que Ángela tuvo que vadearla. Ambas contemplaron al niño en silencio. Timoteo, con solo su pañalito, se veía flaquito e indefenso. Abría los ojos poco, y de repente se movía y trataba de jalarse la sonda. La enfermera se acercó y puso un poco de cinta para evitar el desastre.

El silencio hería, pero Ángela ignoraba cómo iniciar una conversación. Deseaba disculpar a Clara. Quería recalcar que Timoteo era su nieto, no el de nadie más. Y no tanto con presunción, como si peleara una propiedad, sino con el sumo respeto a la responsabilidad que eso implicaba. Un día, Clara y ella rendirían cuentas sobre esa criatura. Dios había enviado a Timoteo a su familia por alguna razón. No debían cuestionarlo.

Vicky se abrazó. No despegó la vista del niño.

—Lo hemos intentado todo. A veces no sé para qué tenemos dinero si no podemos conseguir lo más preciado del mundo: un hijo. Nos han hablado de técnicas alternativas, que podíamos probar. Pero eso implicaría mudarnos a una ciudad más grande. Amo Tlalpujahua. Mi esposo tiene aquí su familia. Me siento entre la espada y la pared.

De reojo, Ángela percibió las lágrimas que mojaban las mejillas de Vicky. Ya no andaba en pantalones de mezclilla y un suéter, sino con su típica ropa moderna y que resaltaba su belleza. Ángela tardó en responder. Quería ser sensible. Curioso que ella, Ángela, quien se consideraba una perdedora con sus lentes, su cabello recogido, su aspecto sobrio, se compadeciera de una mujer a la que Clara y sus amigas admiraban. Pero el dolor no respetaba estratos sociales, ni apariencias. El dolor, como alguna vez le dijo Adrián citando a algún autor, era el megáfono de Dios. Le recordaba al hombre su fragilidad y su necesidad de una relación personal con el Creador.

—No sé en qué pensaba Clara... —trató de responder.

Vicky sonrió:

—Tenía miedo. Ella aún quiere estudiar, prepararse. No soy una bruja, Ángela. Sé que a veces la amargura me ha hecho dura; además, en mi negocio, uno tiene que lidiar con tanta gente que el distanciamiento funciona.

Ángela la tocó del codo.

—Desear un hijo es algo noble. Tú y Hugo serán excelentes padres. ¿Has hablado con la trabajadora social del hospital? Mira a esa niña.

Ángela apuntó a la incubadora de la izquierda. Una niñita reía. Flaquita, prematura, pero una lindura, contemplaba la vida con placidez.

—Adrián preguntó por ella el otro día. Nadie ha venido a visitarla desde que nació. Los parientes, simplemente, desaparecieron del mapa. Parece que la madre era demasiado pobre. Así ha sucedido con varios. No digo que sea esta pequeña. Miles de niños en el mundo necesitan amor, cariño, un hogar. Y tú puedes ofrecer eso y más.

—Discúlpame con Clara por la escena de la mañana.

—Ella comprenderá.

Vicky se retiró cabizbaja. Ángela se dolió con esa mujer exitosa que solo ansiaba un cuerpecito al que abrazar y prodigar ternura. Seguramente Dios tendría compasión de ella. Cuando la hora de visita concluyó, Ángela bajó las escaleras con la resignación de abordar el autobús. Se había hecho un poco tarde, pero no se atemorizó. Dios la cuidaría. En eso, una figura con sombrero la saludó. ¡Emiliano!

—¿Nos vamos?

Ella sonrió.

20

Todo el que nace, padece y muere.

—Miguel de Unamuno

Clara durmió poco. No supo a qué hora llegó su madre, pues ella ya descansaba, pero soñó que Vicky le robaba a Timoteo. Amaneció con las mejillas húmedas ante lo vívido del sueño. Su madre ya no estaba a su lado. ¿Habría ido a preparar el desayuno? Clara debía bañarse. Iría a visitar a Timoteo. Ángela al parecer iría a la tienda, por lo que Adrián la llevaría. Eso había dicho la noche anterior.

Observó el calendario.

«Mañana es Nochebuena. Señor, que mi Timoteo esté conmigo para Navidad. Te lo ruego».

En eso, Ángela entró con una bandeja. Clara le sonrió. Se acomodó para comer, mientras Ángela doblaba ropa y acomodaba el cuarto.

—Ayer hablé con Vicky.

Clara tembló.

—Todo está bien. No luchará, ni hará nada contra ti. Pero, hija, dime, ¿en qué pensabas? ¿Cómo se te ocurrió esto de la adopción?

¿Cómo explicar lo inexplicable?, se preguntó Clara.

—No seré buena madre... —mintió.

Su madre leyó más profundo, pues meneó la cabeza.

—Creo entender, Clara. Pero eres una chica brillante que no tendrá problemas para prepararse cuando el tiempo llegué. Verás que Timoteo crecerá en un dos por tres. Y lo otro...

¿Cuál otro? Su madre se sentó a su lado y la tomó de las manos. Clara sudó frío. Su madre sabía su secreto.

—Si él es para ti, Dios lo dirá.

—Pero... él se va a Europa.

—Aún no se sube al avión. Y por otro lado, son jóvenes. Dos años pasan volando.

¡Dos años! ¿Había perdido su madre la razón? Debido a la hora, su madre la ayudó a bañarse. Clara se limpió la herida y se colocó la venda. Pero más que lo físico, le dolía la realidad que la ahogaba. Su hijito en el hospital. Lejos de ella. Y luego Adrián. Una estrella con una mariposa. ¡Jamás!

Adrián pasó por ella y le ayudó con el cinturón de seguridad. Puso un poco de música. Villancicos.

—¿Estás bien?

—Mi madre vio a Vicky. Parece que habrá paz entre las dos.

Adrián se alegró.

—¿Sabes? Mi primera reacción fue abortar. En la universidad muchas lo hacen. De hecho, existe un grupo especial de apoyo que te facilita información. Pero no me atreví. Luego mi tontería de hablar con Vicky. Pensé que era una buena opción. Timoteo tendría un padre. Yo continuaría estudiando. A veces me siento tan cansada... tan confundida...

Él se estacionó frente a la puerta de Urgencias para que Clara tomara el ascensor.

—No he tenido un hijo, pero me siento igual, Clara. Pero de algún modo, confío que Dios nos ayudará.

Clara atravesó las puertas de vidrio. El policía en turno la saludó. No le pidió identificación. Clara caminó con lentitud. Atravesó el ala donde una serie de camillas con enfermos que habían ingresado a Urgencias esperaban futuras indicaciones. Observó a los médicos y a las enfermeras yendo y viniendo. Profesionistas con una noble labor. ¿Y ella?

El elevador tardó en bajar. Clara aguardó su turno. Subió al tercer piso. Por los ventanales de cristal contempló a los padres de los otros pequeños en neonatología. Algunos se abrazaban, otros cuchicheaban. Extraño. Generalmente se encontraban sentados, sin tanta agitación. El reloj de pared avisó que el doctor debía comenzar a dar su reporte. Se plantó frente al escritorio de informes. Al mismo tiempo había llegado Adrián. La vigilante les hizo firmar el lugar correspondiente, pero lucía descompuesta.

—Hoy tardará el médico. Quizá se cancele la visita.

—¿Qué ocurre? —insistió Clara. Algunas madres lloraban.

—No puedo dar informes.

Adrián y Clara se apartaron, pues arribaron otros familiares. Adrián se acercó a Juan y Débora, quienes aguardaban en unas sillas de plástico. Juan le cedió su lugar a Clara.

—¿Qué pasa? —les preguntó Adrián.

Juan jugó con su sombrero.

—Nadie sabe nada. Estábamos aquí, esperando. Cuando sonó como una sirena. Entraron corriendo tres médicos, luego dos enfermeras. Parece que un niño se puso mal. Pero hace poco salió uno de los camilleros. Solo oímos que un niño había muerto. Nadie sabe quién.

Clara desfallecía. Un pequeño muerto, y todos se preguntaban lo mismo: ¿será el mío? Adrián la sujetó del hombro. ¿Y si se trataba de Timoteo? Quizá Dios preferiría tener al corderito junto a él. ¿Pero y ella? ¿Quedarse sola? ¿Perderlo así? Vicky y ella habían peleado por él, ¿para qué? ¿Para que él se fuera así nada más? No se pudo despedir. Debió venir el día anterior. El cansancio la venció, pero debió sobreponerse. Por su hijo.

Un médico se asomó:

—Sabemos que este es un momento difícil, pero prometemos dar informes en unos instantes. Solo les rogamos unos minutos.

¿No podían ahorrarles tanta angustia? Solo unos minutos. Pero a Clara le faltaba el aire. Su pecho se agitó. Muchas madres derramaban lágrimas silenciosas. Los padres traían rostros pálidos, cenicientos, preocupados. Podría tratarse del hijo de cualquiera de ellos. El hijo de todos. Pues todos eran, en cierto modo, una familia provisional, adoptiva, momentánea. Comprendían mejor que cualquiera de afuera la impotencia, el dolor, la angustia.

Quizá sería mejor para Timoteo morir. La vida solo traía padecimientos y luchas. Se ahorraría pasar por enfermedades, por muertes de seres cercanos, por las desilusiones amorosas. Pero tampoco disfrutaría una puesta de sol. Jamás vería a las mariposas bailando. Clara se había prometido llevarlo al santuario una vez por año.

Clara eligió salir al pasillo. Adrián la siguió, mudo, taciturno, inquieto. Clara se paró en el descanso de una escalera. El aire frío la calmó. Sentir incomodidad en su propio cuerpo la satisfacía. Así se unía a Timoteo. Así vivía lo que él. ¿Cómo habría muerto, en caso de que fuera él? ¿Dejó de respirar? ¿Falló su corazón? Ayer no escuchó la voz de su madre ni recibió caricias. Quizá se decepcionó y dejó de luchar. Por su culpa, por su culpa, por su culpa.

Clara lloró. Adrián la abrazó. No posó sus brazos con ligereza, sino que la apretó contra su pecho. Ella descansó su frente bajo la barbilla de él. Percibió cierta humedad. Él también lloraba. Clara sollozó aún más. Por el amor que pudo ser, por la vergüenza de haber querido dar a su hijo. Todo se juntó en su garganta. Quería gritar, pero nada emergía de sus cuerdas vocales. Deseaba patear, golpear, huir.

Entonces levantó el rostro. Él bajó la vista. Los dos se miraron. Y de pronto, de la nada, él acercó sus labios a los suyos. Clara se estremeció. La humedad de sus lágrimas se combinaron con los labios de Adrián.

¿Cuánto duró el beso? ¿Medio minuto? ¿Cinco minutos? ¿Una eternidad?

Clara gimió por dentro y por fuera. Su hijo muerto, y ella disfrutando el sueño de su infancia. Adrián la besaba. Adrián la abrazaba. ¿Por qué lo hacía? No debía pensar en ello. Debía disfrutar el beso y punto. Pero no lo consiguió. Porque los cuestionamientos la aturdían. Porque Adrián se iba a Austria y ella se quedaría, sola, sin hijo. ¿O con hijo? ¿Y por qué la besaba? ¿Compasión? ¿Interés? ¿Amor? Porque tal vez todos los hombres eran iguales y se aprovechaban de la debilidad de la mujer, de la que sufría, de la que lloraba, de la que se emborrachaba.

Clara lo apartó. Adrián desvió la mirada. Justo entonces, un médico se plantó frente a la puerta.

—¿Familiares de Ortiz Benitez?

La mujer lanzó un grito. El hombre la sujetó de los hombros. Clara los reconoció. Su niñita prematura. Clara regresó con Débora. Todos guardaban silencio. El alivio los podía hacer reír, pero en solidaridad con los Ortiz, todos ocultaban su alegría. La niñita Ortiz Benitez se había ido.

Una eternidad después, la policía anunció que los médicos darían su reporte hasta la tarde. La visita empezaría en media hora.

Entonces escuchó unas palabras que la alteraron:

—¿Los familiares de Hernández González?

Adrián la ayudó a incorporarse. La vigilante le sonrió:

—Me han dado informes de su hijo, señora. Ha sido enviado a la sección de bajo riesgo. Podrá entrar y pasar con él más tiempo. También debe traer su tiraleche. Es importante que su hijo tome del calostro. La enfermera le explicará cómo alimentarlo. Solo queríamos informarle de esto pues deberá presentarse cada tres horas para darle de comer al niño. El padre también puede entrar.

¿Adrián? ¿El padre? Algo en su interior explotó. Ese beso desquiciado, esa sensación de abandono pues él se iría al extranjero.

—Él no es su padre. Mi hijo no tiene padre —susurró.

Luego se dio la media vuelta.

Ángela ordenó las cosas en la tienda. Un desastre. Jimena perdería su empleo en unas semanas si no aprendía a organizar el espacio. ¿Por qué no reponía lo vendido en los estantes? ¿Qué le costaba barrer la entrada? ¡Y los Cascanueces! La vitrina lucía descompuesta. ¡Imperdonable!

Se preguntó cómo estaría Timoteo. Quizá llamaría a Clara en unos minutos al celular. Aunque le tranquilizaba saber que Adrián la acompañaba. Pobre hijita suya. Enamorada de Adrián. No la culpaba. El chico valía la pena. ¿Pero qué sentiría él por ella? ¿Amistad? ¿Cariño de niños?

La campanilla de la puerta resonó. Ángela se pintó su mejor sonrisa. Se relajó cuando descubrió a Rocío, la amiga de Clara. Venía con su uniforme del banco.

—¿Cómo estás, querida? —Ángela la saludó.

—Bien, señora. Me escapé del banco porque es mi hora del almuerzo, pero no he sabido mucho de Clara. No la quiero importunar con llamadas o visitas, pero déme el reporte para pasar las noticias. Lupe, nuestra amiga, y mi madre, no me dejan en paz con tantas preguntas. Han de creer que soy clarividente.

Ángela se contagió de su buen humor. En breves palabras le informó sobre la salud de Clara y Timoteo. Rocío suspiró.

—Ay, mi Clarita. Debe andar apurada, y con la rajada ahí en el vientre de la operación. ¡Qué barbaridad! Y luego lo de Vicky.

Se llevó la mano a la boca.

—¿Cómo lo sabes?

—Nada en este pueblo es secreto. Y Vicky armó un escándalo, que para qué le cuento. El que no se enteró, fue porque no vive en Tlalpujahua. Pero, bueno, ya no he sabido más.

Ángela suspiró.

—Realmente vengo por otro asunto, doña Ángela. Mire, Clara no tiene acceso a su correo electrónico, por eso me pidió que estuviera al pendiente de cualquier noticia. Ayer le llegó algo. Pero no creo que ella esté en condiciones de enterarse.

Ángela pensó en un sin fin de posibilidades. ¿Quién le había escrito? ¿El padre de la criatura? Rocío se humedeció los labios.

—Hace unas semanas, Clara pidió informes sobre Timoteo Rosas en la página de la Secretaría de Educación Pública. Se trata de un foro, más que nada. Pero indagó por él. No por nada malo, sino para... usted sabe...

Un nudo en el estómago le robó el aliento.

—¿Y hubo respuesta?

Rocío asintió.

—Dímelo, Rocío.

—Respondió un compañero del magisterio. De hecho, fue un poco cortante, pero con justa razón. Resulta que el profesor Timoteo falleció hace muchos años, en un accidente automovilístico, justo antes de Navidad. Iba de Angangueo a Morelia.

—¿Mencionó el año?

Rocío lo enunció. Entonces Ángela dejó de escuchar los villancicos en el altavoz. Se había quedado congelada, con las manos sobre la caja registradora. Rocío se excusó diciendo que debía volver al banco. Mejor para Ángela. Necesitaba componerse, pero no podía. Timoteo. Timoteo. Timoteo.

Timoteo muerto. El mismo año que ella lo esperaba. Le convenía más creerlo vivo y con otra familia. De ese modo, la posibilidad de volverlo a ver existiría. ¿Pero muerto? Por otro lado, le consoló la noticia. Timoteo no la había abandonado. Nadie había tenido por qué informar a Ángela de su deceso. Ángela era una exalumna más. Por ese motivo, Timoteo no volvió a ella. No porque no la amara, no porque la cambiara por otra. No regresó porque tuvo un encuentro con la muerte. Dios se lo llevó.

¿Por qué? Los porqués revolotearon a su alrededor. ¿Por qué? Si Timoteo hubiera regresado, se habrían casado. Clara habría crecido con un padre. Tal vez se hubieran mudado a Morelia. Clara tendría una carrera universitaria. Clara tendría hermanos y abuelos. Y Ángela viviría con el hombre al que amaba.

Pero no había sido así. La muerte interrumpió sus planes.

—Y ahora nunca sabré...

Y vertió el llanto sin control.

Don Rubén había padecido una terrible acidez en los días pasados, pero esa mañana amaneció con una sensación que lo desconcertó. Entumecimiento de su brazo derecho, una tos rasposa y seca que no paraba, ojos llorosos y fiebre. Le preocupaba el aumento de temperatura. No otra vez, rogaba. No había dicho mucho para no incomodar a Adrián, pero para medio día, las cosas habían empeorado. No lo podría ocultar. De hecho, se sentía demasiado mal para fingir.

Jesusa lo contempló con tremor en la barbilla. Pobre Jesusa. Siempre al pendiente de esa familia que no compartía con ella nada salvo el mismo techo. Ni siquiera comían juntos, en la misma mesa. Jesusa era la sirvienta, la criada, la nana de Adrián. Pero don Rubén no imaginaba la vida sin ella.

—Debo ir al médico.

Jesusa lo contempla con horror.

—Pero el joven Adrián no está. ¿Quiere que le llame al celular?

—No. Tardará más en ir y venir. Que me encuentre allá. Llama un taxi.

Escuchó sus pasos bajando la escalera. Se preguntó qué tanto le costaba hallar un taxi. Ángela apareció con rostro ceniciento.

—¡Don Rubén!

—Pedí un taxi...

—Sí, en eso estamos.

—Tranquila, Ángela. No me estoy muriendo. No aún.

Aunque tal vez sería lo mejor. Morir. Descansar. Dejar de sufrir. Porque eso era la vida, un cúmulo de padecimientos.

Pero debía ver a Adrián. Ese pedacito de carne que dormía con placidez en su cuna. Sus primeros meses fueron los mejores, porque entonces Adrián no le provocaba tantos dolores de cabeza. Todavía no soñaba con volverse músico. Don Rubén llegaba por las noches y se acostaba en la cama. Elvira se lo pasaba y él ponía al niño sobre su vientre. Hijo y padre se miraban. Don Rubén le hacía cosquillas; Adrián reía. Lanzaba carcajadas musicales que lo estremecían. ¿Cuándo cambió la situación? ¿Quién cambió? ¿Él o Adrián? ¿Ambos?

Don Rubén soñó con llevar a su hijo a partidos de fútbol. Adrián prefirió la música. Pero quizá la culpa recaía en don Rubén. ¿Cuándo se detuvo a patear un balón con él? ¿Cuándo lo sentó a su lado para observar un partido de fútbol? Prefería huir a una fonda para ver el partido con sus amigos.

Otro ataque de tos. Don Rubén se sujetó el pecho. Escuchó pisadas fuertes. ¿Y ahora quién?

Su hermano, el Güero, con sus sobrinos, lo saludaron.

—Vamos al hospital.

—Vaya taxi que me has conseguido, Jesusa —le dijo a la criada, pero en el fondo se consolaba. Llegaría con familia.

Sus dos sobrinos se aproximaron. ¡Qué altos eran! Lo sostuvieron con todo y silla. Don Rubén se sonrojó. ¡Lo trataban como un inválido! Lo bajaron por las escaleras. Lo sacaron en plena calle donde su cuñada lo esperaba en la camioneta. Los curiosos del barrio mirarían a don Rubén, el hombre de negocios, débil e inútil. Pero así era la vida. Unos nacían, otros morían. Niños y ancianos requerían ayuda. Efigenia lo saludó. Su hermano apretó el volante.

En Urgencias lo recibieron como la vez anterior. Papeleo. Chequeo de signos vitales. Internistas tratando de impresionar a sus jefes. Llamaron a su médico, el oncólogo. Don Rubén tamborileó los dedos del brazo izquierdo. ¿Perdería el derecho para siempre? ¿Cómo firmaría los cheques?

Entonces apareció Adrián. Ángela le había llamado al celular, y él salió de neonatología para estar con su padre.

—¿Estás bien?

—Otra vez la fiebre. Puede que se trate de otra infección. ¿Y Clara?

—Entrará a ver a su niño en unos minutos. Podrá alimentarlo. Ya está en bajo riesgo.

—Buenas noticias, ¿cierto?

—Cierto.

Unos nacían, otros morían. Unos sanaban, otros empeoraban. ¿Y a qué se debía esa mirada perdida de su hijo? Rogaba que no se tratara de lo que sospechaba. Pero don Rubén no había nacido ayer.

El médico se aproximó y los saludó. Redactó notas en una carpeta.

—Don Rubén, le enviaré medicamento para la fiebre. Lo del brazo se le quitará en unos días.

—Quiero ir a casa.

—Hoy mismo, don Rubén. No tenemos muchas camas. Tan cerca de Navidad, todos queremos estar en casa. Por cierto, ¿qué ha decidido sobre la radioterapia?

Don Rubén miró el techo.

—Entiendo. Pero el tiempo apremia. Debo irme porque tengo consulta, pero cualquier cosa, me llaman por teléfono.

Adrián le dio las gracias y volvió al lado de su padre.

—Tus tíos están esperando allá afuera. Ve y diles que todo está bien. Que regresen a sus obligaciones.

—Papá...

—Nada, Adrián. Tarde o temprano moriré. ¿Para qué la radioterapia?

—Pero yo te necesito.

La frase lo quebrantó. Adrián, un muchacho exitoso y autosuficiente, ¿depender de un hombre enfermo?

—Tú tienes un futuro.

—Europa puede esperar. Tú no. Sé que he hecho muchas tonterías y te has decepcionado de mí, pero eres mi padre. Además, mi madre no lo habría querido así. Ella soñaba con una familia unida.

¿Decepcionado de su hijo? ¿Qué padre en sus cinco sentidos podría lamentar tener a un hijo que estaba a su lado, sosteniendo su mano, aún cuando ese padre insistía en criticar su profesión? ¡Qué equivocado estaba su hijo! Era el momento ideal para decirle lo orgulloso que estaba de él, pero una enfermera los interrumpió.

—Vengo a inyectarlo.

—Anda, hijo, ve con tus tíos. Que regresen a Tlalpujahua.

Adrián, para no perder la costumbre, obedeció.

Los nervios de Clara aumentaban. Alimentaría a Timoteo, en la sección de bajo riesgo. Agradeció que Juan y Débora le mostraran los detalles que se le habían pasado. Compró lo pertinente y aguardó con ellos. Por fin arribó la hora. Se cubrió su ropa con la bata azul. Se colocó el cubre-bocas y se lavó las manos a conciencia. Débora la guió a la nueva sección. La enfermera la miró de pies a cabeza. Se trataba de una mujer mayor, un tanto estricta.

Clara se acercó al cunero. Timoteo traía una sonrisa en los labios. Clara se derritió por dentro. Su hijo. Su pequeño. La enfermera le indicó que le hablara mientras ella preparaba todo. Qué bien se veía su hijo sin tubos. Ya no traía nada, salvo una pequeña sonda en la boca por la que le pasaría la leche mientras él aprendía a succionar por sí mismo.

Acercó su boca a su oído y lo saludó.

—Buenos días, pececito.

Timoteo no abrió los ojos pero su placidez la animó. Semejaba un pececito pues movía su boquita como si quisiera chupar. Tenía hambre. La enfermera le ordenó que lo cargara. Clara se negó. ¿Y si se le caía? Lucía tan pequeño, tan frágil. Una mirada de la enfermera la silenció. Sujetó la sábana y lo atrajo hacia su pecho. ¡Qué bien se sentía! ¡Qué emoción la invadió! Su hijo. ¡Su hijo! Timoteo abrió los ojos. Aún no enfocaba bien. Veía borroso. Quizá no distinguía todos los colores. Pero su sentido del oído y del olfato le permitían conocer el mundo.

Clara le habló, lo pegó contra sí. Lo besó en la cabecita. Se sentó en una silla, pues aún se encontraba débil. Levantó la mirada. Débora, la mujer de Juan, la animó con una sonrisa.

—No hay nada como tenerlo en brazos, ¿verdad?

La enfermera se acercó. Que intentara darle un poco de leche con la jeringa. A la jeringa le habían quitado la aguja y le habían colocado un chupete para que el pequeño comenzara con su reflejo de succión. Clara lo intentó, pero Timoteo no comprendió bien qué hacer. Clara le cantaba bajito. Timoteo sorbió unas gotas. Qué poquita leche le habían preparado, pero era suficiente. Lo ideal sería que en unas horas, comenzara a mamar del pecho de Clara.

Timoteo se adormeció. Le recomendaron sacarse el calostro y volver en tres horas para alimentar a su hijo nuevamente. Clara se despidió de Timoteo pero prometió volver. Se sentó con Débora en una salita privada. Allí utilizó el tiraleche. Se extrajo unas gotas blancuzcas. Todo saldría bien.

A la hora indicada regresó a la zona de bajo riesgo. Saludó a Timoteo de nueva cuenta. Al oír su voz, el chiquillo abrió los ojos lentamente. Clara se alegró. ¿Acaso la reconocía?

Lo recostó en brazos y se desconectó de sus alrededores. Mientras observaba cómo Timoteo comía, o intentaba hacerlo, su corazón charlaba con Dios. «Sé que no merezco que te acuerdes de mí, pero sería algo hermoso poder tenerlo en casa para Nochebuena y Navidad. Creo que a mi madre también le gustaría el regalo. Señor, sé que he hecho todo mal, pero no quiero que Timoteo crezca como yo, sin un padre. He sido egoísta. Solo he pensado en mí todo este tiempo. Quiero cambiar».

Por algún motivo, la historia de Navidad había estado dando vueltas en su mente durante esas horas. Una joven inexperta, la madre de Jesús. Un padre que no había tenido parte en la concepción de ese bebé, pero que lo aceptó como un hijo propio. ¿Querría Dios concederle la misma gracia que a esa pareja? Rogó por sabiduría para criar a ese hijo. Suplicó por un padre para ese niño. Y no importaba el cuándo, sino el que Dios se ocupara de Timoteo.

De repente, un ruido la sobresaltó. Timoteo había chupado con fuerza. La enfermera se sonrió. El niño había reaccionado. Y entonces, Toñito, el hijo de Débora, lo hizo también. Las dos intercambiaron miradas. Entonces Débora giró el rostro y contempló el cristal. Juan, su esposo, estaba ahí. Siempre había estado ahí. Se dirigieron expresiones de cariño. Y Clara contempló el suelo. A ella nadie la esperaba del otro lado del cristal, pero estaba segura que Dios compartía con ella ese momento de profunda alegría. Dios había respondido su oración. Clara carecía de palabras para expresar su gratitud.

El cuerpo de Adrián estaba presente, al lado de su padre, pero su corazón se había quedado con Clara. ¡Qué miedo sintió al imaginar que Timoteo podía haber muerto! Pero algo más lo torturaba. ¿Por qué la había besado? Trataba de analizar sus motivos. La vio tan triste, tan acongojada. Fue un modo de expresar su empatía, su cariño, sus buenas intenciones. Ella se enfadó. Lo malinterpretó. Él se equivocó. En unos días partiría a otro destino. ¿Para qué besarla?

Y aún así, no podía negar que había sentido algo intenso, puro, mágico. Jamás había experimentado tal conexión con otro ser humano. Pero debía enterrar el pasado. Mirar hacia delante. ¿Y qué de su padre?

Lo enviaron a firmar unos papeles para que su padre se pudiera marchar. Esa noche, don Rubén descansaría en su propia cama. Adrián aprovechó para indagar con Clara. Se sorprendió al toparse con Ángela en las escaleras.

—Clara me llamó. Hoy mismo dan de alta a Timoteo.

El corazón de Adrián se embargó de alegría. Don Rubén y Timoteo volverían a casa. Debía despedirse de Juan y Débora. Los encontró radiantes de alegría en las escaleras.

—Nos vamos también. Toñito ya come.

—Me da mucho gusto, Juan. Espero nos volvamos a encontrar en el futuro. Y recuerda que no hay nada mejor que conocer a Dios.

Juan apretó su mano.

—Conocerte fue un placer. Tanto tiempo estuvimos aquí, conocimos y conversamos con muchas personas de la zona, con sus casas y sus propiedades, pero solo tú nos abriste tu hogar. Muchas gracias.

Adrián se sonrojó. De hecho, se arrepentía de haber hecho tan poco por ellos. Unas horas más tarde, Adrián conducía rumbo a Tlalpujahua. Don Rubén ocupaba el asiento del copiloto. Ángela, Clara y Timoteo venían atrás. Todo sería maravilloso a excepción de una cosa: el distanciamiento de Clara.

Clara irradiaba alegría. No cesaba de abrazar a Timoteo y reír con su madre, pero al dirigirse a Adrián se alzaba un muro silencioso que él no lograba descifrar. Supuso que se debía a ese beso impetuoso. Necesitaba hablar con ella a solas, pero ella no lo permitió. Cuando menos cuenta se dio, ya estaba en casa, con su padre.

Se ubicó frente a la chimenea apagada, vacía, silenciosa. Su padre, con ayuda de Jesusa, se marchó a su habitación. Cientos de emociones y pensamientos rondaban su mente y su corazón. El futuro viaje, la salud de Timoteo, la amistad de Juan y Débora, el concierto de los niños, la venta de los Cascanueces.

Adrián cerró los ojos y palpó esa soledad que lo asfixiaba. Comparó su desolación a la que había experimentado cada enero, cuando su madre decidía meter todos los adornos en cajas para guardarlos hasta el siguiente año. La alegría que reinaba cuando sacaban esas cajas repletas de sorpresas, igualaba a la tristeza que percibía al encerrar la magia en el cuarto de tiliches.

¿Por qué no podía ser Navidad todo el año? Cuántas veces no le hizo la misma pregunta a su madre. Ella lo había abrazado en cierta ocasión: «La Navidad se lleva adentro, Adrián. Todo el año puedes pensar en el amor de Dios y amar a los demás».

Pues él volvía a ser ese niño que se ocultaba de su madre y evitaba la responsabilidad de guardar el árbol de Navidad. De algún modo, Adrián se hallaba confundido, herido, triste. Y no sabía cómo extender el gozo de la Navidad por once meses más.

21

Noche de paz, noche de amor,
todo duerme en derredor.

—Josef Mohr, «Noche de paz»

—¿Una cena de Nochebuena? ¡Estás loco!

—Pero la tía Efigenia ha dicho que se hará cargo de parte de la cena. Jesusa ya anda tramando su menú, así que solo añadiríamos a Ángela, Clara y Emiliano.

Don Rubén se retrepó en el asiento.

—¿Por qué tanto interés en Clara y Ángela?

Adrián miró al suelo.

—Son amigas de la familia. Tú lo sabes.

Adrián palideció ante su indirecta. ¿O era directa?

—Mira, Adrián, no quiero que empieces a cambiar de ideas. En unos días te vas para Europa. Ya están los boletos, así que te pones a empacar y a pensar en tu futuro.

—¿Entonces sí puedo invitar a los demás?

Don Rubén asintió con cierto desgano. Adrián no permitió que don Rubén pensara dos veces la situación, así que corrió a la cocina para conversar con Jesusa. Como lo había imaginado, Jesusa ya había comprado comida como para un batallón. Solo faltaba encender el horno, como ella decía. De inmediato, marcó a casa de Clara. Ángela contestó. Adrián le contó su idea, luego pidió hablar con Clara.

—Lo siento, Adrián, pero está dormida.

—No la despiertes, Ángela. Pero espero que vengan.

—Ahí estaremos. Prepararé un espagueti.

Adrián colgó con cierto temor. ¿Se negaría Clara a charlar con él? Le urgía poner todo en claro, pero él mismo no lograba desenmarañar sus sentimientos. De hecho, se había propuesto no pensar en Europa ni en música, en nada que complicara más su aturdimiento. ¿Por qué la había besado?

Deambulaba por la casa con el tormento de su propio corazón cuando se detuvo frente al cuarto de los tiliches. Se acordó de la vitrina del Cascanueces, con las piezas que Ángela tomó de la colección de su madre, y en un momento de inspiración, empezó a abrir cajas y más cajas. Jesusa lo encontró hundido en una serie de recuerdos y objetos navideños, y se contagió de su idea.

—Pero es Nochebuena, Clara.

—Precisamente por eso. No puedo salir con un recién nacido. Estoy cansada, mamá. Desde la cesárea no he parado.

Por fin estaban en casa, en el departamento donde Timoteo dormía en su cuna. Adrián, en un arranque de inspiración, invitó a Ángela y a Clara a su casa para Nochebuena. También acudirían Emiliano, algunos familiares de Adrián y Jesusa. Una pequeña fiesta familiar. Pero Clara se negaba rotundamente a pisar la casa de don Rubén. ¿Su excusa? Su cansancio. ¿La realidad? Imposible averiguarla. Clara era una tumba.

—Adrián ha hecho tanto por nosotras. Sería una falta de educación rechazar su invitación. Ya ves que hasta don Rubén nos dio el día a todos. Algo insólito.

Clara no se levantó de la cama. Ángela comprendía su agotamiento, pero no siempre se celebraba la Navidad, sobre todo con un nieto.

—Ve tú, mamá.

—¿Y pasar mi primera Nochebuena sin mi nieto? Clara, hay algo que no te he contado. Ayer me buscó Rocío.

Clara abrió los ojos con interés.

—¿Noticias de mi padre?

Ángela asintió. Entonces le repitió lo que Rocío le había informado. Clara guardó silencio.

—Hija, esta será mi primera Navidad feliz. ¿Comprendes? Me duele que Timoteo, tu padre, haya muerto, pero saber que no me abandonó ni que falló a su promesa, me permite recuperar la capacidad de disfrutar estas fechas. Sobre todo, tenerte a ti y al bebé, no sabes cuánto agradezco a Dios por todo.

—A mí no me invitó Adrián.

—Quería hacerlo, pero estabas dormida. No quise despertarte.

Clara la contempló con los mismos ojos de esa niña hermosa a la que crió.

—Está bien.

Ángela aplaudió y corrió a la cocina. Cooperaría con un platillo. Caída la noche, Emiliano pasó por ellas en el auto de Adrián. Ángela percibió el esfuerzo que su hija hacía. Dejada atrás la adrenalina de velar por su hijo, su cuerpo se rendía al agotamiento del parto, la cesárea, la presión. Admiró a esa chica fuerte y segura, una digna hija de Timoteo.

Una vez en casa de don Rubén, Emiliano subió al bebé en un canasto. Regresó por los refractarios con comida. Clara avanzó escalón por escalón del brazo de Ángela. Ambas se sonreían; todo estaba bien entre ellas nuevamente. Aún así, algo ocultaba Clara, pero esa noche no indagaría.

Adrián las recibió con alegría.

—¡Bienvenidas!

Ángela conocía la casa de don Rubén de pies a cabeza, pero se sorprendió al notar lo que Adrián y Jesusa habían hecho: un tributo a la Navidad. Adornos, cientos de ellos, de todos tipos y tamaños, tan hermosos que se le hizo un nudo en la garganta. Aún la mesa poseía mil detalles que Ángela apreció. Un mantel navideño, servilletas navideñas, vasos de vidrio navideños, ¡hasta los platos navideños! Nochebuenas naturales decoraban un florero navideño. El árbol encendido con sus luces alegraba la habitación. La chimenea ardía, y alrededor de ella, nuevamente un sin fin de detalles.

—Sacaste las cajas de tu madre —sonrió Ángela.

Clara olvidó sus cuitas personales, ya que se contagió de la alegría reinante.

—Me acuerdo de estas esferas. ¡Y este reno! Siempre me fascinó.

Doña Elvira en verdad había coleccionado piezas dignas de un museo.

Ángela ayudó en la cocina a Jesusa, pero en eso, la tía Efigenia arribó con más platillos. Los refractarios lucían dignos de una revista navideña. Pavo. Lomo. Pierna. Ensaladas. Postres. Pasta. Cuánta comida. No tendrían suficiente estómago para consumirla. Jesusa no se preocupó. Habría recalentado hasta Año Nuevo.

Don Rubén, desde su sillón, contemplaba todo en silencio. Clara arrullaba a Timoteo desde el sofá. Adrián y Emiliano discutían sobre el clima y las carreteras. Cuando la familia del tío Güero se acomodó en la sala, Adrián propuso que entonaran unos villancicos. Su voz se distinguía por sobre las demás. Noche de paz. Santa la noche, hermosas las estrellas. Ángela los escuchó con emoción. Por primera vez en su vida, se apropió de la letra, creyó la letra, siguió la letra.

Unos minutos después, Adrián propuso leer la historia de Navidad. Todos guardaron silencio mientras él repetía las palabras de la Biblia. Ángela prestó atención. El anuncio del arcángel. Las dudas de José. La visita del mensajero. El camino a Belén. Los pastores y los ángeles. La presentación en el templo. Las oraciones de dos ancianos. Unos magos de oriente. Una persecución fiera. La huída a Egipto.

Ángela trató de beber toda la información, pero una frase se quedó grabada en su mente. Durante la presentación en el templo, para realizar el rito de la circuncisión, se le dijeron unas palabras a María. Se le advirtió que una espada heriría su corazón. A raíz de la venida de Jesús, los pensamientos más profundos del alma saldrían a la luz, y una espada atravesaría el alma de esa mujer, su madre.

Ángela observó la estrella en lo alto del árbol. Cualquier madre podía constatar dicha profecía. La alegría del nacimiento era empañada por la realidad del sufrimiento. El niño lloraba y uno ignoraba qué le ocurría. El niño tropezaba. El niño se lastimaba. Pensó en Clara. Su hija, madre soltera. Su hija, criando a un niño sin padre. Su hija, transitando por una senda que Ángela le hubiese querido evitar.

Sin embargo, no era el fin de la historia. Después de la muerte de Jesús, vino su resurrección. Un nuevo comienzo. Se dio vuelta a la página. Aún se podía corregir, aún se podía mejorar. Ángela se prometió ser una mejor madre. Y aprovechar un nuevo comienzo.

Clara no cesaba de admirar la casa. Cuántos detalles había juntado doña Elvira a través de los años. Cuántos recuerdos. Pero quizá el que más le atormentaba se resumía en el beso de Adrián. Por fin la mariposa había tocado la estrella, pero ¿para qué? Para verla partir al otro lado del mundo, donde se codearía con otras estrellas y se olvidaría que una vez hubo una mariposa a su alrededor.

La familia del tío Güero trajo gran algarabía. Todos rodearon la mesa y comenzó el festín. Adrián dio gracias por los alimentos, y luego la tía Efigenia no cesó de servir platos con cientos de delicias. Clara no tenía tanta hambre, pero probó un poquito de todo. A su lado se había sentado Estela, la prima de Adrián, y platicaban sobre Timoteo quien dormía plácidamente en su canasto.

—La Liga de la Leche ofrece buenos consejos. Te voy a contactar con alguien. Y no te preocupes, que eso de que uno no duerme solo sucede en los primeros meses. Después las cosas mejoran. Me acuerdo cuando nació mi primer hijo....

La esposa del hijo menor del tío Güero, se unió a la conversación. Las mujeres abundaban en anécdotas sobre la maternidad y Clara disfrutó escuchándolas. Sin embargo, se sonrojaba cada vez que Adrián intervenía. No sabía cómo reaccionar junto a él. Ángela, ocupada en ayudar en la cocina, poca ayuda ofreció.

Finalmente, la medianoche arribó. La familia decidió acurrucarse frente a la chimenea, pero Clara se encontraba exhausta, lo que comentó con su madre. Ella avisó que se retirarían. Emiliano bajó unas cazuelas y Ángela se dedicó al bebé. Clara descendió peldaño tras peldaño, sujeta del barandal para no tropezar. Iba tan lento, que Adrián la alcanzó.

—Clara, he querido hablar contigo.

Ella continuó su descenso.

—Yo... lamento lo que sucedió el otro día.

¿Lo lamentaba? Entonces había sido un error. La había usado.

—Está bien. No te preocupes. Lo olvidaremos.

—No me estoy explicando bien. Es decir, no quise tomarte de sorpresa. Yo mismo no sé por qué lo hice.

¡Peor aún! Ni siquiera lo había hecho con intención, sino como un impulso infantil. ¿Y cómo se suponía que Clara debía reaccionar?

—Clara...

—Está bien, Adrián. Tú te irás a Europa y yo debo cuidar a Timoteo. Seguimos siendo amigos.

Él suspiró con alivio. Clara se tensó aún más, pero se concentró en bajar los últimos peldaños.

—¿Irás al concierto mañana?

¿Cuál? Se acordó del coro de niños de Tlalpujahua.

—No lo sé. Timoteo no debe salir tanto, y yo estoy agotada.

—Me gustaría verte ahí.

Ella no prometió nada. Fue un alivio hallarse en el auto con su madre y con Emiliano. Ahora comprendía a su madre, y su rechazo por la Navidad. Una desilusión amorosa podía amargar cualquier fecha festiva. Clara mojó con lágrimas la almohada antes de caer rendida.

Don Rubén fue el último en ir a dormir. La familia de su hermano se marchó a eso de la una de la madrugada por insistencia de la tía Efigenia. No debían incomodar a don Rubén, que seguramente deseaba descansar. Jesusa se retiró a su cuartito, y prometió lavar los trastes al día siguiente. Adrián le preguntó si todo estaba bien, para más tarde encerrarse en su habitación.

Él se quedó contemplando las últimas chispas de fuego de la chimenea. A Elvira le hubiera fascinado esa Navidad. Su hogar repleto de adornos, gente, comida. Una Nochebuena como las que siempre soñó, como las que don Rubén, por uno u otro motivo, nunca le brindó. Ahora nunca sabría cómo Elvira hubiera reaccionado.

La vida estaba repleta de hubieras, se repitió. Buscó unos cigarrillos en la mesita del centro. Los había dejado su hermano. Se vio tentado a encender uno, pero ¿para qué? ¿Para acelerar su muerte? Él mismo no comprendía qué sucedía dentro de sí mismo. Tampoco había bebido ni una gota de sidra, pero se sentía como si se hubiera embriagado. Algo dentro punzaba con tal fuerza, que marcó un número telefónico de inmediato. Una voz adormilada respondió.

—Soy Rubén.

La voz se despabiló.

—Le prometiste a Adrián que vendrías.

—No le dije cuando. No hemos podido ir.

—Mañana, más bien hoy es su concierto por la tarde. Creo que le gustaría verte.

—Rubén...

—Solo quiero hacer las cosas bien. Tal vez se me está acabando el tiempo.

Silencio del otro lado. Entonces don Rubén hizo un esfuerzo sobre humano.

—Perdón.

—No entiendo.

—Eres la persona más cercana a Elvira. Hablar contigo es como hablar con ella. Siento no haber sido el mejor esposo.

—Ella te amaba. No te recriminaría nada.

Él guardó silencio. Beatriz erraba. Elvira no estaría contenta al percibir que padre e hijo se habían distanciado.

—Buenas noches.

Colgó cortésmente. ¿Por qué lo había hecho? Por locura, por remordimiento, por tristeza. Porque hubiera deseado con todo el corazón que esa noche Elvira hubiera visto a Adrián, el anfitrión por excelencia, el que los llevó a pensar en el verdadero significado de la Navidad, el que ideó una fiesta verdadera, no superficial, sino del corazón.

22

Siendo niños éramos agradecidos con los que nos llenaban los calcetines por Navidad. ¿Por qué no agradecíamos a Dios que llenara nuestros calcetines con nuestros pies?

—G. K. Chesterton

Ángela sabía que su hija no mentía. Unos coágulos y una pequeña hemorragia las habían despertado. Ángela llamó al médico, el ginecólogo del pueblo, y él solo le indicó que Clara debía reposar. Había exagerado. Aún no se reponía físicamente del parto. No podía andar deambulando por la ciudad como si nada.

—¿Estarás bien si te quedas sola con el niño?

Ella asintió. Además, le había dejado anotados los celulares de medio Tlalpujahua. Cualquier imprevisto, Ángela regresaría corriendo, pero por insistencia de la misma Clara se preparaba para asistir al concierto de Adrián.

—Los niños lo merecen —repetía.

En eso, un golpe en la puerta las sorprendió. ¿Quién sería? Ángela ya casi estaba lista, pero Emiliano había quedado de pasar por ella en media hora. ¿Se le habría hecho temprano? Se asomó por la ventana.

Hugo. El esposo de Vicky. Miró a Clara quien descansaba en el sillón de la sala, con Timoteo en brazos. Pero no podía negar hospitalidad en pleno día de Navidad, así que abrió la puerta y lo hizo pasar.

Hugo lucía consternado y avergonzado, pero Clara le sonrió.

—Feliz Navidad, profesor.

Él se acercó.

—Feliz Navidad, Clara. Te lo envía Vicky, con todo cariño y sinceridad. Ella... aún no está lista para verte, pero no hay rencores.

Le extendió una bolsa grande, demasiado grande. Clara le pidió a Ángela que la abriera. Dentro había un sin fin de hermosuras para Timoteo: ropita, biberones, baberos, juguetes. Todo un arsenal de las mejores marcas.

—Pero...

Ángela apretó la mano de Clara.

—Gracias, Hugo. Y envía nuestra gratitud a Vicky. Estoy pidiendo mucho a Dios que traiga a sus vidas un pequeño que pueda recibir todo el amor que ustedes tienen como pareja. Sé que Dios responderá.

Hugo se metió las manos a los bolsillos.

—Gracias, Ángela. Quizá salgamos unos días de vacaciones. Vicky necesita distraerse. Pero de vuelta, tal vez visitemos a Timoteo.

—Será un placer.

Cuando Ángela cerró la puerta, Clara explotó:

—No debimos aceptar. ¿Qué tal si después Vicky lo usa en mi contra?

Ángela la tranquilizó:

—Hija, cuando te ofrecen un obsequio, solo extiende las manos y acéptalo. Si te la pasas meditando en los porqués o las intenciones ocultas del corazón, te volverás loca.

—Todo está hermoso.

Ángela sonrió. Su hija se quedaría entretenida viendo cada uno de esos regalitos mientras ella volvía. Un segundo toquido la alteró. Se trataba de Emiliano. Ángela se aseguró bien la bufanda alrededor del cuello y se despidió de Clara. Emiliano y ella optaron por caminar. Una brisa fresca, aunque fría, recorría el pueblo. Pocos transeúntes andaban por ahí. Algunas tiendas habían cerrado, otras no, pero la hermosura de la ciudad resplandecía con el día seminublado.

Faltaba una cuadra para el teatro, cuando Emiliano se detuvo. Le pidió a Ángela que se sentaran en una banca. ¿Le habría faltado el aire? Emiliano lucía como un hombre saludable, pero uno nunca sabía.

—Ángela, le tengo un regalo de Navidad.

Por unos instantes, ella sintió que el aire se le iba. ¿Un regalo? Emiliano le extendió una caja pequeña que traía dentro del abrigo. Ella debatió en su interior. ¿Debía aceptar el regalo? Por supuesto que no. ¿Acaso Emiliano albergaría sentimientos por ella? ¿Y por qué no? Era un hombre de carne y hueso. Pero ambos habían pasado la época de romancear. Aunque nunca era tarde para el amor, se rumoraba por ahí. Pero, si aceptaba el regalo, y no estaba lista para algo más, ¿no rompería su corazón?

Entonces las palabras que había recitado a Clara unos instantes atrás la cercaron. Cuando se ofrecía un regalo, uno solo debía extender las manos.

—Gracias.

Abrió la cajita con cuidado. Lanzó un gemido de felicidad al contemplar una pequeña esfera, diminuta y bien trabajada, en la que figuraba una cuna y sobre ella un pequeño bebé. Timoteo. Su Timoteo. Se trataba de una obra de arte, de las manos de un verdadero artista con el vidrio; pintada con sumo cuidado y atención.

—Es hermoso.

Emiliano asintió, luego se puso en pie.

—¿Vamos al teatro?

Ella lo siguió, no sin antes imaginar qué se sentiría rozar la mano rugosa de ese hombre de cabello blanco y formalidad extrema. ¿Algún día dejaría de tratarla de «usted»? Quizá lo invitaría uno de esos días a comer en la casa, como agradecimiento por haberles dado alojamiento en los días pasados. ¿Qué pensaría ese hombre serio y amable? ¿Echaría de menos a su prometida? ¿Se sentiría solo? Quizá nunca sabría. O tal vez sí.

Adrián contemplaba a los niños con sus togas rojas con líneas blancas que contrastaban de modo encantador. Todos bien peinados, perfumados, emocionados. Sus ojitos brillaban. Cuchicheaban tras bambalinas. Adrián se acomodó el nudo de la corbata. No utilizaba corbatín, como en sus conciertos en el Conservatorio, sino algo más sencillo.

—Tranquilos. Hemos ensayado mucho. Estoy seguro que todo saldrá bien.

Adrián se preguntaba si llenarían el teatro; en caso de hallarse casi vacío podía desmotivar a los chicos. Pero se asomó entre las cortinas y se asombró. Casi lleno total. Los padres de los chicos habían invitado a toda su colonia. Como el día de Navidad poco había que hacer, muchos se habían reunido para gozar de la música de esos pequeños.

Los compases de su corazón se aceleraron al reconocer a la concurrencia. María, la madre de Memo, en primera fila. Gente del grupo que estudiaba la Biblia, entre ellos Raúl y su esposa con sus hijos. Su tío el Güero con toda su parentela. Rocío y Lupe, las amigas de Clara, con Jimena, la chica de la tienda. Muchos trabajadores del taller y la fábrica de esferas de su padre. Ángela y Emiliano. ¡Y su tía Beatriz! Con sus tíos y sus primos. Incluso se le figuró ver al profesor Salazar con una boina. ¡Locuras suyas! Tanta gente lo confundía.

Solo dos personas brillaban por su ausencia: Clara y don Rubén. Y eso dolía, pero trató de excusarlos. Ambos estaban enfermos. Regresó con su pequeño coro. Ya habían vocalizado. Hora de comenzar. Les dio las últimas indicaciones y les pidió que se sujetaran de la mano y formaran un círculo. Adrián cerró los ojos.

«Amado Padre, te dedicamos a ti estas canciones. Gracias por enviar a Jesús al mundo en Navidad. Que todo sea para tu honra. Amén».

«Amén» dijeron los niños.

Adrián batió las manos y los niños salieron al escenario. Los recibió una tropa de aplausos. Los pequeños se colocaron en sus lugares. Memo tomó el micrófono. Era el primer solista. Adrián tocó los primeros acordes. Comenzó el concierto

«Ángeles cantando están...»

Adrián se concentró en su participación, pero no dejó de sorprenderse ante esos pequeños cantores que imprimían su alma en las melodías. Sonreían y no se acobardaban. Memo sobrepasó sus expectativas, así como otras niñas y niños. De reojo, observó a la concurrencia. La madre de Memo lloraba con alegría. Otras madres no dejaban de aplaudir. El tiempo voló. Cuando menos lo esperó, tocó el turno a su propia composición, la oración navideña. ¿Cómo respondería el público? Adrián decidió no pensar en ello. Volvió a leer las palabras que había escrito bajo el título en su partitura. *Para la gloria de Dios*. Nada más importaba.

Los niños se inspiraron. Desde la primera vez que la entonaron había sido su preferida. Le inyectaron todo su entusiasmo y ternura. Y entonces, en un momento, el gozo volvió; ese gozo que había experimentado como gotas que surgían después de una sequía; ese gozo que había sido ahogado por las preocupaciones y las trivialidades.

Las lágrimas bañaron las mejillas de Adrián. Cuando el concierto concluyó, el público estalló en aplausos. El coro entró detrás de la cortina. Todos se abrazaban y felicitaban. Don Guillermo hablaba en el micrófono. Daba las gracias por la presencia de los asistentes y explicaba el esfuerzo que el gobierno estaba haciendo para hacer más accesible la música a los que quisieran aprovechar la oportunidad. Invitaba a los padres a inscribir a sus hijos al coro y a las clases de instrumento el año entrante. Lástima que Adrián ya no estaría entre ellos.

Memo lo abrazó.

—No se vaya, profe.

Se encontraban tras bambalinas, pero Adrián se sentía como si uno de los reflectores se hubiera posado sobre él. En realidad, se sentía contento y satisfecho, pero no en paz. El hecho que su padre continuara enfermo lo inquietaba. El beso que había intercambiado con Clara no lo dejaba dormir por las noches. El rostro de Memo se sumaba a ese cúmulo de emociones. Repasó la historia navideña. El nacimiento más importante del mundo no había acontecido en una ciudad reconocida, sino en un pueblo insignificante.

Ahí estaba el pequeño grupo de gente que oraba y estudiaba la Biblia, pero que cantaba sin piano; ¿qué de esos niños que amaban el canto y empezaban a interesarse en los instrumentos musicales?; un bebé sin padre se había robado su corazón; un padre con cáncer que aguardaba la muerte y lo necesitaba; una muchacha sola que ocupaba una parte de su interior.

En eso, don Guillermo los llamó al escenario. El público pedía que repitieran todo el concierto. ¡Todo! Adrián tuvo que complacerlo.

Don Rubén observaba Tlalpujahua por la ventana. La Navidad estaba a unas horas de concluir. Al día siguiente, todo volvería a la normalidad. No más cursilerías ni pérdidas de tiempo. Pondría a trabajar a Ángela y a Emiliano. Debían ver por esas exportaciones para el próximo año.

Navidad. Ya terminaba la Navidad. No más recordar a Jesús, hasta la siguiente fecha, la Semana Santa. Adrián alegaba que Jesús había cambiado su vida. Ángela se lo había dicho el día anterior cuando le regaló una Biblia que él hojeó sin consuelo. Para él, la religión no funcionaba. No deshacía el pasado. No componía el presente. No garantizaba el futuro.

Adrián mencionaba que no se trataba de una religión, sino de una relación con Dios. ¿Pero cómo podía Dios querer una relación con un ser humano? Imposible. Si él fuera Dios, no buscaría a los hombres. Haría un mundo nuevo, perfecto, no tan dañado como el suyo.

Don Rubén derramó unas lágrimas. Se sentía tan solo. Se había sentido solo desde que Elvira murió. Entonces sus ojos se detuvieron en una frase de la Biblia. «Gracias a Dios por su don inefable». Masticó la palabra «gracias».

Como en una película, una serie de imágenes atravesó su mente. Elvira. Su encuentro en el tren. Sus visitas en Ciudad Juárez. Su tiempo en Estados Unidos. La creación de la fábrica. La construcción de la casa. Las Navidades. Las comidas. Las cenas. Adrián naciendo. Adrián creciendo. Don Rubén, a pesar de lo que opinara, había vivido una buena vida. Tuvo la fortuna de amar y ser amado, de tejer una historia de amor que muchos anhelarían. Un matrimonio hermoso, un hijo talentoso, un hogar sólido. Nada de droga o alcohol que nublara sus días, nada de divorcios o adulterios. Quizá sí los tocó la muerte; hubo errores, muchos de su parte, pero no podía más que reconocer que le debía mucho a Dios, si en verdad existía.

Y sabía que existía. Todo su ser se lo decía. Así que susurró un gracias. Luego se puso el sombrero y salió a la calle. Apoyado en su bastón debido al cansancio, caminó hasta el teatro. Escuchó los aplausos desde afuera. ¿Debía entrar? Entonces oyó a don Guillermo.

—Así que, damas y caballeros, disfrutemos nuevamente el concierto de este coro maravilloso.

Don Rubén sonrió. Disfrutaría de todo el concierto a pesar de haber llegado tarde. Halló un lugar en la última fila y se dispuso a escuchar. Miró a Adrián al piano. Contempló su perfil, su pasión por cantar, esa magia que salía de sus dedos. Cuando los niños repitieron la oración navideña, don Rubén se emocionó.

—Gracias —repitió en su interior.

Quizá don Rubén nunca lo había comprendido, pero Elvira ya lo había repetido en el pasado. Se agradecía a quien llenaba los calcetines de regalos, pero no a quien ponía los pies en los calcetines. Don Rubén se había cegado por los regalos, por las cosas materiales que a final de cuentas provenían del mismo origen. Pero en su terquedad, se olvidó de Dios.

Entonces Adrián se cruzó con su mirada. La gente aplaudía; los niños se despedían. Pero Adrián sujetó el micrófono y pidió unos minutos.

—Quisiera concluir este concierto con una pieza que significa mucho para mí y que dedico a mi padre. Para ti, papá.

Los niños se trasladaron con sus padres y Adrián se colocó al piano. Un silencio dulce se extendió. Y entonces la melodía lo conmovió. La pieza de Elvira. La sonata en su honor. Qué hermosa se escuchó. Qué belleza de pieza. Su hijo era un talento nato. Don Rubén permaneció sentado, inmóvil, emocionado hasta que Adrián quitó los dedos de las teclas. El público reconoció la hermosura de su composición en un aplauso prolongado.

Don Guillermo dio las gracias nuevamente, y don Rubén se puso de pie. Iría al frente para saludar a Adrián. Pero no contaba con el mar de gente que iría en contracorriente. Y cuando alzó la vista hacia el escenario, Adrián había desaparecido.

Adrián quería saludar a su padre, pero don Guillermo se lo impidió. Lo sujetó del brazo y lo llevó detrás del escenario. Adrián obedeció, pero se preguntaba qué locura atravesaba la mente del hombre. Entonces se petrificó. Sentado detrás de un escritorio se encontraba el profesor Salazar. ¡Había acertado! El profesor, de todas las personas con las que podía toparse ese día, había presenciado el concierto. El profesor le pidió que tomara asiento. Adrián buscó una silla.

—No cabe duda que el compositor es quien interpreta mejor su obra, ¿cierto?

Adrián guardó silencio.

—Temo que mis arreglos no halagaron mucho tu pieza en Bellas Artes.

¿Qué decir? El profesor se rascó la barbilla.

—Sé que te aceptaron en la Maestría. Felicitaciones.

—¿Vino a felicitarme? —Adrián preguntó con curiosidad.

El profesor lanzó una pequeña carcajada:

—En realidad viajé a Morelia por las fiestas. Mi madre aún vive, y quise saludarla. Pero decidí tomar un atajo para pasar por Tlalpujahua y saludar a un viejo amigo, don Guillermo, y mira la sorpresa con la que me topo. Uno de mis mejores alumnos ha puesto un pequeño coro de niños. En fin, regresemos al tema de tus estudios.

Adrián suspiró. Debía decirlo:

—No iré a Austria. Verá, mi padre está en fase terminal. No sé cuánto viva.

El profesor se inclinó hacia delante.

—¿Has perdido la razón? Sé que no me explico bien la mayoría de las veces, pero Adrián, esta es una oportunidad de oro.

—Lo siento, profesor. Nada me hará cambiar de opinión. Mi padre es primero.

Y Clara, se dijo a sí mismo. Había comprendido al terminar la pieza para su madre que Clara era su Anna Holtz. Ella era su público incondicional, su más sincera amiga, quizá la única. Y además, analizó sus sentimientos por ella. En esas semanas habían madurado hasta dar fruto a una decisión. Más que una emoción romántica, Adrián había llegado a la conclusión de que eran el uno para el otro. Con ella se sentía como en casa. Bajaban sus barreras, descansaba la presión. Podía ser él mismo, como lo había sido en un tiempo con su madre.

Anoche, durante el festejo de Nochebuena, al verla sentada en el sillón, frente a la chimenea, reconoció que Clara pertenecía a esa sala, a ese departamento, a ese hogar.

—Me has dejado sin palabras.

Adrián lamentó defraudar a su profesor, pero él mismo lo había dicho. Nadie interpretaba mejor su propia obra que el compositor. Y Dios, en definitiva, era el mejor compositor, y el mejor intérprete de su propia obra: la vida misma. Adrián no lograba descifrar los por qués. Por qué su madre murió, por qué su padre enfermó de cáncer, por qué Clara tomó una mala decisión, por qué la Maestría se presentaba en un tiempo tan complicado para él. Pero descansaba en el hecho de que Dios ya tenía la partitura escrita.

Sin embargo, Adrián había querido interpretarla a su conveniencia, con sus propios arreglos, siguiendo su ritmo. Y había errado. Por eso, la tristeza de días anteriores. Por eso, la intranquilidad. Pero, de repente, la paz había vuelto. El gozo regresaba con creces. Porque Adrián permitiría que Dios interpretara la pieza a su manera. ¿Quién mejor que él para darle los matices a cada compás? ¿Quién como él para elegir los instrumentos correctos?

—Existen varios tipos de músicos —continuó el profesor Salazar—. Están los que dominan un instrumento, y algunos se convierten en virtuosos. Hay los que interpretan lo que han hecho los grandes. Dirigen orquestas, hacen arreglos, unen talentos. Pero finalmente, existen los compositores, aquellos que crean, que proponen, que dan a luz. Tú eres uno de ellos, Adrián. Yo no lo soy. Nunca lo he sido; nunca lo seré. Por eso deseaba que viajaras a Europa. Pero a final de cuentas, la música la traes dentro. Compondrás aquí o allá, porque no lo puedes evitar. Componer es parte de ti. El día que no creas algo nuevo, te marchitas como una flor que no es regada.

Adrián se sorprendió. Era la primera vez que entendía a la perfección lo que su profesor decía.

—Quédate aquí, pero no te dejaré en paz. Te llamaré por teléfono, te visitaré. Quiero ver más obras tuyas. Haz música, muchacho. El resto, ya se verá después.

Se puso en pie y se sacudió la solapa del saco. Le tendió la mano y el apretón selló su amistad.

—Por cierto, volveré a tocar esa pieza tuya dedicada a tu madre. Esta vez, respetaré tus arreglos. Te aviso con tiempo para que lleves a los tuyos.

Adrián se emocionó. Podría invitar a su padre, a Clara... ¡Debía hablar con Clara! Aguardó hasta que el profesor recorrió el pasillo y corrió al piano para recoger sus partituras. Debía apresurarse.

—Llévate a Beatriz y a su familia —le pidió don Rubén a su hermano.

Efigenia había propuesto su casa para el recalentado.

—Yo esperaré a Adrián.

—¿Aquí solo?

—Emiliano está conmigo.

El hombre no se apartaba de su lado, así que los dos tomaron asiento en las butacas. El teatro se había vaciado, y don Guillermo les avisó que Adrián charlaba con su profesor, así que decidieron esperar.

—El muchacho se quedará, ¿verdad, Emiliano?

El hombre de canas asintió:

—Su hijo hará lo que es correcto.

—¿Y qué de su música?

—Seguirá con ella.

—Tienes razón. Le ayudaré para que este coro continúe. Cantaron bonito. Y además, podría dar clases de instrumento. ¡Ay, Emiliano! Tanto trabajo levantando mi negocio para que mi hijo lo desprecie.

—No lo desprecia, don Rubén. Mire cuánto se esforzó en los Cascanueces.

Don Rubén asintió.

—Moriré pronto, Emiliano. Por eso necesito que me prometas que atenderás el negocio para mi hijo. Nombraré a Ángela la gerente principal de la tienda. Ella se encargará del manejo de las ventas a menudeo. Tú te quedarás al frente del taller. Vigilarás los pedidos grandes. Exportaciones y esas cosas.

—Gracias, don Rubén.

—Vela por el negocio, amigo mío. Quizá Dios conceda que algún nieto mío ame los negocios y haga crecer la fábrica.

Ambos contemplaron al frente. Don Rubén se quedaba en paz. Todo avanzaría sin él. Todo sería para Adrián. Y Adrián, aunque no un administrador, cuidaría su patrimonio por respeto. En eso, su hijo recorrió el pasillo y se sorprendió al verlos.

—Papá...

Emiliano se apartó. Don Rubén se aclaró la garganta.

—Tu tía Beatriz vino. Se fue a casa de tu tía Efigenia. Allí van a comer. Yo estoy algo cansado para más eventos sociales. ¿Y bien? ¿Qué hablaste con ese profesor?

—Le dije que no iré a Europa.

Don Rubén lo contempló fijamente. Su hijo se quedaría a su lado hasta el final, y eso, más que ninguna otra cosa, lo hizo derramar unas lágrimas que ocultó con la bufanda.

Su hijo lo amaba. Y él amaba a su hijo.

—Papá, gracias por venir al concierto.

—De nada, muchacho.

Adrián se movía como si trajera un ejército de hormigas debajo de la ropa.

—¿Todo bien?

—Antes de llevarte, quisiera ir a un encargo.

Don Rubén alzó una ceja. ¿Se trataría de Clara? Supuso que sí.

—Está bien. Emiliano me puede acompañar.

—Te alcanzo en la casa, papá.

—No, hijo. Después de tu encargo, ve con tu tía Efigenia y pasa tiempo con Beatriz. Jesusa se encargará de mí.

Pero no lo dejaría marchar sin decirlo, así que lo apretó del codo y lo atrajo hacia sí. Le dio un abrazo y le susurró:

—Estoy orgulloso de ti, muchacho.

Los ojos de Adrián se humedecieron, y don Rubén lo dejó partir. Emiliano se encargaría de llevarlo a casa. A su hogar. Su dulce hogar.

Clara se quería morir. Su madre había hecho pasar a Adrián a la habitación, y ella no se había bañado. Traía unos pants deportivos, su cabello recogido, pero seguramente lucía fatal. Su madre se llevó a Timoteo para que ellos conversaran. Adrián traía un pequeño teclado.

—¿Cómo estuvo el concierto?

—Fue un éxito, Clara. Hasta lo repetimos dos veces.

—Siento no haber ido.

—Tu madre me dijo que hemos abusado de tu convalecencia. ¿Sabes quién apareció? El profesor Salazar.

Clara se ruborizó. ¡Ese maestro!

—No iré a Europa, pero él me ha dicho que componga. Que no deje de crear música. Me ha animado. Pero no vine a eso. Quiero mostrarte tu regalo de Navidad.

¿Un teclado? ¡Ella ni tocaba! Pero Adrián conectó el aparato y revisó el sonido. Cuando estuvo conforme, la miró con seriedad.

—Le compuse esta canción a Timoteo el día que nació.

El corazón de Clara latió a mil por hora. Seguramente se le saldría por la garganta. Adrián empezó con unas notas agudas, melodiosas, armoniosas. La música llenó el departamento, y Clara no pudo más que comparar su historia con la de María que no había dado a luz en su hogar ni cuidó de su recién nacido en casa propia. Todo fue prestado.

La cuna, la casa, la ropa. Clara observó la cuna, regalo de Adrián. ¿Por qué le había compuesto una canción a Timoteo?

Adrián terminó.

—Es linda —dijo ella.

—Tenemos más en común de lo que había pensado. Los padres que perdimos fallecieron en accidentes automovilísticos; nos gusta la música; amamos la Navidad; hemos vivido lejos de Tlalpujahua y ahora volvemos. A ambos nos asustó Vicky.

Ella se contagió de su risa.

—Nos agrada el Cascanueces. Creemos que las esferas son la cosa más curiosa de la Navidad, y ahora algo más: nuestra sangre corre por las venas de Timoteo.

¿Qué había dicho?

—Clara, sé que esto sonará terrible, pero es verdad. Cuando se necesitó un donador de sangre en el hospital yo me ofrecí. Creo que ni te lo comenté, ni tu madre lo hizo, porque fue el día que estabas más delicada. Pero lo hice con sinceridad, con amor. ¿Sabes? Me encantaría ser el padre de Timoteo. Pero no solo porque amo a ese pequeño, sino porque también amo a su madre.

Clara se inquietó.

—Adrián...

—Déjame terminar. Me quedo en Tlalpujahua por mi padre. No pierdo la esperanza de que él se acerque a Dios y le entregue su vida. Pero también me quedo por ti. Porque reconozco que eres la mujer que amo. La mujer que necesito.

—Yo... no lo sé. Tengo un hijo.

—Te dije que esta Navidad sería especial. Para ti lo ha sido. Tú has tenido un hijo. Pero para mí también ha sido importante. Me he sentido como José el carpintero. ¿Te acuerdas que quería dejar a María en secreto? Pero Dios le ordenó volver con ella. Aunque José no era el padre natural de Jesús, Dios puso a María y al bebé bajo su cuidado.

Del mismo modo, Dios te ha enviado a mi vida, Clara. También a Timoteo. Mi responsabilidad es ver por ustedes, si tú me lo permites.

—¿Por eso me besaste?

Él contempló el suelo:

—Sí, aunque tardé en comprender por qué lo había hecho.

Clara admiró sus ojos. Una serie de posibilidades se abrió ante ella. La mariposa y la estrella se acercaban.

—Clara, ¿me permitirás ser el padre de Timoteo?

Ella lanzó una risita.

—Primero, Timoteo debe dar su aprobación.

Clara le pidió a su madre que trajera al bebé. Clara lo cargó y le pidió a Adrián que tocara la canción dedicada a su hijo. Adrián la complació y a la mitad de la interpretación, Timoteo emitió unos sonidos guturales que solo podían ser interpretados como gritos de alegría.

—Ha dicho que sí —dijo Clara, emocionada.

Adrián besó a Timoteo en la frente. Luego buscó los labios de ella.

Y Clara supo que esa sería la mejor Navidad de toda su existencia.

Acerca de la autora

Keila Ochoa Harris es una autora y profesora de nacionalidad mexicana. Sus libros anteriores incluyen *Palomas*, *Donají* y *El bargueño*. Keila es una maestra entregada que ha dado clases de inglés por más de quince años en diversos niveles. Ha compartido sus experiencias como escritora en cursos de capacitación en diversas partes del mundo como Brasil, Tailandia, Perú, Bolivia y Filipinas. Keila mantiene un blog, www.retratosdefamilia.blogspot.com y actualmente vive en Querétaro, México, con su esposo Abraham. Para más información visite www.keilaochoaharris.com.